丁玲

與文學研究所
的興衰

邢小群　著

代序

　　有一個朋友，問我這幾年文學研究方面有什麼值得注意的動向，他想看看，從中發現一些對於研究工作有幫助的線索。我想了想說，你可以注意三個人的研究工作，一個是陳徒手，一個是傅光明，還有一個是邢小群。

　　這三個人都是我的朋友，我差不多從一開始就瞭解他們研究工作的思路和思想傾向。他們的研究成果已經引起人們注意，他們撰寫的專書已經和將要出版，看過他們書的人，可以對他們的研究有各種各樣的評價，但不能不對他們在研究中表現出的學術敏感和學術激情產生敬意。

　　陳徒手的研究，人們在《人有病，天知否》一書中，已看到了他的努力。陳徒手不是一個專業的文學研究者，但在 90 年代有創見的文學研究工作中，他的努力卻讓人不能忘記。他對中國現代作家在 1949 年後的寫作生涯和命運，有獨特的理解，他的研究不是建立在已知的文獻上，由文獻推出結論，而是建立在第一手的訪談上；他的作家研究，給人別開生面的感覺。陳徒手的研究源於他當年在中國作家協會創聯部的經歷，當時的職業，使他有機會接觸到眾多的作家和他們的檔案，他是從這些具體生動的歷史檔案中產生了學術激情，然後開始自己的研究工作，他對作家的理解和把握，極有深度。雖然他的研究不是什麼高頭講章，但卻給人很多啟發，也獲得了很高的學術價值，他的研究是有獨創性的，想來他目前對鄧拓的研究，也不會讓人失望的。

　　傅光明原來專門研究蕭乾，但最能體現他學術創新能力的，不是他的蕭乾研究和其他有關現代文學及翻譯工作，而是他關於老舍之死的研究。他的新著《消失的太平湖》，不但是對作家研究的突破，也可以說是為現代文學研究開出了新路，他幾乎找到了所有與老舍之死相關的線索和人員，而且以一種平等客觀的視角，敍述出了他們所見的情景。傅光明的學術激情，來源於他對一個歷史事件的懷疑和另一種理解，在現代文學研究中，他的工作也是有開創性的。

　　邢小群與陳徒手和傅光明的研究視角略有不同，她關注的不是一個作家，而是一種制度。她選擇的角度是中央文學講習所，這個角度是以往研究中國現當代文學所忽視的。邢小群的研究已寫成一本專書，明年出版。邢小群的研究既有理論方面的探索，比如她對中國當代文學主力作家的教育背景和延安經歷的分析，對丁玲、陳企霞悲劇命運的揭示，都有新材料和新的評價視角。對中央文學講習所與蘇聯高爾基文學院的關係也有梳理和分析。對中國當代文學的發展，特別是 17 年文學的研究，邢小群的工作都是非常重要的。

　　這三個人的文學研究，有一個共同特點，就是特別注意對當事人的訪問和第一手歷史文獻的發掘，同時又比較注意研究工作和讀者之間的距離，他們的書都有較強的可讀性。這三個人基本不在文學研究的中心，大體可以說是文學研究的邊緣人，他們的研究既不是奉命，也不是為了職稱，都是自費研究，所以也保持了相對的獨立性，因為有真實的學術衝動，所以他們的研究也就有了激情，而這激情是可以感染人的。

（《中華讀書報》2002-01-23 謝泳）

引言

　　中國作家協會文學講習所的前身是中央文學研究所。它的存在，前後只有 7 年的時間。如果從共和國文學 50 年的歷程看，它不過是短短的一瞬間。以往的文學史對它沒有專門的論述，因為這 50 年的文學歷程發生的事情太多了。而且文學史注重作品和作家的研究，不注重事件的研究，更不注重機構的研究。只有在批判「丁陳反黨集團」的那些文字中，才能見到與文講所的聯繫。但是，如果把文學研究作為一種文學體制的發端和建設來看，就會看到它的創辦正是共和國文學體制形成的一個合乎邏輯的重要現象。它的興衰，與這個體制是什麼關係？這些正是我所要探討的……。

目錄

一、文學研究所成立的背景

新政權對文學的政治要求

　　20 世紀中國的文學體制，以中華人民共和國的成立為標誌，可以分為前後兩段。前一段的體制以作家個體創作、文學市場自發調節為主要特徵。後一段的體制則以國家把文學工作者全部包下來，把文學活動全面管起來為特徵。尤其是毛澤東時代，更具有全能國家的特點，文學全部納入黨和國家意識形態的軌道。在延安文藝座談會上，毛澤東就提出了文藝為無產階級政治服務的要求，並且摸索出了一套讓文學服從於革命的政治，讓作家服務於共產黨的政權需要的制度框架。共產黨奪取全國政權，給這種制度推向全國奠定了基礎。中華人民共和國成立之初，百廢待興，文學體制的破舊立新也需要有一個過程和途徑。文學講習所的成立，就是其中的一個重要環節。

中央文學研究所的醞釀

　　中央文學研究所誕生於 1950 年秋季。

　　我曾就丁玲為什麼要創辦文學研究所，採訪過丁玲的先生陳明。陳明說：「當時（1950 年），田間、康濯、周立波、馬烽和我們都住在東總部胡同 22 號。他們與丁玲有的是在延安、有的是在晉察冀就認識。大家長期相處，丁玲有一種感覺：這些同志，在戰爭年代就開始寫東西，但是戰爭環境中讀書的機會很少，看作品的機

會很少。如果在和平、安定的環境給這些同志們創造一個學習的機會就好了。在和田間、馬烽、康濯他們聊天時，他們都甚有同感。丁玲也覺得對他們有一種責任，就決定搞一個一邊學習一邊創作的環境。並向組織反映了這些想法」[1]

作家馬烽在〈文研所開辦之前〉一文中所談與陳明說的比較吻合。馬烽說，1949 年，他參加過第一次文代會後，被留在了新成立的「文協」（1953 年第二次文代會時改名為中國作家協會）工作。地點就在東總布胡同 22 號文協機關。他說：「不久之後。聽說文化部把原北平藝專改成了美術學院，同時正在籌建戲劇學院和音樂學院。我猜想一定也會成立一個文學院。那樣我就有一個學習提高的機會。」[2]後來，得知文化部根本沒有創建文學院的打算。他就寄希望於文協來辦，並把這一想法向當時的文協副主席丁玲講了。丁玲說她和文協的其他領導交換過意見。1950 年馬烽在文協召開的一次茶話會上，向文協的其他領導也提出了這個建議：希望文協能夠創辦一個文學院，使一些年青的文學工作者有一個進修的機會。

1949 年籌備第一屆文代會期間，文藝報主辦了幾次題為「「新文協的任務、組織、綱領及其它」的座談會，都是由茅盾主持。在第一次座談會上，茅盾就談到：「蘇聯作家協會有文藝研究院，凡青年作家有較好成績，研究院如認為應該幫助他深造，可徵求他的同意，請到研究院去學習，在理論和創作方法方面得到深造。培養青年作家是非常重要的事。學生們經常提出問題來，有時個人解答覺得很難中肯，文協應該對青年儘量幫助和提高。」[3]鄭振鐸也在這次會上說：「發現一個青年作家有寫作的天才，就介紹到文學研究

---

[1]　筆者對陳明訪談 2000 年 2 月 10 日。

[2]　馬烽〈文研所開辦前的一情況〉，《山西文學》，2000 年 8 期。

[3]　《文藝報》，第五期 1949 年 6 月 2 日出版。

所去，訓練他怎樣寫作。使他在各方面有所深造，如西蒙諾夫，就是那裏畢業的。」[4]

1950 年 2 月 25 日周揚署名的文章〈全中文聯半年來工作概況和今年工作任務〉，對「今年」的工作提出幾個重點：1、組織文藝工作者下廠、下鄉、下部隊；2 籌備文學研究所。3、建立批評小組……。[5]

作家徐光耀根據他 1950—1953 年的日記及回憶，談到為什麼會創辦文研所，他說：「1950 年 9 月 30 日，我初由天津來北京，遇見陳淼同志，他告訴我文研所的創辦原由，大意說：（一）解放不久，毛主席找丁玲去談話，問她是願意做官呢，還是願意繼續當一個作家。丁回答說：『願意為培養新的文藝青年盡些力量。』毛主席聽了連聲說『很好很好』，很鼓勵了她一番。所以，丁玲對這次文研所的創辦，是有很大的決心和熱情的。（二）文研所的創辦，與蘇聯友人的重視也有關係。蘇聯的一位青年作家（很可能即龔察爾），一到北京便找文學學校，聽說沒有很失望。（三）少奇同志去蘇聯時，史達林曾問過他，中國有沒有培養詩人的學校。以上兩項，也對文研所的創辦，起了促進作用」。[6]

據作家劉德懷回憶，他剛到文研所時，陳淼向他介紹的情況是：「前不久劉少奇訪問蘇聯，回國後找到丁玲談起蘇聯高爾基文學院培養青年作家，我國也需要建立相應的培養文學人才的機構。丁玲很樂意為新中國培養青年作家盡力，從住房到經費，從人員調動到學習計畫的籌畫，及領導成員的確定，丁玲每天奔跑，使建所的車輛運轉起來。」[7]

---

[4]　《文藝報》，第五期 1949 年 6 月 2 日出版。
[5]　《文藝報》，第一卷十一期。
[6]　徐光耀〈昨夜西風凋碧樹〉，《新文學史料》，2000 年第 1 期。
[7]　劉德懷〈建所初期憶幫舊〉，《文學的日子》，魯迅文學院編 2000 年印。

　　還有一種傳說：毛澤東問丁玲，你現在做什麼？丁說正在籌建文學研究所。毛說：好啊，建了個互助組。這是丁玲在和人聊天時親口說的，「而辦互助組」這樣的話也像是毛澤東的口氣。籌辦時，毛澤東還派了秘書到丁玲家商談辦所的事。陳淼建國初一度任丁玲的秘書，他的話與傳說大體一致。

　　籌備文學研究所是文藝界有目共睹的大事。文學研究所的建立幾乎與成立「文協」同步。新中國的「文協」還在籌備期間，這個問題已成為醞釀未來工作的一個重點。

　　從中可以看出當時新生政權的領導人，對意識形態建設開始重視了起來。那時，新華社也開辦了新聞培訓班。和輿論宣傳比較，文學創作在意識形態方面的作用要慢一些。但是新生政權領導人對培養青年作家的重視，不能不說是有深遠想法的。這其中一方面有延安的經驗教訓，一方面受到前蘇聯的啟發、影響。丁玲很願意在培養「共產黨自己的作家」上盡力盡責，正是與新生政權領導人的長遠想法不謀而合。

新中國建立時中國作家隊伍的格局

　　在我對一位老同志的訪談中，他在不經意間說了一句話：「丁玲創辦文學研究所，解決了共產黨培養自己作家的問題」。這句話頗有意味，這不僅說明了創辦文學研究所的一種主觀動機，同時裏面起碼還包含這樣幾層意思：

　　其一，在此之前中國有沒有一定規模的作家群？

　　其二，這個作家群是不是適應新政權的需要？

　　其三，新政權需要建立什麼樣的培養作家機制？

　　從丁玲的角度，她當時未必想到這麼多，但是黨的領導人能夠支持她去創辦文學研究所，不能說沒有考慮到這些問題。

　　我們先看看共和國成立時作家隊伍的規模。

　　從新文化運動到中華人民共和國成立，新文學已經發展了 30 年。共和國成立後的各種當代文學史，說到中華人民共和國的文學事業，大多以 1949 年 7 月 2 日召開的「中華全國文學藝術工者代表大會」（簡稱「第一屆文代會」）為開端。第一屆文代會代表 640 人，這是全國（除臺灣外）作家代表的聚會，層次不低，起碼包括了二代新文學作家，其中包括成就顯著卻沒有機會或沒有資格參加這一聚會的作家。比如沈從文就沒有資格參加文代會。張恨水參加了第一屆文代會，但是據他說，章回小說家在北京的就有十五個左右，只有他一個人參加了文代會。據說文協當時的統計，大陸作家有 2000 多人，從人數上講，並不算少。

　　既然有這麼大的作家群規模，新政權百廢待興，為什麼把培養新生作家的問題看得那麼緊迫呢？五四新文學運動以來，以文學創作為使命、為職業的作家如雨後春筍、代代相因，即便是日本侵略時的淪陷區，也沒有中斷作家的萌生和作家隊伍的壯大。但是共和國成立後，從對作家的安排和任用情況看，新政權對已有作家是不能滿意的。考察一下當時作家隊伍的構成，就不難解釋這個問題。

　　在概括參加第一屆文代會作家的陣容時，一般總是說作家分別來自兩個方面：國統區和解放區。這個概括是不錯的。但事實上情況比較複雜。

　　首先，國統區作家一直存在著左翼和自由派兩類作家──如左翼有：郭沫若、茅盾、馮雪峰、田漢、陽翰笙、夏衍、胡風、張天翼、沙汀、艾蕪、陳白塵、舒群、羅烽、王任叔等；在政治立場和藝術主張方面一直持獨立立場的自由派作家有：冰心、王統照、許

地山、蕭乾、廢名、于伶、沈從文、駱賓基、李健吾、吳祖光等；
解放區作家也有兩部分：一是在抗日戰爭爆發前就已成名，到了延
安後，從文藝方向到創作方法有了較大轉變的作家，如：丁玲、艾
青、周揚、何其芳、田間、歐陽山等；二是在解放區或革命軍隊的
土壤中成長起來的作家，如：劉白羽、趙樹理、柳青、周立波、阮
章競、賀敬之、丁毅、李季、孫犁、草明、馬烽、西戎等。

　　還有一些是在解放區或革命軍隊成長、解放後成名的作家如：
郭小川、峻青、楊沫、梁斌、杜鵬程、楊朔、聞捷、徐光耀等。

　　問題還不那麼簡單，自由派作家有始終親近共產黨和進步勢力
的老舍、吳祖光、葉聖陶、巴金、曹禺、鄭振鐸、臧克家、馮至等；
到延安的還有在轉變中屢遭挫折甚或遭排斥的作家如：艾青、蕭軍、
白朗、羅烽、阿壠、魯藜等。

　　除了以政治思想傾向劃分為革命作家和自由作家；還可以有不
同的分析角度。從黨派角度看，有共產黨員作家和非共產黨作家及
其它立場的作家；從藝術主張和創作方法上看，情況就更是多種多
樣了，如施蟄存、李金髮、卞之琳、穆旦、鄭敏等是在藝術上走得
較遠的一些人。

　　作家原來是一種自由的、個體性的職業，外在依賴性小，自生
自滅性強，不像一個科學家、教授的成功，要依賴大學、研究院、
實驗室，對社會條件依賴性大。但是從新政權的需要看，靠自由生
長、自生自滅的方式產生作家是不能令人滿意的。新政權要求的文
學範式，是毛澤東在延安時期確定下來的：文藝為無產階級政治服
務，為工農兵服務的方向與準則。周揚在第一次文代會上說：「毛
主席的〈在延安文藝座談會上的講話〉規定了新中國的文藝的方向，
解放區文藝工作者自覺地堅決地實踐了這個方向，並以自己的全部
經驗證明了這個方向的完全正確，深信除此之外再沒有第二個方向

了，如果有就是錯誤的方向。」[8]於是，由國家出資，組織機構，培養作家，就成為當時的一項很重要的任務。

自由作家不適應

不是沒有想到對作家的改造，辦「華北革大」就是嘗試。政治思想不適應可以改造；創作方法不對路的使其改變；文化修養不夠的加以提高。但是，效果並不理想。當時去「華北革大」的文化人不少，學唯物史觀，學黨的政策，交待歷史問題。但這條路解決不了文學創作的問題。文學創作是個體的生命與靈魂的表現方式。對新的生活是由衷欣喜，作家自然會從心底發出藝術的歌唱；對新的世界還存有緊張與疑惑，作家就會觀望與等待。比如沈從文在革大時，惶惶不可終日。「他在一封未寄出的長信中，記述了建國初在『革大』改造的心情：『在革大時，有一陣子體力精神均極劣，聽李維漢講話說，國家有了面子，在世界上有了面子，就好了，個人算什麼？說得很好，我就那麼在學習為人民服務意義下，學習為國有面子體會下，一天又一天的沉默活下來了。個人渺小的很，算不了什麼的！』[9]後來在痛苦的改造中，他自殺未遂。他深深感到，在承受了新的社會要求的文學領域內，自己的落伍是註定了的。特別是上海開明書店的一封信，更使他喪失了繼續「從文」的心思。這封信上說：「你的作品已經過時，凡在的開明的已印未印各書稿及紙型，已全部代為焚毀。」沈從文終於拿定主意：「與其於已於人有害無益，不如避賢讓路。」[10]於是他被分配到故宮博物院，不得已，

8　轉引：朱寨《中國當代文學思潮史》，人民文學出版社 1987 年出版。
9　陳徒手〈午門下的沈從文〉，《人有病天知否》，人民文學出版社 2000 年出版。
10　楊守森等《二十世紀中國作家心態史》，中央編譯出版社 1998 年 11 月。

改弦易轍了。「九葉派」詩人陳敬容說：「我從三幾年就寫詩和散文，49 年我從香港到北京，但在學習和工作上沒有得到任何安排，以後我考上華大被統一分配到最高檢察院。（56 年才回到作協）。」[11]這些途徑顯然不能改造出大批合乎新政權要求的作家。王蒙就說：「1949 年以後在創作上困惑最少的、成果最豐的老作家就是老舍。你看茅盾只留了一點評論、筆記這些東西。巴金奮力寫過一兩篇小說，但顯然他不得心應手。」[12]事實上像老舍那樣能較快適應的人不多，其實老舍也有他的不適應。但他不是停止寫作，而是不遺餘力地向適應新生活的寫法靠近。他自己說過，他扔掉的劇本比發表的多。

　　當然，對於最有代表性的著名作家，不論來自國統區還是解放區，建國之初，按照他們對革命事業的貢獻和影響大小，都作了政治上的安排，讓他們進入文化教育界的領導崗位：郭沫若身兼政務院副總理、中國科學院院長、中國文聯主席等職；茅盾則由周恩來和毛澤東親自出面，要他擔任了文化部長，並兼任作家協會主席；周揚擔任了文化部常務副部長、黨組書記、中宣部副部長；夏衍在上海解放前夕，即被任命為上海市軍事管制委員文教委員會副主任。上海解放後，又擔任了中共上海市委宣傳部長。還有一些作家擔任了各部門或各省文聯的負責人。

　　一些自由派的著名作家，一方面安排了職務，一方面處在反省、改造過程中……。

　　巴金在解放後被選為上海文聯副主席、作協副主席等職時發表的第一篇文章《一封未寄的信》中，是這樣說的：「由於你們，我

[11]　《作協整風簡報》，1957 年 6 月 27 日。
[12]　傅光明編《老舍之死採訪錄》，中國廣播電視出版社 1999 年 12 月。

才知道我們還有一個這麼大的七萬人上下的文藝軍隊。」「我的筆
蘸的是墨水，而你們中間有許多人卻用筆蘸著血在工作。你們消耗
的是生命，是血。」顯然他沒有把自己放進「你們」——這個革命
的文藝大軍中。「他表示要服從共產黨的領導，加強自我改造，努
力跟上時代。為了表示自己的真誠，他從 1951 年開始改寫自己的舊
作」。[13]曹禺被選為全國文聯常務委員會委員，任命為新成立的國
立戲劇學院副院長。他表示要把自己的作品在工農兵方向和 X 光線
中照一照」「挖去自己的創作思想的濃瘡」。「並且把代表他最高
水準的《雷雨》和《日出》自貶得一無是處。為了補過，他按新的
見解，不斷修改這些作品，結果弄得面目全非。」[14]

　　如果從建國後的職務上講，巴金、茅盾、曹禺都不低。但他們
仍有個心態適應不了的問題。因為他們首先是作家。

　　駱賓基在開國典之際，先是和友人說：「看到人家從延安來的
已經遙遙領先了就氣餒了麼？為什麼不加把勁趕上去呢？」但很快
就陷入了落伍的孤獨與恐慌。他痛切地感到，「自己在解放前的國
統區所積累的社會生活，已經黯然無光了，失掉它在我心目中原有
的光澤了；而偉大的共產黨及我們偉大的領袖毛主席所領導的各抗
日根據地和解放區的閃著史詩般光彩的革命鬥爭生活，我又沒有切
身體會。……我突然發現自己已是兩手空空無所有的文學工作者
了。舊的藝術標準，例如『人類之愛』一類的東西，在我頭腦裏，
似乎已經崩潰了；而新的藝術觀，還沒有形成。我怎麼來寫呢？」[15]

　　駱賓基的話很有代表性。與他類似的作家在新的生活面前的種
種不適應可想而知。當時，即便是一個書店都可以宣佈一個作家全

[13] 楊守森等《二十世紀中國作家心態史》，中央編譯出版社 1998 年 11 月。
[14] 楊守森等《二十世紀中國作家心態史》，中央編譯出版社 1998 年 11 月。
[15] 楊守森等《二十世紀中國作家心態史》，中央編譯出版社 1998 年 11 月。

部作品的命運。作家協會就更不在話下了。張恨水說:「我是章回小說家。把我列在了作家協會名單上。除我以外會員中再沒有章回小說家了。但據我所知如陳慎言應為會員,張友鸞,學問各方面都很好,為什麼不請他入會呢?過去有人說章回小說是下流派,我不知道這是什麼意思。」[16]而淪陷時期著名的作家張愛玲、梅娘、錢鍾書等又有誰去理會呢?張愛玲不久去了香港;梅娘因歷史背景複雜,不能再做專業作家,只好去當中學教師(從三反五反起,她的悲慘遭遇就開始了);錢鍾書從此不再寫小說,專心古典文學研究。這便是一部分作家不得已的選擇。

　　參加過第一屆文代會的邢野,以他普通作家的眼光,看到的是:「1949 年開第一次文學代表大會的,是來自各個地區的作家,包括延安在內的解放區作家和國統區的作家。當然他們都得是寫過一些作品的作家,但多數都是來自解放區。在抗日戰爭時期,從事創作活動都得寫些東西,否則你宣傳什麼呢。但是也有問題,就是作家中有宗派。否則不管你過去多麼有知名度,比如沈從文、蕭乾,是不被採納的。沈從文就沒有讓他開文代會。以我的觀察,對巴金也比較淡漠。那時冰心也不過是個作家,連副主席都不是。」[17]而朱寨作為文學理論家認為第一屆文代會:「整個會議突出、重視解放區文藝工作經驗的總結和介紹,而把原國統區進步文藝工作經驗的總結和介紹客觀上僅僅擺在了陪襯的位置上。……在吸取無產階級文藝運動經驗的同時,滋生了某種程度的宗派主義情緒。」[18]

　　其實當時那樣評價作家成果,那樣作人事安排,主要還不是出自宗派主義,更重要的是新政權的政治選擇。

---

[16]　《作協整風簡報》,1957 年 5 月 30 日。
[17]　筆者 2000 年 1 元月訪談。
[18]　朱寨《中國當代文學思潮史》,人民文學出版社 1987 年出版。

　　第一屆文代會是共和國初期中國大陸作家陣容的一次展示，一次初步承認。但這種承認已經有了基本的傾向。其標誌，就是對《講話》的實踐成績與態度。

　　這樣一來，新文學以來相當一批作家或是不知所措，或是在觀望中；或是努力緊跟，尚不知前景怎樣。他們創作中止，個性中止，「迅速邊緣化」了。

新體制需要哪一類作家

　　那麼，哪些作家與新體制能接軌呢？自然是在《講話》以後取得了一定成績、輕車熟路可以繼續寫下去的那些人。如：劉白羽、趙樹理、柳青、周立波、阮章競、賀敬之、丁毅、李季、孫犁、草明等。還有哪些人極有可能成為這其中的成員呢？如寫過《我的兩家房東》的康濯，寫過《呂梁英雄傳》的馬烽、西戎；寫過《平原烈火》徐光耀；寫過《新兒女英雄傳的》孔厥、袁靜。他們都有一定的寫作潛質，但文學修養還不夠深厚。這些在戰爭年代走上寫作道路的人，經過〈延安文藝座談會的講話〉鍛造過的青年作者，如果再淬淬火，自然是最符合黨的要求的一代作家。以丁玲辦學的初衷，這個學校培養的應該是共產黨自己的作家，不是什麼收編的、改造的作家。正如當年作協給文化部的創辦文學研究院的建議書所說：「近十幾年來，各地已經湧現出許多文學工作者，」指的就是〈講話〉以後在解放區成長的文學工作者。「他們需要加強修養，需要進行政治上的、文藝上的比較有系統的學習。同時領導上可以有計劃的、有組織地領導集體寫作把各種鬥爭、奮鬥史。……」在這項培養作家的宗旨中，是不是已經明確了將作家藝術個性變得更加黨性化、階級性化、集體化了呢？

　　培養共產黨自己的作家，並不是新中國建立後才開始的。延安的魯藝、陝公、而後的華北聯大，東北藝術學院，都曾是共產黨培養文學藝術家的學校，有的也曾設立文學系。但是，那些學校都不是專門的培養作家的學校，是集文學藝術各門類都有的綜合性的學校，有的還是以培養幹部為主的學校，比如陝北公學。同時，那時這些學校是共產黨一邊奪取政權，一邊爭取、吸引、改造、教育知識份子的場所。那個時代是既要奪取政權，又要奪取文化陣地的準備期。由什麼人佔領無產階級文化陣地，用什麼綱領統轄這塊陣地，正是在那一時期形成完善起來。丁玲後來在〈毛主席給我們的一封信〉一文中說：「毛主席統率革命大軍，創業惟艱，需要知識份子，也需要作家。他看出這群人的弱點、缺點，從個人角度可能他並不喜歡這些人，但革命需要這人，需要大批知識份子，需要有才華的人。他從革命需要出發，和這些人交朋友，幫助這些人靠近無產階級，把原有的小資產階級、資產階級的個人立場，自覺地徹底地轉變過來，進行整風學習，召開文藝座談會……。」[19]一部《延安文藝座談會講話》，是奪取無產階級文化陣地綱領性文件。這也正是文學研究所培養作家的指導方針。

　　為此史命，文學研究所應運而生。

　　所有這些，都可以視為文學研究所誕生的背景。

[19]　《丁玲自傳》，江蘇文藝出版社 1996 年。

二、中央文學研究所成立經過

文學研究所的申辦

2000 年 10 月，魯迅文學院「為慶祝魯迅文學院創辦五十周年」辦了一個展覽，我在展覽中看到了當年文協給文化部的《關於創辦文學研究院的建議書》——

全國面臨著新形勢，正如毛主席所指示，文化部的文化建設任務也要增強。思想教育更有重要意義。因此我們建議創辦文學研究院。按文學藝術各部門來說，文學是一種基礎藝術；但目前我們有戲劇、音樂、美術各學院，恰恰缺少文學院。所以有創辦文學院之必要。自五四新文學運動以來，除延安魯迅藝術學院文學系及聯大文學系用馬列主義觀點培養文學幹部而外（經驗證明他們是有成就的），一般的文學工作者大都是自己單槍匹馬，自己摸路走，這是他們不得已的事情，這是舊社會長期遺留下來的人們的學習方法。至於過去各大學的文學系，也由於教育觀點方法的限制及錯誤，從來很少培養出多少真正文學人才。我們接收以後，教育觀點與方法雖然要改，但也不一定能適合培養各種不同條件的文學工作者，不一定適合培養作家。所以，也有創辦文學院之必要。

另外，在我黨領導下，近十幾年來，各地已經湧現出許多文學工作者，有的實際生活經驗較豐富，尚未寫出多少好作品。有的已經寫出一些作品，但思想性、藝術性還是比較低的。他們需要加強修養，需要進行政治上的、文藝上的比較有系統地學習。

同時領導上可以有計劃地、有組織地領導集體寫作各種鬥爭、奮鬥史。……

1949 年 10 月 24 日

　　1950 年中央人民政府文化部和全國文聯決定創辦國立文學研究院，名稱後定為中央文學研究所。全國文聯就此項工作致信中央人民政府文化部部長沈雁冰、副部長周揚。

　　而後部長沈雁冰有一個批覆：

　　　　中央人民政府文化部長沈雁冰批覆

　　一、同意中央文學研究所籌辦計劃草案及第一次籌委會會議七項照准，望即據此進行。

　　二、請此複發中央文學研究所籌備委員會長戳一枚。

　　此覆中央文學研究所籌委會。

（蓋章）中央人民政府文化部印

部長　沈雁冰

1950 年 10 月 18 日

文學研究所名稱的選擇

　　當時，為什麼不能叫文學研究院而叫文學研究所？

　　1955 年批判丁玲「反革命小集團」的一個罪證，就是說她搞獨立王國後，想把文學研究所當成自己的地盤。按照這個邏輯，認為丁玲希望地盤越大越好。但是丁玲說：「那時文協有創作部、部長是趙樹理，那時趙樹理正籌備曲藝研究會，工作重點不放在創作部。副部長是田間，部內有康濯，馬烽，胡丹佛，陳淼四人專門從事創作。擬議中的文學研究所初期計畫，只是創作部的擴大，黨員就是

這些人，又搞創作，又學習，不是一般的學習班。經過黨組幾次討論，才成為研究所。在我的思想裏，一直是不願意這樣擴大的，因為我覺得那時文聯的力量是不夠的。」[1]

可是 80 年代丁玲在一次給魯迅文學院的學生講課時說：「……按我的意思，是希望叫一個『什麼什麼院』的，但是，上面不批，只准叫『所』。『所』好呀。你看『衛生所』，『派出所』，還有『廁所』，都是『所』啊……」。不只一個學生提到這段講話，可見，丁玲的這話給他們的印象之深。[2]

前者顯然是丁玲不得已的解說，後者是她心裏的真實想法。但叫「所」還是叫「院」不是丁玲能決定的。1950 年向中央人民政府文化部和全國文聯申辦的是「國立文學研究院」，批下來時，名稱定為「中央文學研究所。」梁斌說：「1953 年田間要改成文學院，胡喬木不同意，他說叫講習所吧，毛主席在廣州主持過農民運動講習所，改了性質就變了。」[3]

將「所」賦予一些革命傳統的意味，恐怕只是個託詞，而規模、形式與組織人選才是當時考慮的主要問題。

文學研究的組織結構

中央文學研究所於 1949 年開始籌備。1950 年 10 月在北京誕生。

它是新中國成立伊始創辦的第一所培養作家的學府，是根據中央人民政府文化部的工作計畫，全國文聯四屆擴大常委會的決議創

---

[1]　丁玲〈辯證書〉，周良沛《丁玲傳》，46 頁，北京十月文藝出版社 1993 年。
[2]　王澤群〈魯院是部「磨球機」〉，《文學的日子》52 頁，魯迅文學院 2000 年編。
[3]　毛憲文〈訪梁斌在講習所〉，《文學的日子》，98 頁，魯迅文學院 2000 年編。

辦的,經政務院第六十一次政務會通過正式設立。認命丁玲為中央
文學研究所主任,張天翼為副主任。

這個班子的確立,有一個商討過程。丁玲是這樣說的:「文研
所的籌備工作將就緒時,我對於我自己去負責,心裏有矛盾,因為
我曾向周揚同志口頭上談過負責人選的事。周揚同志認為我比較合
適。我思想裏,認為我是不適宜辦學校的,又怕做行政工作,但因
周揚同志正忙於創設文化部,人員很不夠,文研所的工作,如果我
不去,又怕一時辦不起來。而且如果我堅持下去,田間、康濯這些
人就會有更多的矛盾。要辦文研所,是我向黨建議,也參加了籌備,
可是在將成立時,又把工作停下來,豈非對黨的工作不嚴肅,開玩
笑。這樣我就暫時同意我來負責,擔任文研所所長。文研所的負責
人、籌委會是可以而且應該擬一個初步的名單,請黨批准,我們就
擬了。籌委會的人是清清楚楚地知道當時是調不來其他人的,所以
就提出田間當副所長。根本談不上委派,更沒有封官,接下來請示
時,周揚同志決定張天翼當副所長,田間做秘書長,我們一致同意。
這裏有什麼非組織活動或手續呢?」[4]丁玲這段話是 1956 年為反駁
有人說她自己委任副所長一事的辯解。從中可以看到上邊委任前的
醞釀。關於是叫「主任」還是叫「所長」。當事人前後說法不一,
總之意思是一樣的。康濯被委任為副秘書長。下設行政、教務兩個
處。行政處長是邢野,教務處長是石丁。陳淼兼任丁玲的秘書。其
他工作人員有些是從文協調來的,有些是從社會上招聘的。據馬烽
說他「被文化部指定為所裏的黨支部書記,為了工作起來方便,掛
第二副秘書長名義。」總之,當時文協創作組的人都參加了文研所
的籌備工作。後來又都擔任了行政職務。

---

[4] 丁玲〈辯證書〉,《丁玲自傳》,44 頁,江蘇文藝出版社 1996 年。

　　劉德懷說，他剛到文研所時，給他「封了一個『官』，叫圖書資料室主任，完全白手起家，連一本書也沒有。……最初看到在所參加籌建工作的有行政處副主任張刃先，行政總務科長杜進璽、科員韓信義，會計老陶等人。隨著學員來報到的日益增多，正副秘書長田間、康濯、馬烽和行政處主任邢野逐漸搬來。開學以後，又在學員中選擇石丁擔任教務主任、邊學，邊配備幹部。邊摸索教學，逐漸走上正軌。」[5]

　　馬烽說他當時不願意擔任行政職務，希望安安心心聽聽課，讀點書，以提高自己的文學修養。就去找丁玲辭職。丁玲說：「『你想安心學習，這我能理解。康濯、邢野他們也想專門學習，我是作家，我想專門搞創作。這樣咱們就只好散攤了。』她這麼一說，我也就不好再說什麼了。文研所白手起家剛成立，到處都缺專職幹部，只好拉先來的一些學員兼職工作。教務處長石丁，其實也是要求來學習的，還有徐剛、古鑒茲、劉德懷等也成了兼職幹部」[6]

　　馬烽說的情況，在文研所的其他學員的文章或訪談中都有所提及。第一期的情況很特殊：即是學員，又是工作人員；即是工作人員（圖書資料員）又參加聽課學習。這是最初辦所的特色。

文學研究所的隸屬

　　1950 年當文學研究所副秘書長康濯向《文藝報》記者蘇平介紹情況時，曾說：「中央文學研究所直屬中央文化部領導，並由全國文協協辦。創辦的目的在於選調全國各地的文學青年，經過一定時

---

[5]　劉德懷〈建所初期憶故舊〉，《文學的日子》，148 頁。
[6]　馬烽〈文研所開辦前的一些情況〉，《山西文學》，2000 年 10 期。

期的學習，提高其政治與業務水平，培養實踐毛澤東文藝方向的文學創作與業務理論批評方面的幹部。」[7]

也有人說，中央文學研究所受文化部和文協的雙重領導。行政、黨務歸文化部領導，業務歸文協領導。正如徐剛說：「文學研究所積極回應黨的號召，黨的工作做得好，被中央文化部黨委譽為優秀黨支部」[8]顯然，黨務是歸文化部管。

老學員趙郁秀說：「據說當年任國家文教主任的郭沫若曾接受丁玲建議專門主持開過一次研究成立培養作家學校的會議，……談到經費時，文化部長沈雁冰說：『我曾同周揚、西諦（鄭振鐸）商量過，可由文化部承擔。』」[9]

魯迅文學院的展覽資料說，當年的開辦經費由文化部教育司撥給，總計 1800 匹布，折合小米 441000 斤。

圖書資料也全部由文化部出錢建設。據徐剛說，文研所開辦時在買圖書資料上下了功夫，他說：「北平有個文人叫楊祖燕，解放前常用「楊六郎」的筆名在報、刊上發表文章，他對古、舊書市很熟悉，他為文研所能有 5 萬餘冊的圖書館出了力。這個圖書館為很多學員稱讚，今年來自河南的第四期學員龐嘉季還來信說：當年文學研究所的圖書很適用，他們當年總是連夜地讀書。校方主張廣泛讀書，他在不到一年的學習中讀了 60 多部書。」[10]王景山說「楊六郎是北京淪陷時期小有名氣的通俗文學作者」他在「採購二、三十年代的圖書方面是為研究所立了功的。」[11]據當時在資料室工作李

7　《文藝報》，第三卷第四期。
8　徐剛、邢小群〈丁玲與文學研究所〉，《山西文學》，2000 年 8 期。
9　趙郁秀〈我們的隊伍向太陽〉，《文學的日子》，364 頁。
10　徐剛、邢小群〈丁玲與文學研究所〉，《山西文學》，2000 年 8 期。
11　王景山〈我與魯院〉，《文學的日子》，59 頁。

昌榮講「能買這麼多好書，一方面有名家鄭振鐸（文學史家、藏書家）的指點，一方面建國初，圖書也便宜。我們有一個專門的圖書採購員。」（訪談）

當時的圖書資料室主任劉德懷說：「楊六郎對北京風土人情、世故習俗非常熟悉，但他對共產黨還不摸底，面對文研所的許多老八路，他謹小慎微，對工作認真負責，艱辛勤勞，開始購書，他都要經我批條，我鼓勵他大膽放手工作，我放權，表示對他信賴，買的書直接憑條到財務上報銷。我和老楊一到西單和東安市場的書市，書商們見我們大批地選購書，很有氣魄，紛紛湊過來和我們拉生意套近乎，對舊書可以打折扣，對奇缺的版本，也有高於原定價幾倍的價格買的，都實報實銷。」[12]

看來文化部給文研所的辦公經費是上不封頂的。行政編制上，也很特殊。只有幾十個學員的「所」，能建立一個幾萬冊圖書的圖書資料室，圖書管理員最多時達 8 個人。比一個大學中文系的資料室的人多兩至三倍。至少在辦所人員的心目中，是有規模意識的。一方面文化部要辦作家學府的氣魄是有的，一方面丁玲在操辦的研究所時，各方面是很買賬、給面子的。

後來文講所停辦，所有的圖書和設備讓文化部所屬的中央戲劇學院收走了，而沒有給作家協會，「因為文講所行政建制隸屬文化部，一切財產屬於文化部；文講所教職員工的工資和所內開支的一切費用都由文化部發。」[13]

---

[12] 《文學的日子》，149 頁。
[13] 徐剛、邢小群〈丁玲與文學研究所〉，《山西文學》，2000 年 8 期。

學員選拔

　　文學研究所的第一屆招生大體有三種情況：一是向各地方、部隊宣傳部門或文聯發通知，請他們推薦；二是由知名作家推薦；三是自己慕名尋來，被錄用。要求無非是有過一些寫作實踐的、有培養前途的作者。

　　它的招生特點，首先是來自革命隊伍內部。

　　照徐剛說法，第一期學員多是老革命。「有兩名是二次國內革命戰爭中入黨的，17 名是 1938 年參加革命，餘下來的也多是在抗戰與解放戰爭中參加工作的。百分之九十是黨員。」

　　王景山說：「這一班的學員中來自老解放區的居多，如潘之汀、劉藝亭、王血波、張學新、楊潤身、沙駝鈴（即李若冰）、胡正、劉德懷等都是。來自解放軍的有孟冰、陳孟君、徐光耀、陳亦絮等，來自工廠的有趙堅、張德裕等。」[14]

　　在第一批學員中，被知名作家推薦的人是比較多的。而推薦又大體是以籌備人員為核心。

　　文研所的籌備正、副組長是丁玲、田間。參與具體工作的有康濯、馬烽、邢野、張刃先、陳淼、古鑒茲、杜進璽等。

　　邢野的例子很典型。據他講，第一次文代會後的 1950 年春天，文化部一紙調令將他從察哈爾省文聯調到北京。當時他是察哈爾軍區文工團團長兼察哈爾省文聯主席，參加一次文代會時，他是部隊代表團成員。他做過劇社社長，寫過秧歌劇、獨幕劇多部，在部隊演出。文化部調他到什麼部門、幹什麼，他不知道。他說，解放初，只要是北京要人，下面無論是部隊還是地方都一律開綠燈，問都不

---

[14]　王景山〈我與魯院〉，《文學的日子》，59 頁。

問就給你開了介紹信。他沒有報到前，就先在北京東城區多福巷 15
號住下。那時丁玲、田間、陳淼都住在這院裏。田間曾在邢野之前
任察哈爾省文聯主席、他們是工作的搭檔也是老朋友。邢野說，丁
玲、田間都希望他不要去文化部，留下來籌備文學研究所，他就留
下了。反正都屬於文化部。那時進京，就算是轉業，邢野的妻子和
通訊員也都是軍人跟他一起轉了業，並且都留在了文學研究所工
作。邢野說，那時調人都是兩口子一起來，妻子有寫作經歷的就當
學員，沒搞過寫作的就當幹部或管理員。夫婦一起來或為照顧夫婦
關係調來的很多。並且來文學研究所，是組織調動。學習完去哪裡，
是再調動。因為行政組織關係全在所裏。[15]

　　王景山說：「李昌榮（王的愛人）是這年夏天從西安空軍某部
復員到文學研究所的，我們的戀愛關係組織上都知道，陳淼、古鑒
茲非常積極地辦好了她的手續。李昌榮到所後即分配到圖書資料室
擔任編目工作。」[16]王景山證實了邢野的說法。

　　劉德懷說：「1950 年，我在中央戲劇學院劇本創作室，聽說要
成立一個專門培養作家的機構──中央文學研究所，我希望獲得這
個學習機會，經創作室光未然主任與丁玲接洽，讓我先去參加籌備
工作，然後學習。」[17]

　　王惠敏、和谷岩夫婦說：我們來北京學習，和我們的老領導邢
野有關係。文學研究所一成立，邢野就給我們寫信，說你們最好爭
取來學習。王惠敏正在產假期間，所在的部隊同意她到北京學習，
她就把孩子送回老家來了北京。和谷岩走不開，跟著部隊去了朝鮮。
王惠敏說：「我在部隊是演戲的，原本是從華北野戰軍 64 軍文工團

---

[15]　筆者 2000 年 1 月訪談。
[16]　王景山〈我與魯院〉，《文學的日子》，59 頁。
[17]　劉德懷〈建所初期憶故著〉《文學的日子》，148 頁。

保送到中央戲劇學院，1951 年初到北京後，因戲劇學院早已開學，不招插班生，只好作罷。我就找到了在文工團一起工作的老領導邢野同志，他說來吧。但是人家來文研所的人都有作品，我只寫過歌詞、小劇本什麼的。正好，我寫的一篇長篇報告文學〈女戰士〉在上海出版了，我就進來了。我一去，被分到戲劇組。」和谷岩說：「我記得來文研所時，比起別人我沒有什麼作品，都是邢野介紹時說了不少好話，說什麼他很有發展啊，等等。」[18]顯然，邢野是田間介紹來的，王惠敏、和谷岩是邢野介紹來的。

　　第一期學員：徐光耀，是經過老師陳企霞的介紹，徵得所在部隊華北軍區的同意來到文學研究所的；張鳳珠，是拿著舒群的推薦信求見丁玲後入學的；王景山，是他在西南聯大和北京大學的兩度同學楊犁介紹來的。楊犁當時在文藝報工作，不久接替陳淼做丁玲的秘書。

　　選送的情況如學員胡昭講：「一九五〇年當我在《東北日報》上看見一條簡訊，說北京正籌辦中央文學研究所的時候，我正在省報的副刊組工作。……省文聯主任、詩人夏葵同志被我央告得沒辦法，同意研究選送名單時把我算進去。當時中央限定每省可送一名學員。省裏把我的簡歷和僅有的幾篇習作報到東北文化部，東北文化部認為年齡太小且成績有限，又報中央審定。答覆是：可來。如水平太差，就參加點工作，邊工作邊學習。」[19]（〈燈〉）按照胡昭的情況，被正規招收的可能性並不大，但是他在東北「八路辦的中學」上學時的校長李又然已是文學研究所的教員，顯然校長是起了作用的。李又然曾到法國留學，跟羅曼·羅蘭學習過，在延安與丁玲、艾青、蕭軍交情都不錯。

18　筆者 2000 年 7 月訪談。
19　胡昭〈燈〉，《文學的日子》，336 頁，魯迅文學院 2000 年編印。

　　學員中還有幾個文化水平較低的工人農民。1950 年底，《文藝報》記者蘇平對剛剛創辦的文學研究所有個採訪。他寫道：二十三歲的吳長英在她的簡歷一欄中寫著：「我沒有進過學校，只是參加革命後在業餘時間自學的，……九歲失去父母，被壞人賣給人家當童養媳，因不願受婆婆虐待，就逃出流浪，要飯，雇給人家放牛當丫頭，四四年參加革命，在新四軍被服廠工作……」[20]據徐剛說，吳長英能來文研所，是因為她說要寫自傳性長篇小說。丁玲就同意她來了。蘇平在同一篇文章中介紹：工人張德裕以前只在私塾讀過三年半，當過毛皮廠工人，電池廠工人，已寫過短篇〈紅花還得綠葉扶〉；天津工人董迺相，解放前是「擦車夫」和「材料夫」，發表過〈我的老婆〉等短篇小說。還有人介紹說工人曹桂梅是因為寫快板出了名，而到文研所的。

　　這些多少體現了初創期招生的一種包容度和指導思想。

　　第一期第二班，有幾個招來的大學畢業生。王景山說：「我參加土改回來就半脫產到教務處……第一件大事就是到我的母校北京大學接新學員，其中有王有欽、許顯卿、曹道衡、毛憲文、白婉清等，另外來自輔仁大學的有龍世輝、王鴻謨等，還有從上海復旦大學來的，一共有二十來位，都是 1952 年的應屆畢業生，入學後為第一期第二班研究生，由徐剛當主任。他們學習一年，也是一九五三年畢業。」徐剛說：「二班的宗旨是培養文學編輯、教學工作、理論研究者。」[21]

　　孫靜軒說，1953 年他入學時（第二期），田間是這樣說的：「你是 100 多名報考者當中條件最差的一個，不過既然臧克家說你有才華，王希堅說你有潛力，算是特殊，你等消息吧」。孫靜軒說到他

[20]　《文藝報》，第三卷第四期。
[21]　王景山〈我與魯院〉，《文學的日子》，59 頁。

們第二期的同學：「我們那期一共有四十個同學。儘管大都是一些
『老資格』，諸如一九三五年參加紅軍的呂亮，一九三七年、三八
年入伍的繆文渭、張樸、張志民、白刃，唐仁鈞、和谷岩、劉大為
等等，但卻都很年輕，大都只有二十幾歲，張志民是我們詩歌組組
長，我們稱他為老大哥，其實他才二十八九歲，年齡最小的要算是
撫順來的李宏林，才只有十八歲。」[22]當然，這一期已經正規多了。
苗得雨說：「我和渭文清是由華東文聯介紹去的。1953 年春，我正
在山東呂南深入生活，接到通知後不久就去了北京。」[23]

到了 1955 年招生就更正規了。但仍有保送。

1955 年四月，由文化部、中國作家協會聯合各地文化部門發出
的招生通知，要求保送在創作上確有前途的文藝青年入文學講習
所，全文是：

> 中華人民共和國文化部、中國作協聯合通知：
> 事由：發中國作家協會文學研究所招收第三期學員的通知。
> 主送機關：各省市文化局、文聯。軍委文化部。全國文
> 聯、劇協。上海、武漢、西安、瀋陽、重慶、廣州中國作家協
> 會分會。
>
> 茲將中國作家協會文學講習所，第三期學員招收辦法、
> 報考登記表及該所章程等發給你處。培養文學創作上的新生
> 力量是一個重要的任務，請切實依照該所規定的學員條件保
> 送在文學創作上，具有培養前途的文學青年入學，保送名額
> 由各省市根據實際情況自行決定。……
> 附件 1：中國作家協會文學講習所章程

---

[22] 孫靜軒〈那時，我們年輕〉，《文學的日子》魯迅文學院 2000 年編。
[23] 〈文學研究所的回憶〉，《文學報》1999 年 9 月 16 日。

附件 2：中國作家協會文學講習所第三期學員招收辦法

附件 3：中國作家協會文學講習所報考登記表

（圖章）中華人民共和國文化部

中國作家作協

1955 年 4 月 2 日

　　而據徐剛講，第三期學員是從 1956 年全國青年文學創作者大會留下來的 60 名代表，這時已經是短期班了。第四期是 1956 年下半年辦的學期一年的編輯班，學員 103 人。因為當時要貫徹「雙百」方針，而文學期刊和出版社的編輯是貫徹這一方針的重要一環。

　　我這裏，只是列舉文學研究所前期四個班的招生情況。從中可以看到一定的實用目的，當時急於為文化部門培養幹部。

供給制

　　在文學研究所，對於全國各地來的學員，不管你原來是在部隊還是在地方，不管你是工人、農民、戰士、還是幹部、教員，來這裏後一律享受供給制。這時，從學校的角度看，他們是學員；從組織的角度，他們都是黨的幹部。

　　徐剛說：「那時實行供給制，保留著軍事共產主義生活，按大、中、小灶待遇。憑一紙介紹信，就可以乘志願軍的車，吃部隊的飯，領志願軍的棉軍裝、皮帽子、棉鞋。到地方去就吃地方的大鍋飯。」[24]

---

[24]　徐剛、邢小群〈丁玲與文學研究所〉，《山西文學》，2000 年 8 期。

當時的圖書資料員李昌榮說：「不是供給制。供給制是全都管了；是包幹制，給一點點錢，根據資歷分吃大灶、中灶、小灶。我是部隊轉業到文研所的。在部隊，我是排級，到文研所就給我一個班級待遇。那時的思想很革命，隨便怎麼都行。一個月給我 20 幾元。我 10 元交飯費，給我媽寄 5 元，剩下的就不夠用。王景山（李昌榮的丈夫）是 30 幾元。」[25]王景山在來所之前已是南通師範的教師，已有較好的收入。他說：「我一來丁玲找我談話說：你來以後，要吃大灶，和外面不一樣，因為我們是文藝單位。她說，比如楊犁，在外面肯定是領導幹部，可到我們這裏也是吃大灶。她知道我和楊犁是同學。楊犁當時在文藝報做丁玲的秘書。」[26]李昌榮說：「我們拿包幹制的人生活水平很低，誰富呢？有孩子的富。為什麼？因為孩子有供應，營養費，保姆費，兩個孩子公家給出一個保姆費。孩子的營養費花不了。」李昌榮說：「後來，我得了肺病，王景山讓我吃 15 元的中灶（據當時的管理員張鳳翔說，小灶 20 元、中灶 18 元、大灶 12 元。），我再給母親錢，就什麼錢也沒有了。我們從來不做衣服。但日常生活用品、學習用品都發，包括手紙。後來人事科幹部王孔文勸我改成薪金制。我們沒孩子，如果改薪金制就有上百元錢了。我想，壞了，讓我領薪金，就是對我實行雇傭了，我就不是革命大家庭裏的一員了，所以就哇哇地大哭起來，堅決不幹。到了1955 年一律改成薪金制時，有人和我開玩笑說李昌榮，我們都改了，你一人革命吧。」[27]

其實，包幹制也是一種半供給制。給你的錢僅夠吃飯，最基本的生活用品都發給。供給制是軍事共產主義的產物。延安時代實行

---

[25] 筆者 2000 年訪談。
[26] 筆者 2000 年訪談。
[27] 筆者 2000 年訪談。

的軍事共產主義，並非人人待遇完全平等，而是講等級的。其等級是根據革命資歷安排待遇的。從津貼上看「幹部每月生活津貼費規定班長（同戰士）一元，排級二元，連級三元，營級四元，團以上一律五元，唯著名文人學者發給十元。」[28]當時的等級也是按大灶、中灶、小灶來區分的。黎辛在〈延安《解放日報》副刊部的負責人與編輯〉一文中提到，1941 年丁玲是副刊的第一主編「待遇與編委一樣，為中灶伙食。丁玲任主編時編輯有劉雪葦（中央研究院文藝研究室的特別研究員，中灶待遇，借調來三個月）……1945 年擔任編輯兼秘書的溫濟澤，一度負責召集例會「也仍然是大灶待遇」。艾思奇「任副總編後，改為小灶待遇，即黨的高級幹部待遇。」[29]

那時，一看你吃的是什麼灶，身份不言自明。所以到了文學研究所時代，從山東大學畢業的大學生朱鏡華開始很不適應。據朱鏡華回憶：「那時的等級觀念很重。我原來是學生，不大懂，後來才明白。這是由戰爭年代長期的『供給制』演化而來的。我來文學所吃的是大灶，使用的是簡陋的三屜桌，椅子是木頭板的，這是最次的待遇。秘書以上可以用兩屜一頭沉帶廚櫃的桌子，並配有小書架。學員是「研究員」，可以用軟椅和一頭沉桌子。一般吃中灶的處級幹部用大的一頭沉，有三個抽屜，還可以用有軟座的沙發椅，並配有大書架。我是連書架也沒有的。當時是供給制，夫妻不在一起吃的很多。丈夫吃中灶，妻子吃大灶。所長級幹部吃小灶，丁玲來時是特灶（也有說吃小灶）。」[30]這樣一來，在文學研究所工作或學習的作家就都實行了供給制。

28　奚懷定〈毛澤東指導下的延安早期文藝運動〉，《新文學史料》，2000 年 3 期。
29　《新文學史料》，2000 年 2 期。
30　朱鏡華、邢小群〈文學研究所的悲喜劇〉，《山西文學》，2000 年 11 期。

　　而共和國成立前，實際上就存在市場製作家和供給製作家的區別。那時身處國統區的作家基本上是以稿費和版稅維持生活。即便是已經身為職業革命者的作家，也要用作家的收入去補給他的革命家的活動。夏衍的情況，就最能說明問題。1949 年 5 月，夏衍被委以上海市委常委、宣傳部長、上海市文化局長，華東軍政委員會常委等職，他在《懶尋舊夢錄》一書中說到這樣的情景：

　　書生從政，不習慣的事還是很多的。首先碰到的是一個「制度」問題，——大概是六月中旬，華東局的副秘書長吳仲超同志派一個人事幹部來要我填表，我填了姓名、籍貫、性別、入黨入伍時期後，有一欄「級別」，我填不下去了，因為我入黨二十多年，從來就不知道自己的級別。那位人事幹部感到很奇怪，要我再想一想，我只能說「的確不知道」。對方問：「那麼你每月領幾斤小米？」我說我從來不吃小米，也從來沒有領過。他更加惶惑，那麼你的生活誰供給的，吃飯、住房子……我說我的生活靠稿費、版稅，除了皖南事變後中央要我從桂林撤退到香港，組織上給我買了飛機票，以及一九四六年恩來同志要我去新加坡，組織上給了我一筆旅費之外，我一直是自力更生，賣文為業。[31]

　　那個時候作家們不斷有著作問世，從另一方面看，也是因為它是作家們的衣食來源。建國後除少數作家如：老舍、巴金、傅雷、張恨水仍以稿費、版稅為生（建國後張恨水一度生活困窘，經文化部研究，決定聘請他擔任文化顧問，每月支他一筆錢，幫助他一家度難關。後來他大量寫民間故事，認為可以靠稿費維持生活，就辭去了國家的補助。據袁進的《張恨水評傳》。），更多的作家接受

---

[31] 夏衍《懶尋舊夢錄》。

了供給制。全國解放以後，出版社、報社已經由國家控制起來。私營出版社在改造中逐漸取消。稿費、版稅已降得較低，多數作家已不可能以稿費為生了。

供給制在建國初期，是遍佈共產黨領導的一切部門的分配方式，在文藝界，首先從文學研究所開始。用這種體制，培養作家，管理作家，在中外歷史上都是不多見的。

共和國成立後，成為作家隊伍中的主力作家，很多都是共產黨員，他們多是有著雙重身份，即是黨的幹部，又是作家。他們對內對外總是聲稱自己首先是一個共產黨員其次才是一個作家。這時，他們都自覺地確立著自己在新的體制中的位置。比如：

實行工資制以後，作家可以在文藝級別與行政級別工資標準中自由選擇。很多作家，如果他們選擇文藝級別，就比選擇行政級別的工資高，但他們都願意拿行政級工資，放棄文藝級。理由是：行政級別可以按級別看文件、聽報告、甚至決定能否閱讀《參考消息》，以及享有高幹的醫療待遇等等。比如趙樹理，行政級別是十級 200 元左右，而他的文藝級別是二級，可拿 270 多元。當讓他選擇時，他選擇了行政級別的工資。他還主動放棄公費醫療和公務差旅費，每次下鄉，他都是自己掏腰包。他覺得自己的行政級別已解決了政治待遇，自己又是有一些稿費、版稅的人，比起一般人收入不低，不能再花國家的錢了。看來，他的內心還保留了自由職業者的情結：作家的消費應該是自己腦力勞動所得。據我所知，出於行政利益的考慮，不少作家面對行政級別與文藝級別的待遇時，都選擇了行政級。比如邢野說，他是行政十一級，文藝三級。如果拿文藝級月薪 230 多元，而行政級月薪是 180 元，他也選擇的是行政級別。也有作家在自己的權力範圍，讓自己在工資上拿文藝級，在行政上享有與他政治級別相符的待遇。我是從文革中的大字報中知道的。

　　自進入二十世紀以來，中國的文學創作就已從士大夫的雅興向市場環境中的文化生產過渡。二十世紀初，隨著現代報館和書局的出現，一批以版稅、稿費為生的作家階層逐步發育起來。到四十年代已形成相當規模。陳明遠在〈魯迅生活的經濟背景〉一文中談到魯迅後期以完全自由撰稿人生活在上海期間，「9 年收入相當於今226 萬元，平均收入相當於今 2 萬元以上。」並說：「錢，是他堅持『韌性戰鬥』的經濟基礎。……我在牛棚裏算清了魯迅一生的經濟帳目，才睜眼睛看清：離開了錢的魯迅，不是完整的魯迅，更不是真正的魯迅」[32]文學本來是社會性很強的自由職業，作家從一開始就是一種個體化的、以個人意志為主導的自由職業者。我記得在「文革」串聯中，我到文聯大樓看大字報，遇到一場對田漢、賀敬之等人的批鬥會。當讓被批鬥者自報家門時，田漢說：「我叫田漢，家庭出身地主、本人成份自由職業者。……」我是在國家所有制中長大的，當時根本不懂什麼叫自由職業者。所以對這句話記憶十分深刻。那麼，當文藝創作被規定了服務的目標，作家的職業就失去了原來的自由色彩。作家的創作從整體形態上看已經從個體行為變成了國家的行為。同時，由國家全包下的作家管理體制是與此相匹配的。當然，當時的中國作家更羨慕前蘇聯的作家待遇。蕭三在他的〈重遊蘇聯〉一文中寫道：「戈爾巴托夫對我們說：『蘇聯作家的生活好不好？看他工作得好不好。誰工作得最好，誰就生活得最好，黨和政府給他完全的生活保障。現在蘇聯的名作家每個人都可以買一個別墅，芬蘭式的，價值五萬盧布；可以自購汽車、汽油……』。作家有必要去各地考察、生活、訪問……的，

---

[32]　《社會科學論壇》，20001 年 2 期。

作家聯盟給他一種創作的旅行派遣，給他旅費，他在那裏可以住幾個月。」[33]

　　這種體制，使作家的角色發生了本質的變化。他們不再是思想文化界最自由、最自主的、做著人類靈魂救贖與讚美工作的一翼，而是國家機器上的齒輪和螺絲釘，是為政治鬥爭服務的武器、為建設事業服務的鼓手。正如學者林賢治所說：「一部《講話》，把文學從發生到接受的全部過程納入一個政治軍事闡釋系統。在那裏，作家是一支軍隊，文學描寫和新聞記者的對象一樣被分為「人民」和「敵人」互相對立的雙方，於是『歌頌』和『暴露』也就成了『擁護』和『反對』的同義語了。」[34]文藝為什麼人服務的問題和怎樣服務的問題就這樣解決了。

　　文學研究所按說不是作家長久停留的地方，是作家學校的性質，是個加工廠、蓄水池和集散地。當作家靠稿費、版稅生活的體制在新政權的制度框架中能否繼續已成疑問時，在文學研究所中沿襲戰爭年代形成的供給分配制度，是最可能實現的。何況當時共產黨領導的大多數部門都是如此。在現行的體制下的作家將享有怎樣的待遇，它的產生經過正在文學研究所期間發生。

　　軍事共產主義性質的供給制，到了和平時期不便於長期維持。那麼，是讓作家們轉向等級確定的工資制呢，還是回到過去，讓他們依賴稿費為生？當時的選擇只有前者。這是因為：

　　（一）社會已經不具有自由出版的市場，如何有自由支付稿費、版稅的社會空間？靠稿費生活的除了此前創作量很大版權尚多的作家外，一般的作家靠多少年寫出一本書、幾篇文

---

[33] 《文藝報》第一卷第二期。
[34] 林賢治〈胡風「集團」案：20世紀中國的政治事件和精神事件〉，《黃河》，1999年期。

章，是無法生活的。不是他們有沒有這個能力，精神產品的思想和方向性制約，使他們根本不可能像自由作家時期那樣多產，並靠稿費生存。如早期「湖畔詩人」汪靜之說：「我多年沒寫詩了，上海解放後第二天就寫了三首詩，投稿不登，以後就提不起興趣了。」[35]像這樣的詩人和心情，怎能讓他們靠稿費生存呢？對作家工資制的實施，使他們即使長期不發表作品，也有生活保障。事實證明，共和國建立後十七年間版稅制逐步取消，稿酬也一減再減標準，有稿酬與無稿酬只能成為生活水平高一些和低一些的標誌，詩人郭小川在日記中常寫到，拿到了多少元稿費，陪夫人去買布料做衣服。從當時多數作家的生活情況看，稿酬再不是生活僅有的依靠了。不會像周揚在上海時，妻子即將臨盆生產，急得到處告借，手裏硬是連妻子住院生孩子的費用都沒有。

(二) 工資制的深層之意還在於你的寫作是為誰服務。

你拿著「國家」的供給，當然要首先為「國家」服務，為已經統一了的國家意識形態服務。作家的自由職業形態，是市場化產物；當國家在大範圍內實行供給制時，正是計劃經濟初期建立的時候，完成了向計劃經濟的過渡也就完成了作家由自由職業向工資制的轉變。文學研究所儘管與全國很多部門一樣實行著供給制，但它的供給制，有著特殊的意義，它的存在從客觀上看，顯然是作家被全部包幹的一個過渡時期。

---

[35]　《作協整風簡報》，1957 年 5 月 30 日。

三、蘇聯高爾基文學院的影響

心裏的模式

　　共和國建立初期，由於體制的性質，我們不但在經濟體制上向前蘇聯看齊，在文化體制建設上也在向前蘇聯學習。教學、科研、文學的體制模式都在向蘇聯靠攏。大家都知道蘇聯有個高爾基文學院。當然希望向老大哥看齊。《文藝報》創刊後第二期，就專門介紹了蘇聯的高爾基文學院。

　　《文藝報》1950 年 12 月出版的第三卷第四期，登有一篇劉白羽訪前蘇聯文學院的文章。他介紹說：「文學院是一九三三年，由高爾基倡議創辦，屬於作家協會所領導。創辦的動機，並不是由於單純培養作家的觀點，而是高爾基鑒於工人群眾當中有很多人歡喜文學，高爾基看到在勞動人民中含有豐富的創作天才與智慧，所以這個學校當時是一所工人文化夜校，是個補習性質的學校。但後來，由於蘇維埃社會的成長和成熟，人民文化水平的提高，對文學藝術的要求逐漸普遍……而逐漸變成為一所正規學校。……學院學習課程，除了必須學習馬列主義、政治經濟學課程之外，學習中的重點最主要的部分是文學史、古代文學、民間文學、蘇聯文學、文學理論、詩、小說、兒童文學以及各民族文學史、各民主國家文學史。」[1]從課程安排上，蘇聯文學院是顯得正規、全面一些。

---

[1]　《文藝報》，1950 年 12 月第三卷第四期。

　　建國以後，中華人民共和國效仿蘇聯是體現在各個方面的。不論辦大學如此，辦文學院也如此。有人說文學研究所是中國文藝的黃埔軍校。殊不知，當年的黃埔軍校正是按照蘇聯紅軍的原則和制度建立起來的。孫中山曾請來幾名蘇聯教官作為軍事顧問參加籌建軍校的工作。後來兩國的體制已經基本一致，可以借鑒的東西自然更多了。打開 1950 年代初的《文藝報》，大量介紹的是蘇聯作家、作品和文藝理論。

　　我在與一些當年文講所的學員的交談中，他們都提到把蘇聯的高爾基文學院作為學習的模式。

　　徐剛說：「公木是詩人、教育家、實幹家。他經過調查研究後，認為文學講習所只有發展為文學院才有前途；作家協會不能領導正規的大學；要與文化部教育司聯繫，將文講所納入正規學院的軌道。吳伯簫和公木長期搞教育事業，都想把文講所這一教育事業辦好，便共同到文化部去聯繫。文講所與文化部聯繫也是正經的途徑。經過交涉，教育司同意吳伯簫、公木的意見，而且給了一名出國留學的名額，讓到蘇聯高爾基文學院學習。吳伯簫叫我去留學，我不願意去。我沒有一點外文基礎，勉強出國留學，會結出個什麼果子？有一名教師和所部秘書要求去，經審查，沒合格。那時要求歷史、主要社會關係、政治思想都清白純正，這事也就擱下了。接著公木叫教務處根據過去的經驗教訓，參考蘇聯高爾基文學院的教學計畫和其他材料，制訂第三期教學計畫，發出招生通知。這時中國作家協會批丁、陳的黨組擴大會議召開了。」[2]

　　王景山也說：「領導上一度考慮我和古鑒茲去那裏（高爾基文學院）學習考察。準備派我去，估計是因為我在大學時讀過兩年俄

---

[2]　徐剛、邢小群〈丁玲和文學研究所〉，《山西文學》，2000 年 8 期。

文，到所後又在俄文夜校讀中級班。但不知什麼原因，所部的這一計畫未能實現」[3]

在 2000 年魯迅文學院建院五十周年展覽廳中，我看到 1955 年 3 月文講所（前身是文學研究所）向文化部、中國作家協會和周揚同志呈送審核文講所發展計畫檔，從中可以看到中國作家協會主席團已經決定「文學講習所是由高級文學訓練班向正規高等院校過度的性質」，計畫提出自 1957 年暑期後基本轉入正規化，實行新學制。但兩年後這一進程因反右運動中止。

丁玲的選擇

丁玲並沒有完全照搬蘇聯的模式。

根據徐剛、毛憲文所編的《文學講習所發展簡況》介紹：「當時確定文學研究所的性質是：不僅是教學單位，同時又是文藝創作與研究單位。」丁玲認為，到這裏來是一次學習的機會，又認為學習不能離開創作。這樣就使這個學習部門多了一層創作基地的功能；同時，她覺得這裏也應該是同志之間切磋，老作家、文藝批評家批評指導的地方。於是便確立中央文學研究所的任務為：教學、文藝創作和文學研究。所以，這種有別於蘇聯文學院的文學研究院的功能就這樣形成了。

從學員的反映看，他們比較同意這種辦學方式。

創作慾望強烈的，把文學研究所當作是「借廟修行」。

我採訪田間的夫人葛文時，她說，丁玲讓田間去文學研究所，一方面是他寫了那麼多東西，丁玲覺得還是好的；一方面，覺得他

多年在地方上做領導工作，有工作經驗。當時田間在文學研究所做秘書長，邢野同志做行政處長，管雜事，其實都是借廟修行。[4]意思是指他們把在文學研究所幹什麼工作，看得不重要，主要是想借這方寶地搞創作。持這種心理的學員其實不少。雖然他們認為那些提高文學修養的學習很重要，但他們更希望那些學習對自己的創作有實際的啟發。他們是帶著心中醞釀已久的題材，邊消化文學理論知識，邊實踐。像馬烽的小說《結婚》、邢野話劇《游擊隊長》（後改為電影《平原游擊隊》）、梁斌的長篇小說《紅旗譜》、張學新話劇《六號門》、徐剛的《女護士陳敏》、劉真的中篇小說《我和小榮》、谷峪的短篇小說《一件提案》、董曉華電影劇本《董存瑞》、和谷岩的小說《楓》……這些當時有影響的作品，都是在文學研究所時寫的。

　　說到「借廟修行」，王慧敏的回憶很生動，她說：「還有一件深感內疚的事：文學講習所這期（二期）黨支部書記是梁斌同志，我被選為支部委員。當時丁玲等所領導曾向學員交代，梁斌同志一面工作，一面寫作，這我也清楚。梁斌同志善良厚道，深受同學們尊重。但他無論開會，參觀、聽報告或食堂吃飯，一年四季腋下總是夾著一個鼓囊囊的、深紫色的大皮包；甚至開會發言時，還用手按著皮包，像怕遺失似的。有時還見他從皮包裏抽出幾片紙記上點什麼，很快又把紙片放進皮包裏。同學們對這個神秘的皮包，有各種各樣的猜測，有的同學還提出過意見，說梁斌同志對支部工作管得少。……直到 1957 年梁斌的文學巨著《紅旗譜》問世後，我才恍然大悟，也知道了他那不離身的皮包的秘密——原來這個輝煌的巨

4　筆者 2000 年 9 月採訪。

著的雛型，就在這個皮包裏。中央文學講習所是這部經典《紅旗譜》的誕生地。」[5]

希望多讀書的人，抓緊讀書。

苗得雨說：「托爾斯泰的《安娜‧卡列妮娜》，歐文講農業的那節不下二萬字，我一翻而過。騰出的一些空隙，便鑽研自己的『熱點』。我細讀了亞里斯多德的詩學、車爾尼雪夫斯基的詩與詩論。……當時蘇聯文學的文藝觀是我們必學的正統觀點，但偶爾有新鮮見解傳來，也能引人注意，如寫《收穫》那位女作家尼古拉耶娃寫的一篇〈論文學藝術特徵〉就引起了我們一些人的興趣。」[6]

和谷岩說：「當時文學研究所學習和創作的空氣是很濃的，從全所大會到小會內容總離不開兩個主題：學習、創作，連課餘時間與到什剎海去散步時，談的也都是彼此的讀書心得、作品分析、個人將來深入生活的打算和創作計畫。」[7]

丁玲還把一些老作家安置在所裏，即不講課，也不是學員，實際就是個創作組。王景山回憶：「接下來成立了創作組，駐院進行創作和研討、交流活動，雷加、西戎幾位都曾是這個組的成員。」[8]徐剛對此曾有看法。他說：「當時文學研究所的條件不具備養這些老資格的大作家，如陳學昭、周立波等同志；工作上也沒有必要養這些作家。」[9]

但丁玲這樣做有她自己的考慮。這些老作家是資源，也是一種氣候。

---

[5]　筆者 2001 年訪談。

[6]　苗得雨〈文學講習所的回憶〉，《文學的日子》，310 頁。

[7]　和谷岩〈我的母校我的搖籃〉，《文學的日子》，322 頁。

[8]　王景山〈我與魯院〉，《文學的日子》，58 頁，魯迅文學院 2000 年編印。

[9]　徐剛、邢小群〈丁玲和文學研究所〉，《山西文學》，2000 年 8 期。

四、文學研究所的教學內容與形式

開學

中央文學研究所成立於 1950 年秋。1951 年 1 月 8 日正式開學。

徐剛說：「開學典禮上，郭沫若、茅盾、周揚、沙可夫、黃藥眠都來了。過了兩天，《人民日報》記者白原有一篇約兩千字的通訊，報導文學研究所開學典禮。」[1]

老學員胡昭說：「我永遠忘不了我們的開學典禮。過去只在文學史上、在報刊上見過名字和照片的文學前輩相繼走進小小的禮堂：郭沫若、茅盾、周建人、葉聖陶、丁玲、張天翼、李廣田⋯⋯對我來說，他們就像是直接從書上、報上、電影上走下來的，魯迅先生同時代人呵！郭老和茅公正年富力強，葉老和周老穿著藍長袍，周老那麼酷似魯迅先生。在飄飄大雪中的這個盛會，預兆著新中國文學的豐收年景。」[2]

辦學宗旨

丁玲徵求各方面意見，確定的教學方針是：「自學為主、教學為輔；聯繫實際，結合創作。」

康濯曾向《文藝報》記者介紹「學習的內容中政治學習包括馬列主義的基本知識，毛澤東思想，和有關當前國家建設的各種政策，

---

[1]　徐剛、邢小群〈丁玲和文學研究所〉，《山西文學》，2000 年 8 期。
[2]　胡昭〈燈〉，《文學的日子》，336 頁。

時間占總的學習時間的百分之十六。業務學習包括有新文學史、中
國文學史、文藝學、蘇聯文學、名著研究、作品研究、作家研究等，
時間占百分之五十三。另外寫作實踐占總的時間百分之三十一」[3]

課程與師資

　　文學研究所當年的教學情況使一些學員至今回憶起來都很興
奮、很得意。

　　我在魯迅文學院看到當年的課程表有這樣的記載：

文學研究所第一期中國古典文學的課有：

裴文忠：史前的文化

鄭振鐸：中國文學史、中國古代文學

郭沫若：屈原

俞平伯：古詩十九首、孔雀東南飛

鄭振鐸：三國六朝文集

余冠英：南北朝樂府詩、樂府詞

鄭振鐸：唐詩的駢文和傳奇

游國恩：白居易及諷刺詩

葉聖陶：古文

鄭振鐸：詞與詞話

葉聖陶：辛稼軒詞

葉聖陶：元朝時代的文學

張庚：元曲

聶紺弩：水滸傳

---

[3]　蘇平〈訪問文學研究所〉,《文藝報》，第三卷第四期。

鄭振鐸：明代的小說與戲曲——桃花扇與紅樓夢、清朝末年的小說。

中國文學史的每一段，都是專家來講。應該說層次高，且系統。

現代文學課有：

曹靖華：魯迅雜文

郭沫若：創造社及其作品

茅盾：文學研究會

葉紹均：茅盾的短篇小說

老舍：抗戰時期的重慶文協

李廣田：關於聞一多

艾青：新詩的源流和發展

田漢：南國社及當時的戲劇運動

課程設置是每週星期三的下午。其餘的時間，是自學、看書。來文學研究所講新文學的有蔡儀、李何林、李伯釗、楊晦、楊仲思、張天翼、何干之、曹靖華、李霽野、李又然、吳組湘、丁玲、老舍、李廣田、張庚、黃藥眠、蕭殷、艾青、田間、葉聖陶、胡風、周揚、陳企霞、馮雪峰、何其芳、嚴文井、周立波、樓適夷、柳青、劉白羽、光未然、趙樹理、楊朔、秦兆陽、柯仲平等。這些人都是新文學以來重要的作家與理論家。他們本身的文學實踐，就是新文學史的一部分。

第二期的學習，趙郁秀因為完好保存了當年的筆記和講義談得比較詳細。她在〈我們的隊伍向太陽〉一文中說：「開學後第一節課便是文化部副部長鄭振鐸講古典文學。……鄭振鐸的古典文學持續了兩個月，共四講；第一講：為什麼和怎樣學習古典文學；第二講：中國古典文學的詩歌傳統；第三講：中國古典文學的戲劇傳統；第四講：中國古典文學中的小說傳統。這中間穿插有：李又然講《詩

經》、游國恩講《楚辭》和白居易；馮志講杜甫；阿英講《元曲》；宋之的講《西廂記》；王亞平講民間文學和地方戲曲；聶紺弩講《水滸》；連闊如講《水滸》人物塑造；路工講《水滸》的真實性和人物性格；學員經過月餘的《水滸》學習、討論，馮雪峰來總結」。

「古典文學課程三個月學完。十一月下旬進入第二單元，『五四』以來的新文學，由南開大學的李何林先生開篇。第一講：『五四』以來新文學發展道路；12 月 5 日第二講：『左聯』時期的革命文學活動；轉年 3 月 8 日第三講：延安文藝座談會講話後新文藝的發展。期間按階段穿插有：邵荃麟講『五四』以來新文學運動的意義；艾青講『五四』以來的新詩；嚴文井講祖『五四』以來的散文；吳組湘講茅盾的小說；黃藥眠講郭沫若的詩；張庚三次講中國話劇運動史；陳荒煤講電影創作；柯仲平講解放文藝；康濯講丁玲和《太陽照在桑乾河上》。重點是學習、研究魯迅。馮雪峰三講魯迅的小說；胡風講魯迅的雜文；孫伏園講魯迅的生平。」

「1954 年 5 月，開始進入西方文學大單元，開篇主講是楊憲益，希臘神話、希臘史詩、希臘戲劇共三講。5 月 25 日始由吳興華講文藝復興和但丁的《神曲》，接下來馮至講歌德的《浮士德》；杜秉正講拜倫的詩；蔡其矯講惠特曼的詩；葉君健講《堂‧吉訶德》；陳占元講巴爾扎克；高名凱講《歐也妮‧葛朗台》；趙蘿蕤講《特萊瑟》；張道真講《約翰‧克里斯朵夫》……這一單元重點討論莎士比亞，由中戲教授孫家琇三講《奧瑟羅》、《李爾王》等；曹禺講《羅密歐與茱麗葉》；呂熒講《仲夏夜之夢》；吳興華講《威尼斯商人》；卞之琳講《哈姆雷特》。暑假後，9 月 15 日開始學俄羅斯文學、蘇聯文學發展概況。呂瑩講普希金；方紀講托爾斯泰；張光年講《大雷雨》、潘之汀講契柯夫。蘇俄文學重點學習契柯夫和

蕭洛霍夫，以《被開墾的處女地》為主。馮雪峰、蕭殷等講法捷耶夫、伊薩柯夫斯基及蘇聯電影創作等等。」[4]

苗得雨說：四個學期的學習，日程早就排好，如第一學期，週一學文藝學，週三學政治，週二、四、五研讀作品，週五與週六創作實習。除了聽課和討論，讀書、思考都是各自在自己屋。[5]

作家梁斌說：從我的經驗看，那時政治課講聯共黨史，沒什麼道理。不如講政治經濟學。其他的中國文學史應該講，詩歌、短篇、長篇都應該開專業課。因為你不知學生將來會成什麼樣子。魯迅、茅盾都應該開專門課程。作家的水平和文化素養不一，看對象的興趣。外國文學主要講高爾基、托爾斯泰、巴爾扎克。講課時間也不定，大致一月一二次，至多三次，一次半天、一個題目。」[6]

從第一期、第二期的教學安排看，內容是比較豐富的，其實也是大學中文系學習的重點篇目。文學史的系統與專題相結合。但實際他們一個星期才有一次到二次的講座。其他都是以自學討論方式來學習的。從上課時數看，可謂以自學為主，講課為輔。講習所的辦學方式還是明顯的。

文學研究所從第一期起實行導師輔導制。就是給每個學員指定指導創作的輔導老師。一般一個導師輔導四五個學生。到第二期更加具體化。第二期作家輔導學員創作實習的名單：

丁玲——李涌、谷雨、羽揚、張鳳珠；

張天翼——劉超、鄧友梅、孫肖平；

---

[4] 趙郁秀〈我們的隊伍向太陽〉，《文學的日子》，365 至 369 頁，魯迅文學院 2000 年編印。
[5] 苗得雨〈文學講習所的回憶〉，《文學的日子》，魯迅文學院編輯出版 2000 年編印。
[6] 毛憲文〈訪梁斌在講習所〉，《文學的日子》，99 頁，魯迅文學院編輯出版 2000 年編印。

康濯——漠男、李中耀；

馬烽、西戎——王惠敏、譚誼、李強、郭延萱、繆炳林；

趙樹理——錢鋒、唐仁鈞、周基；

劉白羽——劉大為、周行、董曉華、趙忠；

嚴文井——申德滋、劉真；

光未然——魏連珍、張樸、金劍、蘇耕夫、顏振奮；

宋之的——胡海珠、趙郁秀、繆文渭、白艾、白刃；

陳白塵——王丕祥、李宏林、賀鴻鈞、李赤、蕭慎（戲劇組）。

艾青——呂亮、張志民、孫靜軒、劉超；

田間——和谷岩、胡查爾、苗得雨。

　　文學研究所的講課與輔導，可謂中國知名作家總動員。進一步顯示了當時新的國家體制，對培養新的文學人才的重視。

五、丁玲與文學研究所

文學研究所成了丁玲的「滑鐵盧」

說起文學研究所，不能不談到丁玲，就像談到丁玲不能不提到文研所一樣。這不僅因為文研所是在丁玲手中創辦的，也是因為文研所和丁玲的不一般的因緣關係而促成了它的短命。丁玲的學生們把文研所視為使自己文學生命萌芽拱土的陽光與春風，而文研所的創辦又未嘗不是把丁玲推向她人生境遇深淵的兆始。

1950年丁玲熱情而不辭辛苦地辦起了文學研究所。她本不擅長做管理工作的，也不願意讓當官一類的事佔據自己用來寫作的時間。她任中宣部文藝處長時，在部裏連辦公室都沒有，照陳明的話說，她去部裏上班，不是到副處長林默涵的辦公桌旁邊坐坐，就是到嚴文井辦公桌邊談談。可能是她的兼職多，不但她自己，就是有關部門也不把這些當回事。新中國成立以後的形勢，不允許她坐下來靜靜地寫作。她就把自己的文學情結轉化為培養新一代作家上去了。

但是丁玲萬萬想不到，把她打成「丁陳反黨集團」所提供的「罪證」大多來自她主持工作的文學研究。

根據中國作家協會黨組在對丁玲陳企霞批判之後寫的《關於丁玲、陳企霞等進行反黨小集團活動及對他們的處理意見的報告》所歸納的丁玲的問題有：一、拒絕黨的領導和監督；二、狂妄地吹噓自己，製造個人崇拜；三、提倡一本書主義，說「一個人只要寫出一本書來，就誰也打不倒，有一本書就有了地位，有了一切，有了不朽」等。

　　徐光耀在他的回憶文章〈昨夜西風凋碧樹〉中曾把 1956 年中國作家協會在複查「丁陳反黨」一案中，給他的一封調查信全文披露。從這封信中，我們更能看到丁玲一案同文學研究所的關係。原文如下：

> 徐光耀同志：
>
> 　　去年作協黨組擴大會議所揭發的關於丁玲、陳企霞等進行反黨小集團活動的問題及事實、經中宣部黨委指示，目前正進行調查對證。關於丁玲同志的歷史問題，現已審查清楚，除她過去交待的問題外，沒有發現新的問題。現有幾個有關丁玲同志的問題，請你協助提供材料，問題如下：
>
> (一) 有人說：過去文學研究所中曾流傳著文研所是丁玲創辦的說法，對這一問題，你是否能提供具體情況，如係何人說，何人傳，你和其他學員對這結果是如何理解的？說文研所是丁玲創辦的，這是否就是說在學員心目中，只知有丁玲，不知有黨？據你瞭解，丁玲在學員中的影響如何？你和其他學員當時對她的看法怎樣？
>
> (二) 有人說丁玲散佈過「一本書主義」、提倡驕傲等資產階級個人主義思想，你是否聽到過？你和你所熟悉的學員和其他同志是否受過這種思想的影響？你對此問題的看法如何？丁玲曾在某個會上提出你的《平原烈火》比《日日夜夜》只低一點。她是在哪個會上談的，什麼情況下怎麼說的？她是否在鼓勵你的驕傲情緒？對你有何影響？此外，有人說，丁玲從蘇聯回來後曾對你說人要寫出一個作品來才行，她的意思是否向你宣傳「一本書主義」？她當時是怎樣談的？你當時的理解和現在的看法如何？

（三）有人說，丁玲在文研所宣傳和培養個人崇拜，張鳳珠也在學員中散佈了一些助長個人崇拜及有礙團結的言論，你是否知道這些情況？請提供詳細材料。

（四）有人說，文研所在丁玲的把持下，不要黨的領導，黨和革命的空氣進不去，你是否也有此感覺，能否提供具體事實？你的看法怎樣？

（五）中宣部討論停辦文研所時，據你所知文研所派了哪兩個學員列席了是中宣部的會議？由誰派的？如何佈置的？關於這一問題，在當時學員中有些什麼反響？你是否聽丁玲同志在學員中散佈過不滿中宣部的言論？

（六）據你瞭解。丁玲在學員中的影響如何？丁玲曾給你一些什麼不好的影響？你對丁陳反黨小集團這一問題的看法如何？

附上丁玲同志的辯證材料及檢討各一份，請你看後提出具體意見和提法。

上述問題，務請於 12 月 7 日前以書面材料交給我們為感。

作協黨組（蓋章）
11 月 30 日[1]

　　這樣地提出問題，懷疑問題，在今天的人們看來是頗具諷刺意味的。殊不知，這還是 1955 年批判丁玲後的一次負責任的甄別調查。即使已經濾去當時批判高潮時的火藥味，我們從「問題」的提出和設問，仍感到震驚：作家協會是一種什麼機構？它的職能應該維護什麼？反對什麼？

---

[1]　徐光耀〈昨夜西風凋碧樹〉，《新文學史料》，2001 年 1 期。

關於「只知有丁玲，不知有黨」

　　丁玲在她的〈辨證書〉中說：「XXX 說我搞「獨立王國，爭地盤，擴大力量，自己爭取辦事（大約是指文研所，《文藝建設叢書》）。我的說明：文研所雖是由我建議，但是經過黨組多次討論，領導上決定建立的。我聽到許多同志的反映，覺得過去在戰爭時期讀書太少，我也確實覺得他們需要讀書，就像我這樣的人也需要讀書，才向黨建議的。[2]

　　籌備文學研究所是文藝界有目共睹的大事。文學研究所的建立幾乎與作家協會同步。茅盾在文代會前與文藝界各方代表商討新文協的工作時就談到要創辦文學院。是題中應有之義的事。《文藝報》創刊後第二期，專門介紹了蘇聯的高爾基文學院。何以會使學員只知有丁玲，不知有黨？這是黨的一級組織可能說的話嗎？這些問題放在今天，真可謂匪夷之思。

關於「一本書主義」

　　從徐光耀、徐剛、苗得雨、張鳳珠等人的回憶文章中，從我接觸的文學研究所的學員中，大家都為「丁玲提倡一本書主義」辯護過，說丁玲沒有提倡過「一本書主義」。如女作家陳學昭回憶當時讓她揭發丁玲「一本書主義」時的情景，是這樣的：「『你想過沒有？丁玲平常對你說些什麼？』『我忙著寫《春茶》』，她鼓勵我寫好工農兵。她說白朗已寫出一本，草明也寫出了一本，她也寫出了一本。……過了兩天吧，這天下午，通知召開大會。大家都按時

---

[2]　周良沛《丁玲傳》，北京十月文藝出版社 1993 年。

進了會場。……Y 走到台前，聲稱目前最重要的任務是批判丁玲的『一本書主義』，並說這是陳學昭揭露的。他剛說完，報名發言的人一個又一個。我站起來要發言，幾次被阻止。終於，我不管臺上的人還在講話就站了起來，在自己的座位上大聲講了。我把 Y 如何逼問我和丁玲同志之間談過什麼話，我對 Y 如何回答等等，原原本本的說了一遍，並堅決表示對黨對同志們負責：丁玲同志沒有講、沒有提倡『一本書主義……』」[3]

徐剛在 1956 年 7 月給作協黨總支、中宣部黨委、中直黨委的信中說：「關於宣傳『一本書主義』，第一期的學員懷疑是丁玲在第二期講的，第二期懷疑是第一期提倡一本主義，在這裏長期工作的工作人員認為是沒有這件事。去年我在黨組擴大會議上曾揭發說：『丁玲說：開文代會也好，辦講習所也好，主要是為了創作。現在需要的是十個作家在這幾年內寫出十部好作品來。——開文代會的小組會真沒意思，不如逛北海公園去。——作家罵批評家是最沒出息的』以上的話，是在二次文代會期間，一天晚上，在學員羽揚、孫肖平屋內講的，屋內約有七八個學員。如果是從以上的事推論出宣傳『一本書主義』，我認為是不實際的。丁玲同志在一二期的講話中都提到：『不要粗製濫造，寫幾本不很好的書，不如寫一本好書』我覺得這話是對的。」[4]

徐光耀在 1956 年 12 月寫給中國作協的信中說：「『一本書主義』這個詞戴在丁玲頭上，我現在認為是不妥的。她說過恍惚可以這樣聯繫的一類的話，如她說：『寫一本書出來，應該讓讀者讀了有所收穫，長久不忘，要有作者自己的心血、自己的發現在裏面，

---

[3]　轉引：宗誠《丁玲傳》，文聯出版公司 1988 年。
[4]　徐剛提供「複印材料」。

要有站得起來的人物、等等。我以為她是在提倡注意質量，反對粗製濫造。這話至今看來，也沒有什麼錯。」[5]

據第一期學員胡昭回憶：丁玲在一次講話中說：「辦這個學校，我只有一個心願，希望大家寫幾本書出來。只有寫出書來，寫出讀者喜愛的書來才算得上是一個作家。」[6]

在 1955 年批判丁玲期間，文學研究所的學員迫於形勢和對上面精神的內懼，大多數人揭發過丁玲的「一本書主義」等「罪證」，而一旦有了讓他們實事求是講話的可能，他們都能認真地講出自己的心裏話。

其實，從另一個角度看，說丁玲是「一本書主義者」，是不奇怪的。這其中蘊藉著丁玲深刻的作家情結。丁玲的所謂「一本書主義」，當然不是靠一本書吃一輩子。當二三十年代丁玲在百般求生無路可走、確認自己是可以成為作家的時候，寫書就成為她終生奮鬥的目標。她認為這是她在這個社會上立足並證明自己的唯一方式。其餘的東西她都看得很淡。應該說這種對寫書的信仰貫穿在她的一生中。從丁玲在 1948 年的日記中我們就可以看到這種思想的最終建立。她在日記中說：「我常常覺得有些人還歡喜我，又常常覺得有些人並不歡喜我。我歡喜那些我以為歡喜我的人，不歡喜那些不歡喜我的人。……人之所以不歡喜我，是因為看見了我的缺點；歡喜我的人是因為他看出了我的長處。我保持我的長處，克服我的缺點不就全好麼？只要我有作品，有好作品，我就一切都不怕，都不在乎，小人是沒有辦法的！」[7]所以她會在她的學員中經常說：「一個作家，如果一輩子能寫出哪怕是一本好的書、有用的書，也是好

[5] 徐光耀〈昨夜西風凋碧樹〉，《新文學史料》，2001 年 1 期。
[6] 胡昭〈燈〉，《文學的日子》，魯迅文學院 2000 年編印。
[7] 丁玲〈四十年前的生活片斷〉，《新文學史料》，1993 年 3 期。

的。」[8]「只要寫出一本書來誰也打不倒；寫出一本書來就是一切。」
「我要悄悄地告訴你們：我還有一點雄心，我還想寫出一本好書，
請你們給我以鞭策。」[9]丁玲的書得了史達林獎後，她仍總在表達著
要繼續寫書的願望。她曾拿出幾本裝訂得很考究的果戈理的書對她
的學生說：「一個人寫出書來，值得這樣裝訂就好了。」她受批判
後對自己的兒子說：「我是以羨嘆的心情說這番話的，是深感自己
之不足，至今還沒有寫出一本讓自己滿意的書來，還需要不懈地努
力，同時，也是以此與這幾位同學共勉。」[10]可見她對作家的成就
自有她的認同。她在 1954 年 1 月 29 日給文學講習所的部分學員一
次講話中，可以說通篇談的都是如何寫書。（〈讀書問題及其它〉
《新文學史料》2000 年 4 期）她總告誡文講所已經發表過著作的學
員，不能驕傲。「你已經寫過一本很好的書，這是非常可喜的事，
但離一個作家離一個成熟的作家還很差，……你不要忘記，暫時寫
不出不要緊，怕的是永久寫不好。」[11]可見，「一本書主義」對於
丁玲，就是作家的使命。

關於培養「個人崇拜」

　　說到崇拜，徐光耀在當年給作協黨組的回信中是這樣說的：「至
於丁玲在學員中的影響，我認為是很大的，她差不多獲得了普遍的
愛戴。人們對她的印象主要是，她很瞭解創作、很能知道人，對青

8　苗得雨〈與老所長丁玲合影〉，《大眾日報》，1999 年 4 月 4 日。
9　〈丁玲的兩篇遺作〉，《新文學史料》，2000 年 4 期。
10　蔣祖林〈回憶母親丁玲〉，《沒有情節的故事》，北京十月文藝出版社 2001 年 1 月。
11　徐光耀〈「丁玲事件」之我經之我見〉，新文學史料 1991 年 3 期。

年熱情、關心。」徐光耀說的是事實。徐剛說：「文學研究所當年
有個學員叫沈季平，他原是清華大學三年級休學的學生，由李廣田
介紹於 1950 年底來文學研究所學習，入學後不幾天，他第一次見到
丁玲，於是感情衝動，寫了一首詩，稱頌丁玲是太陽，他寫後給田
間看，田間說：『說丁玲是太陽不好，對一個人不能這樣稱呼』。
沈將詩稿拿回，放了起來。……1951 年發動抗美援朝捐獻，大家熱
情很高，沈季平將自己的愛人給他的訂婚的金戒指也捐了出來，而
他每月只有一點津貼，母親正得病，需要錢用，丁玲知道了這事，
就給他二十萬元錢（相當於二十元），叫他寄給他母親。」[12]這也
是事實。

張鳳珠說，李納到延安見到丁玲時非常激動地說：丁玲同志，
我是為了你才到延安來的。李納是個非常單純的學生。後來也到了
文學研究所。

徐光耀說：「我不大喜歡丁玲的作品。但是一聽丁玲的講話。
哎呀！了不得，她講話太好了！真摯、生動、熱情揚溢。非常尖銳、
潑辣，能掏心窩子，充滿對年輕人的火熱的感情。我心想，這個人
可是個人物。是能啟發我們的。」[13]

我採訪的當年文研所的老同志說到丁玲時，幾乎都是由衷地熱
愛她。這並不排除對她的缺點的正視。這種崇拜主要出於對她才華
和成就的敬佩，對她的文學教導的欣服。

我從孫犁給丁玲的一封覆信亦可見一斑。1980 年孫犁為天津日
報副刊向丁玲約稿，丁玲寫去稿子，孫犁在覆信中說到自己在三十
年代，丁玲在文學方面給他的強烈的影響。他說，「我那時崇拜您

---

[12] 徐剛 1956 年給作協、中宣部的信。油印。
[13] 筆者 2001 年 2 月採訪。

到了狂熱的程度，我曾通過報刊雜誌，注意您的生活和遭遇，作品的出版，還保存了雜誌上登載的您的照片，手跡。照片中，印象最深的，是登在《現代》上的，你去紗廠工作前，對鏡梳妝，打扮成一個青年女工模樣的那一張，明眸皓腕，莊嚴肅穆，至今清晰如在目前。」[14]孫犁是深沉、寡言之人，能有過這種崇拜，時到晚境還能說出這樣的話，真令我吃驚，就不要說，那些剛剛走上文學道路上的莘莘學子簇擁在丁玲周圍的心情了，這倒真說明丁玲作為作家名副其實的影響力、號召力。培養作家的學校不崇拜作家崇拜什麼？當文學研究所的同志自發地掛起魯迅、郭沫若、茅盾、丁玲的照片後，雖然丁玲深感「事態」嚴重，讓他們趕快取掉，但從另一角度看，丁玲在人們心中的位置、在文學研究所的威信，她所受到的愛戴是不言而喻的。

作為文學導師的丁玲

念念不忘寫書，和怎樣寫好書，我們是可以視為作家丁玲的「作家情結」來理解的。

丁玲在文學研究所裏又是怎麼啟發她的學生寫作呢？

她在給學員的講話中說到這樣一種現象：「有的人看《靜靜的頓河》，說作品的思想不好，有問題，有的人認為不應該以富家格里高里為主角；又有人說，這就是作者蕭洛霍夫本人的思想，但我看時就沒有想到這些，我想作者就是要寫富農，他寫時也不見得要把格里高里寫成這樣的結局，我鑽到書裏面去了，我以為作者就是寫了這樣一個人，這個人夾在生活裏撥不出來，和生活一起在滾，

---

[14] 《丁玲選集》第三卷，863 頁，四川人民出版社 1984 年。

滾來滾去，慢慢地人也跟著滾老了。一個時代，大的事件把人裹到裏面去了。」[15]這是多麼生動的藝術感受和闡釋！她還說：「我覺得讀書太清楚、太理智是無味的……只是找主題是什麼，積極性夠不夠，人物安排的好不好，這樣是否不好？」（同上）關於這段話題，苗得雨也有大體一致的記錄。在苗得雨的文章中還記著她這樣的話：「我們讀書是教條的，按著幾條去讀，幾條是讀出來了，證據是有了，但裏邊的動人的地方倒忘了。……讀書是一享受。讀著有種味道，很高的，可以忘掉一切的味道。享受久了，在腦子裏形成一種愉快的東西，有一天碰到一種思想，構成了一個主題，這些享受都活了，產出作品。」[16]她這樣的文學老師，與當時的流行說法，當然不大一樣。但學生們愛聽。因為學習創作的學生，更願意接受作家式的體驗和交流。原第二期學員作家鄧友梅說：「坦白地說，這些觀點和主張，在那個時代是『另唱一個調子』用現在的話說有點新潮、前衛！我們這些年輕人聽了又震驚又喜悅、耳目一新。我們再讀書、寫作就可以理直氣壯改用我們贊同的方法。但她的話傳到別人耳中也引起另一種反映。」[17]

徐光耀說：「丁玲的（這篇）講話，是小範圍的。根本就不想發表。而且她面對的是一群天真活潑的青年。那時丁玲已經不掌權了，所以她覺得可以說點心裏話。從那篇講話看，這是她想了很久，憋了很長時間想說的話。她覺得文藝應該是這個樣子，對待生活應該是這個樣子，特別是你們讀書，應該是這個樣子。」[18]

---

[15] 《丁玲文集》，九卷 40 頁，湖南文藝出版社 1995 年。
[16] 苗得雨〈文學講習所回憶〉，《文學的日子》，315 頁。
[17] 鄧友梅〈致苗得雨「談丁玲的一次講話」〉，《文學的日子》，84 頁。
[18] 筆者 20001 年 3 月訪談。

　　原第一期學員、年逾七旬的胡正說：「丁玲老師希望我們在閱讀分析古今中外文學名著時，還可以研究一些古典戲曲，文學和藝術是相通的，可以從中汲取藝術營養。於是，她詳細地、生動地稱頌了美麗、勇敢的白娘子，這是她非常喜歡的藝術形象之一。她從戲曲展開的一幕幕故事講述了白娘子不顧上界條律的束縛而到下界來追求愛情幸福，她堅貞地鍾愛丈夫，當丈夫被惡人蒙蔽而離去後，她勇敢地和破壞他們幸福的惡人作了堅決的鬥爭，她的丈夫回到她身邊。在敘述劇情的同時，她也從藝術表現上談了如何以故事情節塑造人物，如何表現人物豐富的複雜的感情，才能使人物給讀者以鮮明深刻的印象。」胡正說，這次小組討論會上所討論的文學名著我都記不得了，而丁玲老師談的《白蛇傳》則使我至今難忘。[19]

　　胡昭說：「丁玲在所裏講話，無論叫『報告』、叫『講課』或叫談話，都非常隨便、非常親切地娓娓道來，從沒有八股氣，從來不板起臉來訓人。」[20]

　　張鳳珠說「記得還是給她當秘書的時候，有一天，我忽然聽見她在房裏出聲地大哭。我到她窗前往裏看，她坐在沙發上正摀著臉。我進去問她，丁玲同志，怎麼啦？出了什麼事？她又笑了，說，我正看胡考的一篇小說，特別感動。後來我也拿過來看，覺得不錯，但沒有她那麼動情。這可能與她的經歷有關，不知那兒觸動了她？後來，劉白羽、嚴文井都看了，認為是自然主義的描寫。胡考再來找丁玲的時候，丁玲的口氣就變了。原話我記不得了，大體上是說缺少英雄氣概吧。」[21]

---

[19] 胡正〈一次小組討論會〉，《文學的日子》，33 頁。
[20] 胡昭〈燈〉，《文學的日子》，359 頁。
[21] 筆者 2000 年訪談。

　　作家的藝術體驗與政治思想指導下的創作方法有了矛盾，身為作家的老師應該如何對學生講？正如有人所說，她私下裏講創作，與公開講的、發表的是不大相同的。這可視為一種嚴峻的語境下的無奈。

　　不幸的是，她的學生、一個正在成長中的農民作家谷峪（1950年寫小說《新事新辦》出名）因為在文學講習所閱讀了古今中外經典作品，因為得到像丁玲這樣的導師的文學啟迪，在文學講所期間寫了三篇小說〈愛情篇〉、〈草料帳〉、〈傻子〉，嘗試在形式、技巧、表現方法上做些探索，結果被周揚作為有自然主義傾向的代表人物批評了一通。後來被打成右派，開除公職，回鄉勞動 20 多年。從此斷送了一個非常有前途的作家的創作生命。[22]

　　丁玲對學員的教導方式，還在於她對青年作家的關心愛護和鼓勵。她非常耐心地給學員回信，解答他們的難題。請他們到家中吃飯、談心。丁玲在蘇聯訪問的時候，法捷耶夫曾對她說：「建了新國家，文化方面首先要建一個如我們作協這樣的全國性組織，其次要注意培養扶植新作家，我們的高爾基給文學愛好者寫過幾萬封信，現保存在博物館裏就有四、五萬封。這是我們的責任和使命」。[23]愛惜賞識文學人才，我們也有傳統，魯迅就是個突出的例子。丁玲不能不受中外前輩作家的影響。

　　她的愛才，對青年作家殷殷教誨和真誠的關心幫助，從她給徐光耀與、陳登科的信中可以窺見一斑的。

　　比如徐光耀在朝鮮戰場體驗生活時，碰到體驗生活與寫作之間的矛盾，他給丁玲寫信訴說了自己的苦惱。丁玲在 1952 年 8 月 4 日

---

[22]　涂光群《中國三代作家紀實》，299 頁，中國文聯出版公司 1995 年出版。
[23]　轉引趙郁秀〈我們的隊伍向太陽〉，《文學的日子》，370 頁。

給徐的信中說：「光耀同志：……我勸你忘記你是一個作家。你曾寫過一本不壞的書，你是一個文藝工作者，你忘記了，你就輕鬆得多。因為這（那）就會使你覺得與人不同。這意思不是指驕傲，而是指負擔太重。因為你發表過一本書，你就有讀者，你的讀者和朋友就要求你跟著寫第二本更好的書。自然，他們的意思是不壞的，可是卻苦了你了，你怎麼也寫不出來，你焦急也沒有用。我可以告訴你，讀者又在慢慢忘記你，朋友的心也在冷了，這並不可怕，這就是說你可以不著急了，你可以慢慢來，你可以把你的讀者朋友忘掉，把那些好心思忘記掉，你專心去生活吧。當你在冀中的時候，你一點也沒有想到要寫小說，但當你寫小說的時候，你的人物全出來了。那就是因為在那一段生活中你對生活是老實的，你與生活是一致的，你是在生活裏邊，在鬥爭裏邊，你不是觀察生活，你不是旁觀者，鬥爭的生活使你需要發表意見。所以你現在完全可以忘記你去生活是為了寫作的，是為了你的讀者朋友等等的想法。」[24]

再看看 1954 年丁玲給陳登科的信：「登科同志：昨天你走後，我拿起《淮河邊上的兒女》從頭再讀，到晚上一口氣把它讀完了。老實告訴你，我很喜歡它。儘管你沒有把它寫好，你在裏邊寫了那麼多不能給人興趣的一個戰鬥又一個戰鬥，塞了一些在抗日戰爭時代到處傳誦的動人的舍夫、棄子的故事進去，但我仍然感到作者有充實的生活基礎的，是從生活中有所感、有所愛、有不能捨棄的原因才提筆的。那裏面有生活，真實、感動人，使人驚心動魄、提心吊膽，使人對書中的事和人發生感情。因此這是一部有內容的結實的作品。……你寫的領域是大的，鬥爭也多彩多樣，可是我總感到你創作的世界還是不夠大，你不能從容地處理那些場面。……你看

24　〈致徐光耀〉，《丁玲文集》，第十卷 46 頁，湖南文藝出版社 1995 年出版。

見過一些山、一些水，但由於你的修養，這一些山水在你的腦中還
不能成為『丘壑』。你還缺乏一種天然的創造，也就是說你的創作
還有些勉強、還不成熟。……以你個人的條件來看，你是做了一件
你所不能勝任的工作。應該說你做得不錯，我是滿意的。那些缺點，
我認為不夠的地方，也是讀者不滿足的地方，我以為你暫時還不能
克服它，但你將來是一定能克服的」。[25]

　　這麼推心置腹、又坦言相向的稱讚與批評，在建國後的文壇是
不多見。一般的批評家，遇到作家或作品的短處與欠缺，多或曲筆，
或回避。丁玲愛才、惜才、助人成才，是真正以文學創作特有的規
律和前輩過來人的感受設身處地地為對方著想：「我勸你忘記你是
一個作家。」「你忘記了，你就輕鬆得多。」「讀者又在慢慢忘記
你，朋友的心也在冷了，這並不可怕，這就是說你可以不著急了，
你可以慢慢來，」「把那些好心思忘記掉，你專心去生活吧。」她
還能從根本上指出他們的不足：「你看見過一些山、一些水，但由
於你的修養，這一些山水在你的腦中還不能成為『丘壑』你還缺乏
一種天然的創造，」這種「天然的創造」應該是某種天賦與修養的
合成。所以丁玲說：「我以為你暫時還不能克服它」。非常坦率，
也許坦率到讓人不大舒服的程度，但是，作為文學導師的責任心，
真心育才的誠意，她的學生終生銘記在心。

丁玲的辦學思想與深入生活

　　一個重視寫書的老作家，自然把「生活」看得十分重要。我們
從丁玲對學生「深入生活」的強調更可看出她的辦學思想。

---

[25]　〈致陳登科〉，《丁玲文集》，第十卷 60 頁，湖南文藝出版社 1995 年出版。

　　丁玲的深入生活所指的「生活」與胡風的「生活」觀念有所不同，胡風認為我們就生活在生活之中，主要是如何從主觀上把握它。而丁玲呢？她認為《講話》之前，她就已經寫了工農兵了，魯迅及其同時代的人也都寫過工農兵，但《講話》以後，她非常明確地認同了工農兵方向，並視生活的主流為工農兵的生活。

　　丁玲在一次接受採訪時說：「過去沒想得這麼多，只想到寫工農大眾寫普羅文學，寫無產階級。學習《講話》後明確認識到，如果不到工農兵中間去，怎麼寫好工農兵呢？一定要下去，長期在他們中間，改造自己的思想和生活、興趣。」[26]

　　張鳳珠說：「她對把大學生培養成作家，不抱希望。她看重從生活中走出來的作家。比如劉真、徐光耀這樣的作家。她覺得，這些人知識文化都不夠，要接觸世界級的最優秀的文藝作品。但是也得按「延安文藝座談會講話」所說的那樣去深入生活。包括她自己，她認為不經過土改，她怎麼能寫出《太陽照在桑乾河上》這樣的作品。」[27]

　　丁玲的「深入生活」是為了寫作。因此，當文學研究所確立為一期三年，集教學、文藝創作、研究為一體的性質時，丁玲就提出一定要有下去生活的時間。

　　這種「生活」觀必然構成對文學講習所的一種管理方式。

　　徐剛說：「大約是在 1951 年 8 月，丁玲老師來所講話時有點傷心的樣子，她說：有人說你們的方針正確，應該拿出作品。這次講話實際成為動員大家到火熱的鬥爭生活中去。」[28]

---

[26] 慶鍾慶、孫立川〈丁玲同志答問錄〉，《新文學史料》，1991 年 3 期。
[27] 筆者 2000 年 2 月訪談。
[28] 2000 年 1 月筆者對徐剛訪談。

　　從丁玲的以創作為中心，以作品為宗旨的思想看去，她的深入生活是帶普泛性的。1952 年學員徐光耀在朝鮮體驗生活時，她在信中對徐說：「你專心去生活吧。當你在冀中的時候，你一點也沒有想到要寫小說，但當你寫小說的時候，你的人物全走出來了。那就是因為在那一段生活中你對生活是老實的，你與生活是一致的……」[29]

　　可是隨後，「生活」的性質在她那裏也發生了變化。從當時迫切入學的學員心情來看，寫出好作品，得多讀書；丁玲則認為，寫出好作品讀書是必要的，但光讀書是不行的，不能脫離生活，並且得熟悉變化了的生活。那時正是以運動的形式來鞏固政權的時代——土地改革、鎮壓反革命、抗美援朝，生活與鬥爭在她這裏就自然地合二為一了。因為她就是從運動與寫作的一致性獲得了成功（《太陽照在桑乾河上》就是這樣寫出的）。所以學員孟冰根據社論精神，寫了一篇〈我們討論了《武訓傳》〉的文章登在《人民日報》一個版面的頭條後，丁玲高興地讚揚了孟冰，還說：「有些教授不敢到我們這裏講課，認為我們是文藝黨校。」[30]她談到「文藝黨校」時的口吻是得意的。這時在她的潛意識中，生活可能已經非普泛化，而有了明確的鬥爭指向。

　　主觀上不經意的變化，或許就來自客觀現實的不得已。徐剛 1956 年寫給作協總支與中宣部黨委的為「丁、陳反黨集團」申辯的信中提到，中央文學研究所自成立以來一直處在連續的政治運動中：五一年初開學，五一年一、二月參加鎮壓反革命的學習，全所以一兩周的時間，交待與反革命的社會關係，對一些在思想上敵我不分的人和事，進行批評與自我批評；四、五月進行抗美援朝的檔學習與

---

[29]　〈致徐光耀〉，《丁玲文集》，第十卷 46 頁，湖南文藝出版社 1995 年出版。
[30]　2000 年 1 月筆者對徐剛訪談。

發動捐獻；五、六月大部份力量投入批判《武訓傳》運動以及對《關連長》和蕭也牧同志的文藝思想的批評；七、八月全力投入臨時學習（忠誠老實運動）。九、十、十一、十二月份分別到朝鮮、工廠、農村實習（體驗生活）。五二年，一、二、三、四、五月由實習總結，立即全力投入「三反」、「五反」、土地改革運動，一部分人在機關內全力搞「三反」，一部分人全力參加北京、上海的「五反」運動，一部分去廣西等地參加土地改革，六、七月參加文藝整風運動，八、九、十、十一、十二月大部分時間參加整黨運動，以及學習蘇共十九次黨代表大會的檔，只有五三年一、二、三月，學員才真正以全力讀了一些書。」徐剛作為當時文研所的學員和工作人員之一這麼詳細地列出學員參加運動的時間表，是想為丁玲辯護「所內領導同志的領導思想，是強調了政治思想的領導，強調思想改造，深入當前群眾的鬥爭生活」的。他還說：「學員的成員，其多數是經過整風的老幹部，具有一定的政治上分辨是非的能力，在運動中，鬥爭起來火力是很強的。」[31]不能說運動中學員們沒有聽講課和讀書，否則學員們提到的那些著名的專家、老作家的講課何以給他們留下了深刻的印象。但是解放後的運動一個接一個，特別是文藝界的批判此起彼伏，那是一個小小的文研所能脫離得了的嗎？

比如三反五反時，文學研究所總務科的幹事杜進璽，就被當做老虎打了一下。文學研究所創辦時，買下了一處宅院做院址，即鼓樓大街 103 號。徐剛說：當時「杜進璽找了一個營造廠，又叫修繕公司來修繕。就是現在的搞裝修。公司是私人開的，老闆姓邱。不久，趕上「打老虎」運動。那時規定，凡是動用過一萬元，就可能是小老虎，凡是動用過五萬元就可能是中老虎。據說這次修繕，花

---

31 徐剛 1956 年給作協、中宣部的信。油印。

了不到 2 萬元錢。那時組織了一個讓丁玲負責的打老虎的小組。具體負責人是胡正，我也參加了。開始，就把懷疑對象管制起來。……讓我去審杜進璽。杜說，我只有 8 元錢的事。我給邱老闆 50 元，讓他給我買一塊錶，他說錶是 58 元，他為我墊了 8 元錢，我還沒有還給他。我問他，你拿公家的錢請他吃飯了沒有？他說，沒有。邱老闆請我洗了一次澡。我又問，你拿過公家的東西沒有？他說，我用公家的三合板釘了一個小匣子，放點辦公用具。這是一個鄉下來的青年，還比較樸實。後來讓朱東、我和陳亦絮去找邱老闆調查。開始他也是說 8 元錢（即給了公家人），朱東就和他磨，後來就交待得亂了，我覺得越來越不對頭，怎麼一會兒兩千，一會兒四千？後來說到八千多元？整個工程才一萬多元，光油料、油漆刷房檐、大圓柱就得多少錢？工人們還吃不吃飯了啊？行賄 8 千多元怎麼可能？哪有這麼做買賣的事？回來後，朱東做了彙報。文化部三反、五反成果大會，定的是一百元以上為小老虎，一千元以上是中老虎，五千元以上就是大老虎了。接下來康濯又讓我和陳亦緒再去核實。我對邱老闆說：你要多說一元錢，加重處理；你要少說一元錢，也加重處理。邱反口了：「就是那 8 元錢。還請杜洗過一回澡」。康濯看了我們的報告，說不上高興還是不高興：「這，這也是錢？那……那也不行，還是叫他上大會的老虎台。」文研所還打了一個小老虎，不過是拿了公家兩根捅火的鐵條、鐵鉤子。」[32]這是三反、五反運動搞法的生動紀實。

學員高冠英，原在燃料工業部出版社工作，因發表過一些散文作品，被介紹到文研所學習。在肅反運動中，他主動交待了自己的一段歷史經歷，就被作為歷史問題查了很長時間。高冠英 17 歲時是石家

---

[32]　徐剛、邢小群〈丁玲和文學研究所〉，《山西文學》，2000 年 8 期。

莊市汽車公司的學徒。日本侵略戰爭爆發，汽車公司被日本人接手。他的師傅躲到一個師兄家，他就躲到了一個同學家，並給同學家幹活。他當時不知道同學哥哥給日本人當翻譯，他也為這翻譯跑過腿。後來知道了，肅反時主動交待。1958 年高被宣佈為歷史反革命。[33]

政治運動在內部搞，也去外面搞。據學員王慧敏的回憶，當年她們參加五反時，年三十晚上還在看守北京市某單位的「老虎」，丁玲曾去給他們送年飯，表示慰問。

政治運動如此，文藝運動更得身先士卒。丁玲不是帶頭批評在晉察冀就與她很熟識的蕭也牧，不是也努力跟上去批判過去她曾以信任相托的胡風嗎？問題是丁玲在主持文學研究所時，本意是讓學員有一個相對安靜的學習環境，可是總被運動沖斷；本意是讓學員不脫離生活，以獲取創作的源泉，可是豐富的社會生活總為具體的鬥爭所替代。主客觀的矛盾不得不在丁玲身上有所統一。

關於「文藝黨校」

丁玲在一篇文章中說「一九五四年，有一位身居領導地位的人對我和周立波等人說：『作家有什麼了也不起，黨叫你當，你就是作家，黨不叫你當，你什麼也不是。』難道作家是『黨』叫當的，而且這裏的『黨』是什麼含義，我當時就想不清楚，接下來才從實踐中知道，真是這麼回事。」[34]如果說，丁玲在延安受到批評時還沒有完全明白「『黨』叫你當」這個「黨」是什麼含義，那麼，她主持文研所的「實踐」大約是明白了。

---

[33] 筆者 2000 年 7 月訪談。
[34] 〈漫談文藝與政治的關係〉，《丁玲論文集》，第九卷 109 頁。

　　解放後丁玲始終是以黨員作家自豪的。1957年上半年整風時，老作家陳夢家有過這樣一段發言：「在抗戰以前，我年青的時候，寫好了東西常寄給丁玲同志看，她常給我寫信，對我鼓勵很大。但近八年來，尤其是這幾年來，我常碰到丁玲同志，她也不理睬我。我曾想和她打招呼的，又不敢。後來我打聽她就在我機關對面住，這麼近，卻老死不相往來。」[35]原文講所學員朱靖華說：「她（丁玲）作為作家，是有些自豪感的。但有時她對別人有一種不自覺的輕視。在一般作家和知識份子面前，她也有一種從解放區來的高人一等的心理。這是我們的感覺。造成文學講習所後來的悲劇的原因和這種自豪感也有關係。」[36]張鳳珠說：「和老舍、巴金他們比，她大概有一種參加了革命的優越感。」[37]

　　1952年秋天，文研所又招收了第一期第二班的學員。這個班的學員大多數是北京大學、復旦大學、輔仁、南開等大學的應屆畢業生，所以她們的學習有研究生的性質。研究什麼呢？當然應該是文學。但是丁玲說，這個班的任務主要是改造思想。可能她覺得這些文化水平較高的知識份子思想改造的任務比起前一班的老革命們要重一些。這時，黨性很強的丁玲已經把培養作家的學校當作「文藝黨校」來辦了。如果是這樣，這就和「一本書主義」作為指導思想的丁玲不同了。

　　丁玲是個作家，具有鮮明的作家氣質。辦成那個「自學為主，教學為輔；聯繫生活、結合創作」的比較鬆散自由的文學研究所是可以的，辦一個文藝黨校她行嗎？徐剛在為她辯護的同時對她也有批評：「她不是有計劃的進行工作，而是她想到什麼就做什麼：今

---

[35]　〈作家協會「整風簡報」〉，1957年5月30日。

[36]　朱靖華、邢小群〈文學研究所的悲喜劇〉，《山西文學》，2000年11月。

[37]　筆者2000年2月訪談。

天強調思想改造，明天強調深入生活、到生活中去，後天又強調多寫作品，要麼就強調多讀書。」[38]她因身體的原因和要寫作，具體的工作都是由別的同志來做。所以從主觀上講，一個以提高學員文學修養為宗旨的有著某種自由主義氣質的老作家，同時又時時不忘文學講習所是一所「文藝黨校」的革命作家，如何使文學研究所成為生成文學家的土壤和搖籃呢？我想，如果不是「丁陳反黨」問題的出現，文學講習所可能也會是她的「滑鐵盧」。

兩個丁玲

　　從丁玲在文學研究所獲得的聲譽的看，丁玲是一個很有個性魅力的作家。她本來執行《講話》精神很堅定，文學實踐成果也很突出。為什麼會給人造成「一本書主義」這類「個人主義」「藝術至上」的印象呢？

　　在 20 世紀的中國作家中，有很特殊的沈從文現象、曹禺現象等，丁玲現象是不是也很有意味呢？我想，熟悉她的人是不會否認的。沈從文是一直和左翼作家保持距離，對《講話》也有保留態度、至使建國後放棄文學創作的自由主義作家；曹禺建國後洗心革面、否定自己，緊追《講話》的創作，一敗塗地；丁玲和他們當然不同。她是從「左聯」到「延安」在創作方向上有著根本轉變的作家。從她的很多講話中看，她給自己定位首先是個共產黨員，其次才是作家。

　　而丁玲現象，讓我們感到她首先是一個作家，其次才是她努力爭取做的革命者。她的遭遇告訴我們，在她身上始終有著自由主義作家與共產黨員作家角色矛盾著的困惑。

---

[38]　筆者 2000 年訪談。

　　丁玲 1904 年出生，1927 年開始創作，1936 年到陝北，1986 年去世。籠統地看，她的創作生涯正好是一個甲子。這 60 年可以分為兩個時期。前 10 年為一個時期，後 50 年為一個時期。前 10 年她是五四新文學運動後的自由主義作家，以《莎菲女士日記》為代表作，有小說集《在黑暗中》、《韋護》、《水》、《母親》等七本小說的出版，奠定了她在新文學中的地位。她於前 10 年的最後 3 年，在國民黨統治下失去自由，可以說她平均一年出版一本小說（有的是她被捕後朋友幫助出版的）。後 50 年，她是共產黨員作家。雖說 1932 年她就加入了共產黨，但真正讓她努力拋卻原有的創作立場、情感和方法，是到了陝北以後。但是下定決心做無產階級革命作家的丁玲，在後 50 年當中，有 22 年因為「反黨」和「右派」問題，失去創作權利甚至人身自由。

　　在籠統說來的後 50 年的創作生涯中，丁玲的代表作是《太陽照在桑乾河上》。而後小說創作很少，與《桑乾河上》上為姊妹篇的《在嚴寒的日子裏》因 1955 年的政治衝擊，沒有寫完；直到晚年她除了與生命搶時間寫下的像《魍魎世界》、《風雪人間》等記載她人生經歷的作品外，她的作品多是各類講演、隨筆。其中只有《牛棚小品》仍見晚霞的餘韻。可在我們的印象，在延安的作家中，最努力、變化最大的，除了何其芳就是丁玲了。

　　丁玲是「延安和整個解放區文藝重要的開創者」。「延安時代是丁玲人生和創作的一個重要樞紐站，正好是丁玲文化精神和藝術精神的一個全息切片。」[39]丁玲與李伯釗、成仿吾等共同倡議成立了解放區第一個文藝組織──中國文藝協會；她參與創辦並主編《解放日報》文藝副刊；倡議並組建領導西北戰地報務團等重要活動，

---

[39]　蕭雲儒《丁玲延安作品集──我在霞村的時候》序。

無論從創作上的努力，還是從一個共產黨員作家為無產階級革命文藝事業的身體力行，丁玲應該說是自由派作家努力向革命作家轉變的一個典範。

她說，1921 年中國共產黨成立。1922 年她就到上海找共產黨。跟著走了兩年。有人要介紹她加入共產黨，她說：「我覺得共產黨是好的。但有一件東西，我不想要，就是黨組織的鐵的紀律。」她問瞿秋白，我參加黨，你覺得怎麼樣？瞿秋白說：「你嘛飛得越高越好，越遠越好。」她覺得瞿秋白是瞭解她的。後來，她與胡也頻作為自由作家、進步作家，自由、闖蕩了好些年，直到胡也頻犧牲了，她才感到：「當一個左翼作家，當一個同路人是不夠的」。她在 1932 年入黨宣誓時說：「再不做黨的同路人了，我願意做一顆螺絲釘，……我的生命，我的心，不是屬於我自己的，而是屬於黨的」。[40]丁玲對自己的人生選擇不是盲目的，一旦選擇了，她的立場是非常堅定的。1941 年她在〈戰鬥的享受〉一文中寫道：「只有在不斷的戰鬥中，才會感到生活的意義，生命的存在，才會感到青春在生命的燃燒，才會感到光明和愉快呵！」（〈丁玲在延安〉《新文學史料》1993 年 2 月）這時的丁玲已到延安，這是她經過在黨外的彷徨，入黨後又遭受失去自由的考驗後說的話，我想，她這番話是發自內心的。

延安時期，丁玲在「文藝為什麼人的問題」上，嘗試地做了很多：她寫〈彭德懷速寫〉、寫〈一顆未出膛的槍彈〉、〈七月的延安〉熱情歌頌延安的新人新事物；但是在延安生活了多年後，她仍然會按捺不住地寫出〈我在霞村的時候〉、〈三八節有感〉、〈在醫院中〉這樣的對生活有所深入思考與批評的作品。她希望將革命

40　《丁玲文集》第九卷，215 至 221 頁。

者的立場與作家的良知統一起來，但是現實告訴了她：這是不可能的。她說：「我寫了〈田保霖〉一文，……毛主席曾在一次高幹會上說：『丁玲現在到工農兵當中去了』〈田保霖〉寫得很好；作家到群眾中去就能寫好文章。』別的同志也告訴我他聽到過類似的話。我聽到之後，心中自然感激。但我沒有認為這是我的得意之作。我明白，這是毛主席在鼓勵我，為我今後到工農兵中去開放綠燈。他這一句話可以幫助我，使我通行無阻，他為我今後的寫文、做人，為文藝工作，給我們鋪一條平坦寬廣的路。」[41]那麼她的得意之作是什麼呢。張鳳珠說：「她自己從不否定〈莎菲女士日記〉。她不說就是了。不像有些人，建國以後，就把自己原來的作品說得一無是處。」[42]從〈我在霞村的時候〉始，繼而是〈在醫院中〉、〈三八節有感〉，她的作品總是遭到來自解放區文學觀念的挑戰與批評。但是「娜拉」到了解放區，能忘記女性解放的歷史責任嗎？不能。所以，從丁玲後來的一些講話中，她對〈我在霞村的時候〉等作品也從沒有過悔愧之意。

　　丁玲說：「我以為，毛主席以他的文學天才、文學修養以及他的性格，他自然會比較欣賞那些藝術性較高的作品，他甚至也會欣賞一些藝術性高而沒有什麼政治性的東西。自然，凡是能留傳下來的藝術精品都會有一定的思想內容。……在革命的進程中，責任感使他一定會提倡一些什麼，甚至他所提倡的有時也不一定就是他個人喜歡的，但他必須提倡它。」[43]她這是不是用毛澤東在欣賞與提倡之間的選擇說明自己與毛澤東有著相同的矛盾性呢？

---

[41]　《丁玲自傳》，238 頁，浙江文藝出版社 1996 年出版。

[42]　筆者 2000 年 4 月訪談。

[43]　《丁玲自傳》，226 頁，浙江文藝出版社 1996 年。

　　丁玲雖然願意做堅定的革命者，但她又是一個永不會放棄心靈自由的作家。生活給予作家的人文感悟與對革命者的立場要求不能相融怎麼辦？我覺得從延安時代開始，丁玲的悲劇就是一個想做堅定的革命者而做不成的一個作家的悲劇。

　　張鳳珠在我的訪談中也說：「你問我對丁玲的印象和感覺，其實這是我一個困惑，她在有些方面是我不能理解的。我一直感到在我心中有兩個丁玲。怎麼說呢？用她的作品比方，1970 年代末，她剛回北京時拿出兩篇作品，那就是《杜晚香》和《牛棚小品》。我想，《杜晚香》是丁玲所宣稱的政治化了的人，並在這種觀念下寫出的作品；而《牛棚小品》那是作家刻骨銘心的感受，那裏面有她自己的血和淚。但是丁玲卻宣稱：她已經反復思量，她今後的文學創作道路還是應該堅持寫《杜晚香》而不是《牛棚小品》。我想這是政治意識的選擇而不是文學的選擇。她靈魂深處怎樣，是個謎。[44]

　　徐光耀說：「丁玲、陳企霞、馮雪峰、艾青，他們的文藝思想比較一致。那時，人們的思想能有幾個不『左』呢？但他們是作家的『左』。那時要求文學創作必須得和政治完全一致，一點游移都不行。整風又整風，檢討再檢討，大會、小會，『左』的東西，已經深深紮進了腦子裏，他們不可能不這樣去考慮問題。他們——甚至包括胡風，跟黨也是跟得很緊的。他們腦子裏都有『左』的東西。但是，文學畢竟是文學，文學的東西要全部消失了，文學就沒有了。所以他們在非常沉重的壓力之下，只能在具體問題上，堅持一些文學的特點。」[45]徐光耀對他們的理解是有切膚之感的。

　　但從丁玲的作品和她的一些言論，從丁玲的遭遇、經歷來看，我確信有「兩個丁玲」的存在。一個是革命作家的丁玲，一個是自

---

[44] 筆者 2000 年 4 月訪談。
[45] 筆者 2001 年 2 月訪談。

由主義作家的丁玲。她始終在兩種作家的角色中矛盾著，甚至無意識地經常轉換著，以至構成了「兩個丁玲」的無處不在。這「兩個丁玲」矛盾而又統一地體現在她身上。她自身的矛盾性，也在為黨內鬥爭所利用。

六、從「文研所」到「文講所」的波折

縮小規模

　　1953 年 9 月，當第二期學員進文學研究所時，丁玲已經辭去所長的職務。1954 年 2 月，中央文學研究所改稱為中國作家協會文學講習所，行政上隸屬於文化部，業務和黨的領導上隸屬於中國作協。為什麼改變名稱，如何改變的，過去很多人只知其然不知其所以然。以為只是改變了名稱，其實質是縮小了規模。80 年代以後，隨著一批材料在媒體上披露，人們才瞭解了一些原委。

　　當年作家協會請中宣部轉給中央的《中國作家協會黨組關於丁玲、陳企霞等進行反黨小集團活動及對他們的處理意見的報告》中說：「1952 年，中央宣傳部鑒於「中央文學研究所」缺乏必要的教學人員，建議停辦一個時期，在停辦期間，一面準備教學力量，以便將來辦成名副其實的有正規教學制度的訓練創作人員的學校，一面仍可作廣泛輔導青年作者的工作。當時丁玲同志身為中宣部文藝處處長，不但不執行這個建議，反而佈置陳企霞等出來反對，並且大吵大鬧，說是黨不承認他們的成績。事後，又在「文學研究所」學員中共散佈對中宣部不滿的話，說中宣部不重視培養青年作者，只有丁玲個人關心這件事。」[1]

　　對此，丁玲是怎麼說的呢？丁玲在她 1956 年給中宣部的〈辯證書〉中就這個問題，是這樣說的：「有人說我因為聽說喬木同志要

---

[1]　引自《丁玲傳》中所引的全文。北京十月文藝出版社 1994 年出版。

取消「文研所」，我就召開會議，反對，陳企霞就大吵大鬧。我第
一次聽田間、康濯告訴我說喬木同志有這個意思，還沒有決定。我
到北京後荃麟（黨組書記）也告訴我喬木同志有這個意思，未決定，
但他個人傾向不取消。我當時就告訴他，康濯、田間等都有這個意
見，如既是還沒有決定，那是不是可以談談。荃麟同意召開黨組會
議，他說到我家裏去開。開會時他沒有來，默涵來了，說他（荃麟）
身體不好，會議可由馮雪峰主持。我還說最好還是等他來。這次會
議也許不應開，但絕不是我召集的，是荃麟召集的，我也只是說了
我的意見，也沒有一定要怎麼樣。至於接下來陳企霞同雪峰吵了起
來，同我是毫不相干的。會後喬木同志決定縮小編制，改為「文講
所」。我就毫無異議，遵照執行。阻撓了什麼抗拒了什麼？」[2]

　　文學研究所 1950 年創辦，1952 年就有人主張停辦。是因為辦
得不好嗎？從當年第一屆學員的回憶，不是這樣的。有不同目的要
求的學員，都覺得有收穫。儘管第一期的教務處副主任徐剛在丁玲
1956 年被打成反黨小集團後曾為她寫過「辯護」的信（給中宣部黨
委、中直黨委的信），但他對丁玲的辦學也是有批評的。他說：「丁
玲以官僚主義的作風領導文學研究所，不是有計劃的進行工作，而
是她想到什麼就做什麼，今天強調思想改造、明天強調深入生活、
到生活中去，後天又強調多寫作品，要麼就強調多讀書，如果仔細
的研究她的講話記錄稿，互相抵觸互相矛盾之處很多。田間、康濯、
以輪班做工作和進行創作來做具體的領導工作，而共同的毛病是：
1、滿足於方針政策的正確，缺乏嚴格的自我批評和深入教學問題的
精神，對於知識的教育不重視，於是很多人就在思想、生活、創作
這個條條上打圈子。2、誰也沒有拿出全部精力或應該拿出來的精力

2　《丁玲傳》北京十月文藝出版社 1994 年出版。

做好這一項工作、因此，這一期的學員除了不斷的思想批判（這是重要的）、生活和創作以外，學校應給學員的主要東西（知識、系統的文學教育）卻給的十分少，同時並影響了文學研究所的發展。」[3]徐剛不同意對丁玲的那些批判，但對丁玲的工作是有具體意見的，這都是工作中避免不了的問題。表明徐剛對文研所忽略細統的知識教育，滿足於思想改造，和當時從生活到創作，從創作到生活的指導思想及辦所方向是有不同看法的。

那麼，當時以胡喬木為代表的中宣部（胡為中宣部副部長）認為可以停辦一期，「準備教學力量，以便將來辦成名副其實的有正規教學制度的訓練創作人員的學校」的出發點，也並不是針對「丁玲的小集團勢力」而去的。它體現的是在辦所體制上的分歧。

顯然，丁玲是不同意取消文學研究所的。由於丁玲等人的努力，使問題的解決在「停辦」還是「縮小規模」這兩者之間選擇了後者。但是後來在給丁玲羅織反革命小集團帽子的時候，這件事被當成了一個靶子。

公木的學院情結

如果說文學研究所的時代是丁玲的時代，那麼文學講習所的時代應該是公木的時代。

新的領導班子經歷了田間、吳伯簫任所長，公木等人任副所長、所長的時代。公木從副所長時就主持工作。

那麼公木在辦這個作家學校時，情況又是怎樣的呢？

---

[3]　徐剛《給作協總支並轉中宣部黨委、中直黨委的信》（複印件）。

　　當年的教務處工作人員朱靖華認為：「辦教育機關，絕不能由作家協會來領導。作家協會，作為群眾團體，這些委員們偶然坐在一起，對文學研究所的工作靈感式地、主觀地說了幾句話，就當作辦學的方針，這是開玩笑的。……每學期我們制定教學計畫時，先請作協書記處主要書記談一談，他們坐在一起聊大天：「哦，下期辦三個月？好，就三個月。幹什麼呢？叫他們下廠下鄉……！隨便一說。就整理出來，拿到我們這裏讓安排執行，讓我們處做計畫。我當時很反感。有時我也去找一下領導問：您是怎麼說的？這時，他已經忘了當時說了什麼。這是負責任的嗎？」真是搞政治有一套；搞業務，也有一套。所謂群眾團體的味道出來了。朱靖華說公木當文學講習所所長時，給他的印象非常深。「公木的思想就是要脫離作家協會，把文學講習所辦成中國的高爾基文學院。辦成一個正規的、獨立的教育機構。他搞了一個很大的規劃。應該說是把才、識、藝和人格的培養都概括進去了。他的意思是，不辦成這麼個院校死不瞑目。」[4]

　　吳伯簫、公木都是在延安時代就參加教育工作的作家和教育工作者。所以學員們感到第二期（1953 年 8 月—1955 年 6 月）開辦後情況有了很大的不同。第二期的教務主任徐剛說：「二期真正按照教學計畫進行教學，學期兩年，共分四個單元：五四以來的新文學、中國古典文學、世界文學、俄羅斯與蘇聯文學。……」[5]學員王惠敏是第一期和第二期學員，她說就因為第一期沒學到多少東西，就留下來又學了第二期。她也說第二期學得比較系統，學習時間比較長。其實，第二期仍然是在運動中，學習的系統化和主持教學的人有關。

為此朱靖華總結說「搞文學講習所當第一把手的人，應該首先是教育家而不應該是首先是作家。如果不是教育家僅是文學家，在培養人方面，不會發揮很大作用的，儘管你人品好，書寫得好，也不行。所以，文學研究所創辦伊始就沒有全盤的正規的教育計畫；也沒有教材，只是靈感式地今天請郭沫若講一下；明天請馮雪峰來講一下，後天請聶紺弩講一下。」[6]

　　到了第三期，文學講習所就變成幾個月的講習班性質了。朱說：「這種方式更不可能培養出什麼作家來了。」

　　朱靖華是正規院校出身的教務工作者，後來成為人民大學的教授。他從情感與理念上講都傾向於正規院校。

　　丁玲原是想給一些搞過創作的人，創造一個學習環境，不管當時想叫什麼名稱，她心裏並沒有搞規模院校的意思。從她身為作家的首要身份想，她沒有獻身教育的準備。但公木想把文學講習所辦成中國的高爾基文學院，辦成一個正規的、獨立的教育機構」的想法曾和從蘇聯學習回來的作家協會的領導的想法不謀而合。我就這個問題請教了前蘇聯問題的研究學者藍英年先生，他查了有關資料後對我說：高爾基文學研究院（他說也可以譯成「所」，也是講習班的性質）。他摘引的資料說：「1932 年 9 月 19 日，為紀念高爾基文學活動 40 周年，蘇聯中央執行委員會做出成立高爾基文學研究院的決定。目的是培養年青作家的寫作技巧。講授的課程有散文、戲劇理論、現代詩歌技巧；戲劇、造型藝術和電影藝術的基礎知識。1950 年增設文學培訓班，培養蘇聯各加盟共和國和社會主義國家的作家。」藍先生的資料與劉白羽的介紹大體相同。不同的是這種研究院也在變化之中。

6　朱靖華、邢小群〈文學研究所的悲喜劇〉，《山西文學》，2000 年 11 期。

　　公木的理念不僅因為他被打成右派受阻，而是從領導體制上看很不現實。如果辦成與中央戲劇學院、中央音樂學院並列的文學院，當成為文化部直屬院校；如果辦成文學講習所自然歸作家協會比較合適。而文學講習所在行政上與在業務歸屬上分別讓兩個部門領導它，這就使它院校不成，講習所也不成。搞規模院校是文化部的事，所以它的業務領導作協不支持；而可以領導業務的作協，並不關心它的業務，它們最關心的只是他們的「黨的領導」的權力。公木是學院派，他心目中的文學院是戲劇學院那樣的模式，和所謂的高爾基文學院並不相相同，恰恰是已經實施的文學研究所與文學講習所的體制與高爾基文學院相似。因為我們的體制和辦學思想與蘇聯是相同的。

文學講習所停辦

　　1957 年 11 月 14 日作家協會整風辦公室編的《整風簡報》第 61 期印發了《書記處決定停辦文學講習所》的通報。內容全文如下：

　　「為了貫徹大整大改精神，書記處已決定停辦文學講習所，並撤銷這一機構。

　　文學講習所開辦七年以來，先後開設了四期五班，結業學員共279 人，在培養新生力量方面，取得了一定成績。在建國之初，開辦這一機構，使一些在長期的戰爭生活中得不到學習機會的文藝幹部有集中讀書的機會，是有必要的；但在今天，一般的文學工作者和業餘作者都有了較好的業餘學習條件；同時把青年調離實際工作崗位，對青年本身，對文學事業的繁榮也有不利之處，加以教學力量薄弱、教學效果也不大。因此，書記處經研究後，已決定將該所停辦。讓現有幹部加強其他單位和到基層鍛煉。今後，對文學新生

力量的培養，主要靠文學報刊和各地作協分會以及文聯的業餘文學教育活動，使廣大文學青年在不脫離實際工作和勞動生產的前提下得到必要的和適當的指導。」

應該說這時文學講習所的停辦，主要原因還是丁玲繼 1955 年被打成反黨集團後，這時又被打成右派；他的繼任者公木也因同情丁玲等問題被打成右派；其他在所工作的負責人，如第三期講習班主任徐剛因替丁玲說了公道的話，「喪失立場、右傾言行」，險成右派，撤銷了黨內職務，下放勞動；其他受丁玲牽連的人，要麼被打成右派，要麼下放到基層，要麼被派往別處，此時的文學講所即使「名存」也已「實亡」。

文學研究（講習）所的成果

文研（講）所的成果又怎樣？

在文革前，被公認的那些「紅色經典」作品：比如孫犁的《鐵木前傳》、周立波的《山鄉巨變》、柳青的《創業史》、梁斌的《紅旗譜》、楊沫《青春之歌》、羅廣斌、楊益言的《紅岩》、馮德英的《苦菜花》、曲波的《林海雪源》、峻青的《黎明的河邊》、賀敬之的《回延安》《放聲歌唱》、郭小川的《向困難進軍》《將軍三部曲》，哪些與文學研究所有直接關係呢？而真正可以出些成就的青年作家徐光耀、鄧友梅、谷峪等都因為受丁、陳問題的牽連，他們更優秀的作品都出現得很晚。如徐光耀的《小兵張嘎》、鄧友梅的《那五》。

至於馬烽的短篇小說《結婚》、董曉華的電影劇本《董存瑞》、梁斌的長篇小說《紅旗譜》、邢野的話劇《游擊隊長》（後來拍成電影《平原游擊隊》）、劉真的《春大姐》及《我和小榮》、和谷

岩的《楓》、谷峪的《一件提案》等，雖說與在文學研究所的學習提高有關，但更應該說是文學研究所為他們提供了創作與學習環境出的成果。梁斌創作《紅旗譜》的例子最能說明問題。

有人說文學研究所是文學界的「黃埔軍校」。從 1984 年統計的文學研（講）所第一期到第四期（至 1957 年停辦止）學員的情況看，在中國作協、文聯的幹部有 18 人，占總人數（264 人）7%；任省文聯、作協主席副主席的有 61 人，占 23%；任國家級刊物、出版社正副主編的有 19 人，占 7%；任省級刊物正副主編 38 人，占 14%；專業創作人員 36 人約占 11%；教授、研究員 11 人，約占 4%；其餘學員後來的身份是編輯、教授、記者、工人、農民以及離休幹部。

總的來看，學員中成為著名作家較少，文藝幹部較多。這與丁玲創辦文學研究所的初衷有些相佐，但它的運行結果和體制的需要卻是一致的。

七、丁玲挨整之謎──誰整丁玲？

1955 年，中國文學界發生了兩起大事，一起是「胡風反革命集團案」，一起是「丁、陳反黨集團案」。丁玲與胡風不同，胡風在 1940 年代所寫的文章，有些確實是針對《在延安文藝座談會講話》的不同看法，他畢竟有建國後的「三十萬言書」授人以柄。而丁玲從言行到文字，並沒有給人留下向黨「進攻」的口實。為什麼會在 1955 年整到她？為什麼會被把她打成反黨集團的頭目呢？到底是誰想整她？這個問題至今沒有一個清晰的答案。這些年，從不同角度涉及「丁、陳反黨集團事件」的文字不少。對造成這一事件的原因，大體可歸納為兩種不同的看法。一種意見認為，把丁玲、陳企霞打成反黨集團的主要發動者是周揚等人；一種意見認為，整丁玲是毛澤東的意思，周揚等人只是執行者。持這兩種不同看法的雙方，不少都是這一事件直接或間接的當事人。到底哪種說法符合歷史事實？這就構成了丁玲挨整之謎。

丁玲與毛澤東

在 1950 年代中期，像丁玲這樣的國際知名作家和黨內高級幹部，被打成反黨集團，是一件驚動國內外的大事。這樣的大事，最高領導人毛澤東當然知道。但整丁玲最初是不是出自毛澤東的動議呢？探討這個問題之前，不妨先回顧一下丁玲與毛澤東的關係。按照時間的先後，我想把雙方的關係分為四段。

第一階段，是初到陝北。

　　1936 年 11 月，丁玲到達陝北保安。當天，張聞天、博古、周恩來、毛澤東都來看她。而後，毛澤東又親自參加了中宣部為她召開的歡迎晚會。

　　原丁玲的秘書張鳳珠說：「丁玲剛到陝北時，也算是世界知名作家了。那時陝北的文化人還很少，她能到陝北，是給共產黨爭面子的事。毛澤東第一次約見她時還說到，你是楊開慧的同學啊。她當時住在外交部的招待所，以後吃完晚飯，毛經常到丁玲的住處，坐在坑沿邊翹著腿和她聊天。周小舟是毛澤東的秘書，也常跟去。平時，毛不會和小舟這麼海闊天空地神聊，小舟聽得也高興。丁玲上了前線，毛給她填了首詞專門打電報到前方傳給她。

　　『壁上紅旗飄落照
　　　西風漫捲孤城。
　　　保安人物一時新，
　　　洞中開宴會，歡迎出牢人。

　　　纖筆一支誰與似，
　　　三千毛瑟精兵。
　　　陣圖開向隴山東。
　　　昨日文小姐，
　　　今日武將軍。』

　　後來從前線回來，丁玲到毛主席那兒，讓毛主席把這首詩寫下來，他就給她寫了下來。」[1]

---

[1]　筆者訪談 2000 年 4 月。

　　丁玲在自己的文章〈講一點很早的事〉中，也談到在延安時的情景：「我記得黨中央初到延安時，我去看毛主席，他給我的印象是比較喜歡中國古典文學，我很欽佩他的舊學淵博。他常常帶著非常欣賞的情趣談李白，談李商隱，談韓愈，談宋詞，談小說則是《紅樓夢》。那時他每週去紅軍大學講唯物辯證法，每次他去講課，警衛員都來通知我去聽。……他同我談話，有幾次都是一邊談一邊用毛筆隨手抄幾首他的詞，或者他喜歡的詞，有的隨抄隨丟，有幾首卻給了我，至今還在我這裏。」[2]

　　丁玲的丈夫陳明說：延安時，丁玲在毛主席面前可以無拘無束放談闊論，那時毛主席也比較隨便。一次，丁玲和毛主席談起對延安的觀感，她說：「我看『延安就像個小朝庭』。」毛主席說：「好啊，那你替我封官吧。」丁玲信口就說：「林老，財政大臣；董老，司法大臣；彭德懷，國防大臣。」毛主席哈哈大笑說：「你還沒有封東宮西宮呢！」丁玲也笑說，「那可不敢，這是賀子珍的事。我要封了，賀子珍會有意見。」[3]

　　但後來出現了一次誤會。張鳳珠說：「1938 年毛主席與江青結婚，通知丁玲參加。不巧，丁玲的孩子病了，她已經借了公家的牲口要去接孩子，牲口不用，再借就不好說了，她就沒去參加婚宴。後來她去主席那裏，主席見她進來，就像沒看見她一樣，不理她。江青趕緊出來招呼。毛澤東看也沒看她一眼就走出去了。」[4]

　　是否可以認為毛澤東從這時就對丁玲有了成見了呢？我看不能。毛澤東是性情中人，在處理個人的事上，朋友之間的意氣之事也是有的。

---

[2]　《丁玲自傳》，217 頁，江蘇文藝出版社，1969 年。
[3]　筆者訪談 2001 年 2 月 13 日。
[4]　筆者訪談 2000 年 4 月。

　　第二階段是，延安整風。

　　丁玲在延安整風過程中遇到兩個麻煩。一是歷史問題，二是〈三八節有感〉。在中國作家協會黨組的《關於丁玲、陳企霞等進行反黨小集團活動及對他們的處理意見的報告》中說丁玲所犯「反黨錯誤和她歷史上被國民黨逮捕在南京的一段經過是有一定關係的」，並要審查她的歷史，做出結論。其實，早在延安時代，中央就作過有利於丁玲的結論。據陳明說：「1940 年 10 月中央組織部陳雲部長、李富春副部長親自簽名寫出組織結論，結論說，『自首』的傳說不能成立，不能憑信。陳雲同志把書面結論交給丁玲本人時，還特別告訴她，結論中最後一句『……應該認為丁玲同志仍然是一個對黨對革命忠實的共產黨員。』是毛主席親自加上去的」。[5]毛澤東與江青結婚是 1939 年。顯然那次的不高興已經過去。在這個原則的問題上，毛澤東對丁玲是信任的。

　　丁玲在延安解放日報發表的文章〈三八節有感〉遭到幾位將軍的不滿，說「我們在前方打仗，後方卻有人罵我們的總司令」。毛澤東在一次高級幹部學習會上說：「〈三八節有感〉，雖然有批評，但還有建議；丁玲同王實味不同，丁玲是同志。」丁玲說：「參加這次學習會的文藝界只有周揚和我，他坐在後面一點，我坐在靠主席臺右邊，他沒有發言。」[6]

　　胡喬木晚年是這樣回憶此事的：「丁玲是抗戰前夕第一個從大城市到達陝北蘇區的名作家、西北戰地服務團的組織者、領導者，在「文抗」、「文協」中都有職務。她到陝北後，寫了不少以人民軍隊將領和群眾生活為題材的作品，很受毛主席的器重。從 1941 年

---

[5]　陳明：〈丁玲在延安〉，《新文學史料》，1993 年 2 期。
[6]　《丁玲自傳》，234 頁，江蘇文藝出版社 1996 年。

9 月至 1942 年 3 月，她擔任《解放日報》文藝副刊主編。她的〈三八節有感〉，曾受到賀龍和其他一些同志的批評。毛主席同丁玲有過多次交談，座談會（延安文藝座談會的講話）談話，主要是就文藝批評問題交換了意見。」

「6 月 11 日，丁玲在中央研究院批判王實味的大會上，對她主編〈解放日報〉文藝專欄時允許發表〈野百合花〉，以及她自己的〈三八節有感〉在「立場和思想方法上的問題」作了檢討，並以生動的語言講述了自己在整頓三風中的收穫。她說：『回溯著過去的所有的煩悶，所有的努力，所有的顧忌和過錯，就像唐三藏站在到達天界的河邊看自己的軀殼順水流去的感覺，一種幡然而悟，憬然而漸的感覺。』——這段話表明了一位有成就、身上又有著小資產階級弱點的作家，在毛主席的啟迪下所發生的思想認識上的超越。這也正是丁玲後來在文藝創作上取得卓越成績的新起點。」[7]

陳明說：「她自覺地全身心投入延安整風運動，運動中她寫下了兩本學習心得，一本封面的題目是《脫胎換骨》，另一本是《革面洗心》。遺憾的是這兩個筆記本都早已佚失了」[8]不過，僅從這題目，就可看到她當時改造自己的虔誠。

後來，丁玲響應毛澤東的號召去寫工農兵，胡喬木回憶說：「丁玲、歐陽山在參加邊區合作會議後，分別寫了〈田保霖〉和〈活在新社會裏〉。因為作品描寫了新人新事〔兩文的主人公田保霖和劉建章都是合作社的模範〕，表明了作者在投入了新的鬥爭生活後取得的進步，所以毛澤東極感快慰，專門派人送信給丁玲和歐陽山。信中說：『快要天亮了，你們的文章引得我在洗澡後睡覺前一口氣

[7]　《胡喬木回憶毛澤東》，267 頁，1994 年。
[8]　陳明：〈丁玲在延安〉，《新文學史料》，1993 年 2 期。

讀完，我替中國人民慶祝，替你們兩位的新寫作作風慶祝！』毛主席不止一次表揚丁玲，說她下鄉，到群眾中去，寫出了好的文章和小說。」[9]

第三階段，是共和國成立前後。

這是丁玲政治地位最高的時期。1948 年 6 月丁玲按照中央安排，去匈牙利出席世界民主婦聯第二次代表大會，從正定縣華北聯合大學前往平山西柏坡集中，在西柏坡與毛澤東有過幾次見面。毛澤東是很高興的。丁玲在 1948 年 6 月 15 日的日記中記錄了當時的情況：「毛主席說：『好得很，幾年不見你了』他邀我和他一道散步。……散步之後他邀請我同他一道吃晚飯。我在他院子裏樹下坐談時，他又說歷史是幾十年的，看一個人要從幾十年來看，並舉魯迅為例；並將我與魯郭茅同列一等。我說我的文章不好，不及他們。毛主席評郭文才華奔放，組織差些；茅的作品是有意義的，不過說明多些，感情較少。毛主席和江青都表示願讀我的文章。我是多麼的高興而滿足啊！……」[10]

丁玲在 1948 年 6 月 22 日的日記中又說：「江青來看過我一次，告訴我要讀我的文章。她選了十幾張照片給我，並且在 22 號下午替我和毛主席攝了一張像，三人又合照了一張。她極力向我表示好意。我明白她這個人，也許將來我們會慢慢好起來的。臨走時她約我第二天去喝酒。」[11]

丁玲在〈《太陽照在桑乾河上》重印前言〉中談到寫這部小說時的心情：「我從來沒有以此為苦。因為那時我總是想著毛主席，想著這本書是為他寫的，我不願辜負他對我的希望和鼓勵。那時我

---

[9]　《胡喬木回憶毛澤東》，267 頁，1994 年。

[10]　丁玲〈四十年前的生活片斷〉，《新文學史料》，1993 年 2 期。

[11]　丁玲〈四十年前的生活片斷〉，《新文學史料》，1993 年 2 期。

總想著有一天我要把這本書呈獻給毛主席看的。當他老人家在世的時候，我不願把這種思想、感情和這些藏在心裏的話說出來。現在是不會有人認為我說這些是想表現自己，抬高自己的時候了，我倒覺得要說出那時我的這種真實的感情。」[12]

建國之初，丁玲當了中國文學界的負責人之一，又是獲得史達林文學獎的中國作家，毛澤東給了她特別的禮遇。據蔣祖林在〈回憶母親丁玲〉一文中提到，丁玲在頤和園中寫作時，毛澤東曾到她的住所來看望，說：「我到這兒散散心，休息一下，聽說你住在這裏，就來看看你。」[13]

我向陳明瞭解了這件事，他說：「那是 1951 年的夏天。當時丁玲住在頤和園『雲松巢』寫文章。一天黃昏，匆匆跑來一位警衛員，問道：『丁玲同志住在這裏嗎？有一位中央首長來找她。』我們正揣測是哪一位首長時，『雲松巢』門外石階步履聲已雜，毛主席正走在前面，拾級而上，陪同的有羅瑞卿等同志。毛主席這次來，事前沒有通知，我們認為他是黃昏到頤和園散步，得知丁玲在這裏，便順道來看看。當時天氣很熱，主席的襯衣都被汗濕透了。我趕緊讓勤務員夏更起去買西瓜，主席的隨從警衛員也跟著去，抱回了四個大西瓜。大家邊吃邊談話。丁玲向毛主席彙報她正在寫那篇《〈當著一種傾向來看〉——評蕭也牧的〈我們夫婦之間〉》的文章。主席由此談到團結、教育、改造幾十萬知識份子的問題。時間不長，有人報告說遊船已安排好，毛主席便起身和丁玲握別。這次主席在「雲松巢」待了約 20 分鐘」。[14]

---

[12] 《丁玲選集》，第三卷，752 頁。

[13] 蔣祖林〈回憶母親丁玲〉，《沒有情節的故事》，36 頁，北京十月文藝出版社 2001 年。

[14] 筆者訪談 2001 年 2 月 13 日。

　　從建國後毛澤東的習慣看，他是很少主動看望誰的。主動看丁玲，這是很大的面子。

　　第四階段，是 1950 年代中期丁玲挨整以後。

　　1958 年毛澤東親自寫按語，將〈三八節有感〉等一批在延安時受過批判的作品當作「大毒草」重新送上「再批判」的祭壇。張光年回憶：「1957 年，批丁玲、艾青等人。次年 1 月《文藝報》發表〈再批判〉。這個特輯是經我手的。周揚找到我、陳笑雨、侯金鏡，說毛主席要發表對丁玲等人的再批判，需要組織批判文章。按語是我寫的，送毛主席，毛看得很細，大部分都改了，題目也改了。原來是〈……再批判〉，毛把前面刪去，只留下〈再批判〉三個字。這個按語不好寫，我措辭謹慎、拘謹，毛全改了。他批評我們：『政治不足，你們是文人，文也不足。』」[15]毛在按語中寫到：這一批「奇文」，「奇就奇在以革命者的姿態寫反革命的文章，」「謝謝丁玲、王實味等人的勞作，毒草成了肥料，他們成了我國廣大人民的教員。他們確實能教育人民懂得我們的敵人是如何工作的。鼻子塞了的開通起來，天真爛漫、世事不知的青年人或老年人迅速知道了許多世事。」[16]當年曾經把丁玲與王實味相區別的毛澤東，這時又把他們捆綁在一起了。

　　第三段和第四段之間，毛澤東對丁玲的態度發生了突變。突變的原因是什麼？毛澤東方面的史料我們見不到，只能作一些推測。在丁玲的罪名當中，延安整風時遇到的兩個麻煩雖然又被提到突出的位置，但顯然不能構成毛澤東改變對丁玲看法的直接根據，只能看作是毛澤東已經同意把丁玲拋出來當作階級鬥爭的靶子的口實。

[15]　李輝〈與張光年談周揚〉，279 頁，《往事蒼老》，2000 年。
[16]　《建國以來毛澤東文稿》七冊，中央文獻出版社，1992 年出版。

所以，1955 年和 1957 年丁玲在政治上遇到劫難，毛澤東對她的態度發生突變，原因還要從其他因素去尋找。尋找的線索，不能不想到當時文藝界的黨內最高負責人周揚。

丁玲與周揚

丁玲與周揚也是湖南同鄉。丁玲在與兒子的談話中概括過她與周揚的關係，她是這樣說的：

> 歷史上，「左聯」時期，我和他接觸的時間很短；我被捕後，他繼我擔任「左聯」黨團書記。「兩個口號」，我沒有參加。延安時期，他在魯藝，我在文協、文抗與解放日報社，我同他並沒有直接的工作關係。在晉察冀邊區，我下去搞土改，寫文章，沒有安排我參加實際行政工作。我與他有直接的工作關係是在 1949 年第一屆文代會議後。1949 年 6 月，我從東北到北京參加文代會籌備工作，毛主席在香山召見我，並留我在他那裏吃飯。在談話中，毛主席問我：「文藝界黨內誰來掛帥？」我表示：「周揚比較合適。」我打算開完文代會回東北深入到工廠去，但黨組織決定我留在北京工作，我即決心擁護周揚。因為黨把文藝界的領導責任委託給他，同時，我覺得文藝界黨內沒有旁人比他更合適，也願意同他搞好關係。……1951 年初，中宣部領導決定我擔任中宣部文藝處處長。在此之前是周揚兼任這個文藝處長。1951 年秋，北京文藝界展開整風學習，周揚和我分別擔任整風學習委員會正、副主任。整風學習動員大會剛開完，周揚就走了。我感到肩上擔子太重，心裏真不願意他走，但當我知道是毛主席

要他下去的，要他下去參加土改，也就不好說什麼了。……
我在中宣部領導下，對北京文藝界的整風做了一些工作，但
覺得頭緒多，問題複雜，心裏一直希望他快點回來領導。所
以，我並沒有反對他，我是擁護他領導的。在某些問題上或
是對某些作品的評價上，看法不盡一致的地方，自然也是有
的，這也不可能完全沒有。我擔負工作的幾年，他曾好幾次
在會上表揚我，說我正確，黨性強，有原則，進步大，識大
體，有分寸等。他還寫信給我，也說了這樣的話。……可是
在我離開工作，專事創作兩年多以後，他卻在黨組擴大會上
為我的問題定調，什麼「反黨」、「一本書主義」、「搞個
人崇拜」、「搞獨立王國」、「文藝界的高饒」、「反黨聯
盟」、「反黨小集團」等等罪名都摜到我頭上。這是怎麼也
沒有想到的。[17]

這是丁玲在 1957 年挨整期間與兒子的交談，比較粗線條。一
來，當時兒子年青，不知堂奧；二來，出於對兒子的愛護，也不想
讓他捲入太深。

丁玲和周揚的矛盾關係，我認為也有個發展、變化過程。

最早是左聯時期。陳明說：在「兩個口號」論爭時，她還沒有完
全獲得自由。在感情上，她是偏向魯迅、馮雪峰和胡風的。特別是聽
馮雪峰的話，並不完全是從理論上判斷。但和周揚談不上有惡感，宗
派情緒是慢慢出現的。[18]原《解放日報》編輯黎辛說：丁玲與周揚在
上海接觸不多，說他們在上海就鬧宗派，我以為不是事實。[19]

---

[17] 蔣祖林〈回憶母親丁玲〉，《沒有情節的故事》，31 頁，北京十月文藝出版社
2001 年。
[18] 李輝〈陳明訪談〉，《往事蒼老》，261 頁。
[19] 黎辛〈丁玲，我的第一個上級〉，《文藝理論與批評》，1999 年第 3 期。

　　而後是延安時期。同是左翼作家的周揚與丁玲在解放區的地位，曾是旗鼓相當的。從文學影響來看，丁玲比周揚要大一些。就黨內的地位而言，從延安時代起，周揚一直高於丁玲。黎辛說：我只知道他們在延安時互相的印象並不好。1942 年春，我去丁玲在文抗的住處送稿取稿，遇到歐陽山在丁玲處聊天，丁玲坐在靠窗的書桌邊，歐陽山在窯洞左邊前後走動著，我進窯靠後站著。忽然窯外有人喊：「丁玲同志！」歐陽山問：「誰來啦？」丁玲回答：「會演戲的！」歐陽山問：「哪個會演戲的？」丁玲答：「周起應。」歐陽山說：「演戲的來了，我跟他沒話說，我走！」歐陽山與周揚碰面時打了個招呼，出去了。我在丁玲處拿了稿子，也告辭離開了。[20] 1948 年丁玲赴東北，遇見作家胡考和劉葦，她在日記中寫道：胡考劉葦都問到周部長，問是否作風有改變，我無法答覆，只說了些他的長處。每當這種時候，就使我為難，我得違心的說話。[21]

　　周揚認為他與丁玲的矛盾始於延安時代。「文革」結束後，他接受美籍華人學者趙浩生的採訪時說，在延安時期他和丁玲就是兩派：一派是以魯藝為代表，包括何其芳，當然是以我為首。一派是以文抗為代表，以丁玲為首……我們魯藝這一派人主張歌頌光明。而文抗這一派主張暴露黑暗。[22]

　　對此，陳明有不同的看法。他在同一篇文章中否定周揚與丁玲當時各自代表一派，並通過丁玲在延安時代的創作及一些中央領導人的評價，說明丁玲不是主張暴露黑暗的代表人物。陳明當然是丁玲形象的堅定維護者。其實暴露也好，歌頌也好，都是文學的基本手段。暴露黑暗，也是五四新文學的傳統。

---

[20] 黎辛〈丁玲，我的第一個上級〉，《文藝理論與批評》，1999 年第 3 期。

[21] 丁玲〈四十年前的生活片斷〉，《新文學史料》，1993 年 2 期。

[22] 轉引陳明〈丁玲在延安〉，《新文學史料》，1993 年 2 期。

　　據陳明講，即使有宗派情緒，陣線也並不清楚。「蕭軍和舒群一起到延安，周揚歡迎舒群到魯藝，但不要蕭軍。從這件事丁玲感到了宗派的影響。[23]黎辛舉的一個事例，將當時的陣線說得比較清楚。他說，1941年，周揚在《解放日報》連續發表長文〈文學與生活漫談〉，在文章中提出「太陽也有黑點」的觀點。文抗的舒群、蕭軍、白朗、羅烽、艾青五人聯名寫了〈「文藝與生活漫談」後漫談集錄並商榷於周揚同志〉提出不同意見。蕭軍等人說：「如今我們該不是討論這黑點有沒有的時候，而應是怎樣更有效，更快些處置這黑點的問題；凡是到新社會來的人，他們主要是追求光明，另一方面對於『黑點』也不會完全沒想到，而且也絕沒有因了這『黑點』而對光明起了動搖……但若說人一定得承認『黑點合理化』，不加憎恨，不加指責，甚至容忍和歌頌，這是沒有道理的事。」原來，在延安最早在文字上提出延安有黑點的是周揚，最早反對「容忍與歌頌」太陽裏的『黑點』的是蕭軍、羅鋒、艾青、舒群與白朗。蕭軍還因為丁玲不同意將這篇文章發表在《解放日報》上，而寫信告到毛澤東那裏，毛澤東說你那裏不是辦著《文藝月報》嗎，就在《文藝月報》上發表好了。毛澤東是支持蕭軍的。黎辛還提到，據韋瑩講，丁玲也參加了討論（與蕭軍等），但最後劃掉了名字。並說：「從中可以看出丁玲處理蕭軍等人與周揚的關係是慎重的。」[24]

　　在周揚的印象中，他們的矛盾就是從這時開始的，所以，才有「文抗」和他不一致的看法。周揚在1957年的作協黨組擴大會上的講話中說：「我們的文學不應當片面地反映生活，我們既要歌頌光明，也要揭露黑暗。問題是怎樣寫。不在鬥爭中，不用階級觀點去

---

[23] 李輝《往事蒼老》，262頁。
[24] 黎辛〈丁玲，我的第一個上級〉，《文藝理論與批評》，1999年第3期。

看，什麼是光明面，什麼是陰暗面是分不清的。這種提倡寫黑暗的老祖宗是王實味，第二是蕭軍，他們說太陽裏也有黑點，他們就專門看黑點。丁玲就實踐了這個理論，現在是劉賓雁。」[25]

有人說，在延安批評丁玲的〈三八節有感〉，是周揚第一次整丁玲。但從丁玲自己的回憶中看，當時坐在後面一言未發的周揚不是始作俑者。

從丁玲、陳明的一些回憶看，在延安時，丁玲對周揚還無太深成見。1946 年，國民黨向解放區進攻，周揚夫人蘇靈揚帶著兩個孩子，從張家口撤離，翻了馬車，兒子被砸死了。丁玲說：我們知道了這事，天天到路口去等他們。陳明回憶：丁玲和我知道了這件事，很同情，「丁玲就把自己的女兒送到周揚家，讓她陪陪周揚，陪陪周密（周揚的女兒與丁玲的女兒從小在一起長大），一直住了一、兩個禮拜。後來周密也到我家來住了一個禮拜，我還幫她補課。」[26]周揚當時也看重丁玲的工作能力。陳明回憶，「1946 年，周揚在張家口，有機會到北平考察，他在北平向中共華北局建議派丁玲到北平辦報。丁玲不願意離開解放區，沒有去。」[27]

陳明還說：文代會後，周揚一再說服她留在北京，讓她擔任全國文協的日常領導工作。丁玲向他解釋：來京前已和東北局宣傳部的領導李卓然、劉芝明同志談定，文代會後即回東北，到鞍鋼深入生活，從事創作。周揚最後說了心裏話：「對其他幾個老同志，我是有些戒心的。而你呢？你比較識大體，有原則，顧大局。」丁玲只好放棄原來的計畫，留在了北京。周揚所說的「其他幾個老同志」是誰呢？當時我們揣測，第一個是蕭三，這位老同志是通天的，他

---

[25]　〈陸定一、周揚在作協黨組擴大會議上作重要講話〉，《文藝報》，1957 年 25 期。
[26]　陳明〈有關丁玲生平的幾個問題〉，《百年潮》，2001 年 1 期。
[27]　陳明同上。

害怕；第二個是柯仲平，柯是老文化人了，到延安較早，而且深入
農村，他朗誦自己寫的詩〈邊區自衛軍〉，毛主席聽過；柯仲平口
直，當面罵過周揚。周揚對丁玲也不是沒有戒備心，但丁玲比較顧
大局，也不會不照顧他的面子。[28]

　　可見當時他們雖然有文人之間的成見，但還是可以共事的。

　　據黎辛分析，「丁玲對周揚公開表示不滿，起因於她在華北寫
出那部反映土改的長篇小說（《太陽照在桑乾河上》），喬木、蕭
三、艾思奇與陳企霞都說『好』；而當時任華北宣傳部副部長的周
揚卻長期壓著原稿不看也不退還。後來丁玲把原稿帶到東北才得以
出版。這部書得了最高的革命文學獎——史達林文學獎。」[29]

　　丁玲 1948 年 6 月 14 日的日記也可以印證。丁玲是這樣寫的：

　　周揚挽留我在華北搞文藝工委會，心甚誠。但當我說到我的小
說（指《太陽照在桑乾河上》）已突擊完成時，他不置一詞。我知
道他的確願意我在他領導下工作，他知道我這個人還有些原則性，
在許多文藝幹部之中，他比較願用我，但他對我的寫作卻有意的表
示冷淡。」[30]（1948 年 6 月 14 日）

　　丁玲認為她的書出版不順利，主要是周揚的負作用。後來，在
〈《太陽照在桑乾河上》重印前言〉中她說：「借這次重印的機會，
我要感謝胡喬木、艾思奇、蕭三等同志。1948 年的夏天，他們為了
使「桑乾河上」得以出版，趕在我出國以前發行，揮汗審閱這本稿
子。當我已經啟程，途經大連時，胡喬木同志還從建平打電報給我，
提出修改意見。這本書得到史達林文藝獎後，胡喬木同志還特約我

28　筆者訪談 2001 年 2 月 13 日。
29　黎辛〈丁玲，我的第一個上級〉，《文藝理論與批評》，1999 年第 3 期。
30　丁玲〈四十年前的生活片斷〉，《新文學史料》，1993 年 2 期。

去談「桑乾河上」文字上存在的缺點和問題。這些至今我仍是記憶猶新。」[31]

曾經擔任過胡喬木秘書的鄭惠先生說：「周揚與胡喬木在上海時怎麼樣，沒聽他說起過，但是喬木平時跟我談話中，表示過對周揚的不滿，覺得周揚對丁玲是不公平的。當年丁玲寫出《太陽照在桑乾河上》後，讓陳伯達和胡喬木看，他們都認為不錯，但周揚就有微詞。」[32]

陳明說：1948年丁玲寫完《太陽照在桑乾河上》這部書稿，複寫了兩份，一份自留，一份送給周揚看。周當時是華北局宣傳部副部長。事後不久，在一次晉察冀土改工作會議上，彭真同志做報告說：「農村土改要注意反對幹部當中的地富思想。農村幹部、地方幹部有地富思想，我們的作家有沒有地富思想啊？我看作家也有地富思想嘛。寫雇農家裏如何如何髒，地主家裏怎麼怎麼漂亮。」丁玲、蕭三都在台下聽著。覺得他是有所指的。會後，一位叫蔡樹藩的部隊老幹部就問蕭三：「丁玲怎麼寫這種東西？」他和蕭三是好朋友。蕭三說：「沒有啊，她的書稿我看過，她寫的時候我們住在一個村。」蔡問蕭時直接說出了「丁玲」的名字，可見他已經知道丁玲寫了這麼一本書。但是這部書稿除了蕭三，還有誰看過呢？只有周揚。丁玲想，彭真說作家有地富思想，顯然就是指她了。彭真的印象從何而來？肯定不是蕭三，無疑就是周揚了。那個時候，周揚與首長們或打撲克、或在談笑中隨便說那麼一句話，首長就會留下印象。1948年6月，丁玲出國參加世界婦女代表大會路過華北局所在地，向周揚要回了書稿，周揚一句話都沒說。丁玲心說，稿子

[31] 《丁玲選集》，第三卷，753頁，四川人民出版社1984年。
[32] 筆者訪談2000年12月17日。

壓在你這兒幾個月了，總該說點印象吧？但你只向領導說，不向作者說，我也就不問。丁玲到了西柏坡中央局，當然就把書稿給喬木、艾思奇等幾位同志看，希望聽到意見，得到支持。喬木、艾思奇、陳伯達都看了書稿。丁玲對喬木同志說：「這次婦女代表團出國，團員中有勞動模範，有戰鬥英雄。我是以中國作家名義參加婦女代表團的，是不是要有一本著作帶去較好呢？」「喬木說：「可以，你到東北出版吧。」這本書就這樣出版了。周揚後來說，丁玲到中央告了他的狀。這怎麼是告他的狀呢？全國解放後，周揚讓柯仲平選編《人民文藝叢書》，開始沒有《太陽照在桑乾河上》。丁玲見到柯仲平就問他：「《桑乾河上》為什麼沒有選啊？柯仲平沒有說話，但後來還是選進去了。1951 年，選史達林文藝獎，據朱子奇回憶文章說，當時國內的權威意見是不選送《太陽照在桑乾河上》的。那麼權威能有誰呢？就是周揚嘛。朱子奇當時給在蘇聯養病的任弼時同志當秘書，蘇聯的同志問朱子奇，中國為什麼沒有推薦《桑乾河上》？朱子奇問弼時同志，弼石同志說，那書寫得不錯嘛，不能十全十美，可以給送去評選。後來就評上了。舉行史達林獎頒獎儀式時，周揚在會上講《太陽照在桑乾河上》怎麼好怎麼好。他這是言不由衷。說到這裏，我想起一件事：在延安時，丁玲發表了〈我在霞村的時候〉，周揚給丁玲寫信，說看了這篇作品感動得流淚，可是反右時，他又說這是叛徒作品。我談這些，是想說明：關於《太陽照在桑乾河上》從完稿到出書、到評獎的整個過程中，儘管周揚那樣，丁玲卻沒有說過周揚一句什麼；關於評獎，事前她一無所知，也從來沒有和別人爭。而周揚為什麼是那種態度？他那時是一種什麼樣的心情。很值得人們玩味。[33]

---

[33] 筆者訪談 2001 年 2 月 13 日。

　　周揚當著丁玲的面，對小說不表態。然而卻發生了身為中央政治局委員的彭真否定這部小說的事。彭真在會上不點名地批評丁玲的時候，未必讀了小說的手稿，很有可能只是聽了周揚的一面之詞。丁玲把文學創作當作自己的主業，這件事她當然不能不在意。據田間講，她因此「不願見到彭真同志。見面都不願打一個招呼。」[34]

　　共和國建立之初，當毛澤東問丁玲文藝界黨內誰來掛帥時，丁玲是承認周揚的行政能力的。這一方面說明丁玲的作家情結比較重，在官員與作家的身份上，首先將自己定位於作家；同時，丁玲也知道周揚在毛澤東眼中的位置。毛澤東並不是讓她在自己與周揚二者之間表態，而是讓她在周揚與其他人之間表態。丁玲推舉周揚是真心的。

　　張鳳珠說：「要真正讓丁玲領導文藝界，也不行。從內心裏，她瞧不起行政工作，也瞧不起周揚。她認為只有作品才能說明一個人，而且作用是長久的。所以，她與周揚去蘇聯開會，高莽一路給他們當翻譯，高莽會畫畫，就給他們畫像。她說高莽畫的周揚不像。意思是周揚沒有畫上的那麼好。到了蘇聯，愛倫堡請客，名單上沒有周揚，大概愛倫堡認為周揚不是作家，只是共產黨的官員。但周揚是代表團團長啊，丁玲就給愛倫堡的工作人員打電話希望他們注意到這個問題。那邊說商量一下。後來回電話說，愛倫堡睡覺了。實際上就是拒絕再更改了。這是丁玲回來講給我們聽的。她告訴我這些，說明她是瞧不起周揚的。丁玲還講，他們在蘇聯在一起走時，周揚看到一個漂亮的小女孩，就說，她很像周蜜（周揚的女兒），又看到一個長得挺醜的孩子，就說像蔣祖慧（丁玲的女兒）。丁玲當然不高興了。你說，就這種極小細節，都很在意。可見他們的矛盾太深了。」[35]

---

[34]　田間〈揭穿丁玲的偽裝〉，《文藝報》，1957 年 21 期。
[35]　筆者訪談 2000 年 4 月。

　　張鳳珠說他們的矛盾深，是周揚對待丁玲的《桑乾河上》冷漠態度之後了。

　　陳明也提到：建國後，老舍、丁玲和周揚三人到蘇聯參加蘇聯作家代表會議的時候，周揚在那些地方受了冷落。愛倫堡看不起評論家，他到中國來時，說過評論家是作家樹上的寄生蟲，說到理論家，他覺得更壞。他們到蘇聯，西蒙諾夫、法捷耶夫對作家是很尊重的，特別丁玲是當過八路軍的作家，他們當然是有些捧的。這自然讓周揚不自在。[36]

　　應該說：這時丁玲與周揚二人之間真正有了矛盾。從丁玲來講，她不能原諒周揚對她書稿的態度；從周揚來講，他不會不在意丁玲由於創作上的成績，在國內外超出他的影響。這時，陳明所說的他對老作家的戒心，他對丁玲能沒有嗎？

　　王蒙也說：「丁與其他文藝界的領導不同，她有強烈的創作意識、名作家意識、大作家意識。……她爭的是金牌而不是滿足於給金牌得主發獎或進行勉勵作總結發言。」[37]

　　李輝說：「我們注意到周揚和丁玲，有一個共同的特點，那就是都願意成為人們環繞的中心。但所表現的方式卻不同的。……周揚更願意以一個領導者的身份出現在人們中間，也就是說，他個性中的領導欲和權力慾，決定著他許多時候許多場合的選擇。而丁玲，儘管也願意為人們擁戴，但不是借助地位、權力，而是靠文學成就所形成的明星效應。……她樂於以文學的方式與人們見面，便把自己的文學興趣與成就，放在了一個特殊的位置。」[38]

---

[36]　筆者訪談 2001 年 2 月 13 日訪談。
[37]　王蒙〈我心目中的丁玲〉，《讀書》，1997 年 2 期。
[38]　李輝〈往事已經蒼老？〉，《往事蒼老》，227 至 228 頁。

　　他們對丁玲和周揚的心理分析我是贊成的。僅僅是人生追求和性格上的差異，不足以釀成你死我活的政治鬥爭。五十年代以後，他們的關係發生質變，成了水火不容的敵對關係。導致這種變化，有一些重要的背景。

　　夏衍說：「記得有一次，大概是下去搞土改吧，大家都要下去，周揚可能不下去。毛主席說：『如果周揚不下去，我就派人去押他下去。』他講過這話，那是 1952 年。他對周揚不滿意。我同主席接觸不多。我看是主席最初對他滿意，接下來有了意見。」[39]

　　張光年也曾回憶：50 年代到 60 年代毛澤東經常批評周揚，「我想主要是指他對意識形態上的『階級鬥爭動向』不敏感，感覺遲鈍。你管的事，出了問題都要最高層，來替你發現，指出。指出了，還沒很快跟上，這還行嗎？」「1953 年初，毛主席批評他很厲害。把他叫到中南海，回來後情緒惡劣。我問他，他多的沒說，只感慨地對我說：『批評我政治上不開展。』挨批評後，撤掉他的文化部副部長的職務，讓他下湖南參加土改。」[40]

　　毛澤東對周揚不滿，讓他下鄉搞土改，就讓胡喬木主持籌備第二屆文代會。而胡喬木又想用丁玲取代周揚的部分工作。陳明曾經告訴筆者，1952 年前後，丁玲確實有過不管文學研究所的念頭。搞起來了她就想退出來。一方面因為她身體有脊椎增生的病，一方面她嫌麻煩，又是更年期。文學研究所不想幹了，中宣部文藝處處長不想幹了。就是當處長時，也是很勉強的。當時胡喬木跟她談話，胡喬木讓她當處長。丁玲後來和陳明商量，當不當？陳明覺得，胡喬木把話，都講透了，不當就不好了。筆者問：胡喬木怎麼講的？

[39]　李輝〈與夏衍談周揚〉，《往事蒼老》，238 頁。
[40]　李輝〈與張光年談周揚〉，《往事蒼老》，278 頁。

陳說：他就說周揚不行。要讓丁玲來幹。我說喬木都這樣說了，你就勉為其難吧。就這樣她就當了。這時就是讓丁玲領導整風的階段。[41]

周揚下鄉以後，有一次丁玲讓秘書長舒群主持文協的會議，舒群說：周揚說我是文聯的秘書長，我不能主持作協的會議。而實際當時文聯、作協是一個機構兩個牌子，舒群名義上是兩家的秘書長。丁玲不明白周揚是什麼意思。氣得大哭。[42]

然而，第二屆文代會最終還是在周揚主持下召開。當時胡喬木主張學習蘇聯取消文聯設置，讓作協、劇協、音協等平行，成為各行各業的專門家協會。毛澤東聽了彙報，不滿意，還發了火，認為取消文聯不利團結老一輩文藝家。而後又不讓胡喬木管了，讓人打電報把周揚叫回來籌備第二屆文代會。[43]

周揚有驚無險，保住了自己的政治地位。但卻體會到了來自胡喬木、丁玲對自己權力的威脅，不能不形成芥蒂。胡喬木讓丁玲主持文藝界的整風工作，周揚意識到自己是有可能被丁玲替代的。胡喬木是毛澤東的秘書，地位在周之上，用與不用在毛，周揚不能拿他怎麼樣。但丁玲處於周揚的領導之下，一旦有了機會，就可能陷入沒頂之災。

1955 年，發生了胡風事件，機會來了。

下面，我根據所看到的各方面的材料來歸納中國作協打擊「丁、陳反黨集團」的經過：

1955 年在開展對「胡風反革命集團」的批判運動期間，從 8 月 3 日至 9 月 6 日，中國作家協會召開黨組擴大會議，宗旨是批判作協內部的「丁玲、陳企霞反黨小集團」。會議共舉行了十六次。開

[41] 筆者訪談 2000 年 2 月。
[42] 丁玲〈辯證書〉轉引周良沛《丁玲傳》，66 頁。
[43] 李輝〈與張光年談周揚〉，《往事蒼老》，276 至 277 頁。

始範圍不大，只限於十三級以上作協各部門黨員負責幹部。後來發展到包括中宣部、文化部、全國文聯、其他協會的負責人參加。前三次會議主要是追查寫給中央的匿名信，因為它為在此之前受到處分的陳企霞和受到批評的丁玲叫屈，認定匿名信是陳企霞所為，並有合謀人，所起的作用與胡風的《三十萬言書》相同。周揚等人指出，作家協會有一股反黨暗流。從第四次會議起，鬥爭矛頭對準丁玲。經過人人表態、揭發、批判、上綱，結論是作協有一個「丁陳反黨小集團」。理由：一是丁玲與陳企霞把《文藝報》搞成獨立王國；丁玲在文學研究所還有一個獨立王國；二是說丁玲、陳企霞等人都有歷史問題沒有搞清，他們存在著「嚴重的資產階級個人主義的思想和向黨鬧獨立性的傾向」。9月30日，作協黨組向中央寫了《中國作家協會黨組關於丁玲、陳企霞等進行反黨小集團活動及對他們處理意見的報告》呈報中宣部，12月15日中共中央批發了這個報告。後中宣部做出開除陳企霞與李又然的黨籍決定。丁玲被撤職，但沒有開除黨籍。當丁玲看到中央的批示時已經是1956年7、8月。她寫信要求中宣部重新審查作協1955年對她的批判，提出與事實不符，並寫了逐一反駁的〈辯證書〉。她還要求審查她的歷史。此後，中宣部成立了專門小組，調查「丁、陳反黨小集團」問題，經廣泛調查取證核實，認為作協給丁、陳定為「反黨小集團」的結論依據，大多與事實不符。為此，從1957年1月，作協黨組召開了若干次會議，討論修改給丁玲、陳企霞所定的結論。1957年5月作協整風，廣大群眾提意見，認為1955年對丁玲的批判和結論是很不得當的。作協黨組也意識到，如果不首先處理好「丁、陳反黨小集團」的問題，機關的整風不好開展。於是在1957年6月6日（也就是《人民日報》發表社論〈這是為什麼〉的前兩天），作協召開黨組擴大會議，周揚等人在會上主動表示1955年對丁玲的批判是不應

該的，「反黨小集團」的結論是站不住腳的，並向丁玲等人表示歉意。但是，當給丁玲等人的修改結論還來不及與群眾和本人見面時，反右鬥爭開始了。1957 年 6 月 25 日黨組擴大會休會多天後復會，丁玲被說成是「翻案」，「向黨進攻」。而後丁玲、馮雪峰、陳企霞等被打成右派反黨集團。1958 年，丁玲被開除黨籍和公職，保留作協理事，後同丈夫陳明一起發配到北大荒，文革中關進監獄 5 年，出來後安置在山西長治鄉下。1979 年丁玲返回北京後，「反黨小集團」問題、「右派」問題得到平反，但留有歷史問題的尾巴，直到1984 年中組部發文件徹底為她恢復名譽。丁玲這次蒙冤將近三十年，打入另冊也近四分之一個世紀。

到這時，丁玲與周揚的矛盾，已經不是有和無、淺和深的問題，而是載入史冊的一例公案。

導火線──三封信

那麼，1955 年以周揚為首的作家協會，抓住丁玲不放，欲加之罪，何患無詞的「詞」究竟是什麼呢？簡單地說，來自三封信。一是所謂陳企霞的匿名信，說丁玲是後臺；二是說丁玲手底下的幹部提出了丁玲的問題。三是胡風的密信裏說，丁玲是實力派。

所謂陳企霞的匿名信，是打擊丁玲的第一個理由。

劉白羽在 1955 年 12 月 27 日「關於丁玲、陳企霞等進行反黨小集團活動的傳達報告會議」上說：「會議從座談一封向中央控告檢查《文藝報》的問題的『匿名信』開始的。那封『匿名信』認為，去年黨對於《文藝報》的錯誤所進行的批評和檢查，是由於文藝界某些領導同志推卸責任，嫁禍於《文藝報》，是由於中央『偏聽偏信』的結果。……誰都知道檢查我們向資產階級的投降主義、壓制

新生力量，更嚴重的是《文藝報》對黨的關係有獨立王國的傾向，這是件好事情，這是黨中央、毛主席所領導的正確路線，因此，從那開始，批判俞平伯、胡適、胡風思想展開了一連串的鬥爭，應當說是黨的很大成功，是黨的勝利；可是，《文藝報》的匿名信，卻是向中央控告說：檢查《文藝報》是打擊某某人，具體說就是打擊陳企霞，這就是說我們的黨是黑暗的，誣陷好人。他們所維護的卻是獨立王國的陳企霞，還有是被它認為是旁人加以『嚴重自由主義』帽子的丁玲同志。……這封匿名信的寫作者選擇了正當我們向胡風集團的鬥爭進行得極尖銳的時候（今年年四月）寄出這封信，顯然包含有轉移鬥爭目標的陰謀。會上很多同志分析這封匿名信和胡風的『三十萬言書』有同樣的作用……。」「它為受到處分的陳企霞和受到批評的丁玲同志叫屈」。[44]

　　周揚在 1955 年 12 月 30 日的報告中說：我們說他們是反黨小集團，至少有三條根據：第一條：抗拒、不執行黨的政策方針。二次文代會的方針是中央政治局討論過的，……在那次會上提出，要反對粗暴批評，鼓勵創作，提倡寫新英雄人物，寫正面人物……他們反對，說「文藝報」沒有粗暴批評。……檢查「文藝報」，雖然執筆寫文章的是袁水拍，但是中央授意的。誰也知道袁水拍沒有這麼大膽，我也不敢寫，默涵也不敢寫，沒有黨支持袁水拍敢嗎？……檢查《文藝報》，明明知道是主席的意見，那麼應該服從吧？應該沒有話講了吧？不行！還是不行！……我們批評《文藝報》時，胡風也趁機抓《文藝報》，陳企霞就說我是吳三桂借兵。胡風那樣反人民，我能把胡風借來嗎？胡風攻擊《文藝報》的目的，不是攻擊丁玲和雪峰，而是攻擊黨的領導。如果不攻擊到丁玲和陳企霞，他

---

[44] 作協 1955 年 12 月油印會議記錄 075 號。

（陳企霞）還是高興的，攻擊到陳企霞了，那就不行。……至於說取消文學講習所，那些事情都不算，因為那些事並沒有經過中央和毛主席，只是中宣部決定的。可是後來事實也證明是正確的。所以，反黨小集團就是反對黨的決定，反對黨的政策方針。

　　第二個標誌就是看這個小集團是團結的核心呢，還是製造糾紛的核心？我過去是受了迷惑的，認為丁玲進城以後有進步。我心裏知道她對我有意見，知道她個人主義很嚴重，但是我還是認為她進城以後有進步，其實我是蒙蔽了。她製造分裂的這些事不必講了，……。

　　第三個標誌是在黨內採取非黨的非法的方法。三五個人搞小集團，如果他們的活動都是公開的，他們的話都是當面講的，那還好，現在他們有些活動是當面一套，背後一套，採取許多非法手段。……匿名信總是有人寫，總不是天上掉下來的，用這樣的方法，哪裡是黨員做的事呢，這不是反黨是什麼？」[45]

　　周揚、劉白羽為什麼把一封給中央的匿名信看得如此嚴重呢？因為它和批判丁、陳之前毛澤東發動的對《紅樓夢研究》的批判有關。

　　據原中宣部幹部黎之回憶：

　　1954 年 9 月號山東大學《文史哲》上發表了李希凡、藍翎寫的〈關於《紅樓夢》研究和其他〉一文。江青把這篇文章送給毛澤東，毛澤東讀後，讓江青轉告《人民日報》轉載。她當即在人民日報社召集胡喬木、鄧拓、林默涵、林淡秋等人開會（主管文藝的周揚未參加），建議轉載李、藍的文章。會上胡喬木等人提出黨報不是自由討論的場所（這是學《真理報》。史達林時期《真理報》只作結論，不許討論）。會上大家一致意見交《文藝報》轉載。由林默涵

45　作協 1955 年 12 月油印會議記錄 075 號。

通知馮雪峰快些轉載。馮起草按語送中宣部審閱後，9 月份出版的
《文藝報》上即轉載了李、藍的文章，當月轉載這速度可謂神速。
毛澤東在《文藝報》不到 300 字的按語上作了五處批註。在作者署
名旁批：青年團員一個廿三歲，一個廿六歲。在「它的作者是兩個
在開始研究中國古典文學的青年」一句旁批：不過是小人物。在「他
試著從科學的觀點對俞平伯在〈〔紅樓夢〕簡論〉一文中的觀點提
出了批評」一句「試著」兩字旁畫了兩道豎線，並批：不過是不成
熟的試作。在「作者的意見顯然還有不夠周密和不夠全面的地方」
一句旁批：對兩個青年的缺點則絕不饒過。很成熟的文章，枉加駁
斥。按語中「希望引起大家討論，使我們對《紅樓夢》這部偉大的
傑作有更深和更正確的瞭解。」「只有大家來繼續深入地研究，才
能使我們的瞭解更深刻和周密。」毛澤東在「更深和更正確的瞭解。」
和「瞭解更深刻和周密。」旁劃了兩道豎線，並批：不應承認俞平
伯的觀點是正確的。不是深刻和周密的問題，而是批判錯誤思想的
問題。[46]在此之後毛澤東寫了那篇批判資產階級大人物壓制小人物
的著名的案語。

　　原《人民日報》文藝部編輯袁鷹說：當時我想不通，怎麼突然
搞起《紅樓夢》來了？俞平伯研究《紅樓夢》的觀點可能有問題，
但是值得在中央黨報上那樣大張旗鼓地展開批評嗎？不僅是我，包
括袁水拍、林淡秋都不明白，甚至鄧拓、周揚也未必知道嚴重性。
那時候只知道應該支持、提倡新觀點，卻不曾想到要來一次政治
運動[47]。

---

[46] 黎之《文壇風雲錄》，河南人民出版社 1999 年出版。
[47] 李輝〈與袁鷹談周揚〉，《往事蒼老》，花城出版社 1998 年出版。

　　從《紅樓夢研究》與馮雪峰的問題，又怎麼轉到陳企霞與《文藝報》的問題？事情由來是這樣：1954 年 10 月至 12 月毛澤東發動了對「紅樓夢研究」的批判後，中宣部同時決定檢查《文藝報》的工作。所謂「檢查」又是由《人民日報》的一篇〈質問《文藝報》編者〉的文章引起的。接著「中宣部召開了有文藝界黨員負責同志和黨員作家、藝術家參加的會議，對於馮雪峰、陳企霞和已經離開文藝報而仍左右文藝報的丁玲進行揭發和批判。」[48]而後，以中宣部、全國文聯、中國作協的名義做出了「關於檢查《文藝報》的結論和決議。」認為《文藝報》不但向資產階級投降，還有壓制新生力量的錯誤，並在文藝批評上有粗暴、武斷和壓制自由討論的惡劣作風。「壓制新生力量」的典型事例是《文藝報》對楊朔的頌揚抗美援朝的小說《三千里江山》和對李準讚美合作化運動的小說《不能走那條路》的「粗暴」批評。在檢查「文藝報」期間，胡風也寫了批評《文藝報》文章。而後，撤銷了馮雪峰主編和陳企霞副主編的職務，並改組了《文藝報》。1955 年 4 月，陳企霞參與向中央寫了三封「匿名信」，對上述結論提出質疑。寄出「匿名信」的時間正是胡風「反革命集團」第三批材料公佈後。當時的作協領導集團認為這是「企圖分散黨對胡風反革命集團的鬥爭，是客觀上起了配合胡風反革命集團向黨進攻的作用。」[49]

　　《文藝報》問題，是由陳企霞的匿名信引起的。後來證明，匿名信不是陳企霞寫的，但信中的內容是他的意思。他主要是認為中央處理《文藝報》的作法不公平。他希望中央重新考慮糾正。從劉白羽、周揚的話看，批馮雪峰時已經牽涉了陳企霞和丁玲，而陳企

---

[48] 侯金鏡〈1954 年檢查文藝報的結論不能推翻〉，《文藝報》，1957 年 22 期。
[49] 社論〈文藝界反右派鬥爭深入開展，丁玲、陳企霞反黨集團陰謀敗露〉，《文藝報》，1957 年 19 期。

霞並不知道毛澤東批《文藝報》的真實意圖，尤其是不知道批評頌
揚合作化的作品，就是反對毛澤東的加快農業合作化步伐的方針。
袁水拍的文章是有背景的。陳企霞認為，檢查《文藝報》是文藝界
的領導借機打擊報復不同觀點不同意見的人。《文藝報》的編輯唐
因等人也認為：《文藝報》軟了一點就是投降，硬了一點就是粗暴。
這樣刊物只能轉載馬列主義文獻了。這件事又如何牽扯到丁玲？其
中主要理由是1949年文代會後，文聯決定由丁玲擔任《文藝報》主
編，陳企霞、蕭殷為副主編，陳企霞說「主編就是主編，有什麼正
的、副的？」丁玲就和周揚商量，由他們三人同時擔任主編。周揚
同意了。「匿名信」事件使周揚等文藝界的領導人十分惱火，認為
後臺是丁玲，說他們：拒絕黨的領導和監督，違抗黨的方針、政策
和指示；違反黨的原則，進行感情拉攏以擴大反黨小集團的勢力。
因為丁玲與陳企霞關係一向很好。早在延安辦《解放日報》副刊時
他們就在一起工作，當時丁玲是主編，陳企霞是副主編。後果是顯
而易見的，會議就從對匿名信和對陳企霞思想作風的揭發，進一步
轉向對陳企霞和丁玲的關係的揭發，並把他們視為反黨小集團。

　　《文藝報》的同人唐因、楊犁、侯敏澤、唐達成等人對中宣部、
全國文聯、中國作協做出的那個「檢查文藝報的結論和決議」也非
常不滿，在1957年6月整風階段向組織部門提出意見。他們認為：
檢查文藝報的提綱是「從概念出發」，「先有帽子，再找事例」。
最後，這些因對1954年「檢查《文藝報》」有意見、同情「丁、陳
反黨小集團」的人，在1957年全部被打成「右派」。

　　1956年8月16日，丁玲在給中宣部黨委會的信中這樣申訴：
「一、會議的主持人和領導人早在（1955年）8月間黨組會議之前，
和會議初期，15日先已肯定了反黨小集團的結論，有下列事實和為
證：⋯⋯第四次會議（8月6日）對陳企霞的鬥爭告一段落，鬥爭

矛頭即將轉向我時，周揚同志最後發言說：「作家協會有一股反動的暗流……是反黨的，無原則結合起來的小集團，……裏面究竟是些什麼人，結合深淺的程度，可以認真搞清楚。……」「『獨立王國』是黨作了決議的，……你有一字不照黨辦，你就是『獨立王國』」。「『獨立王國』都有小集團，高崗就有小集團。」又號召與會同志：「『獨立王國』小集團，反黨暗流，既然不允許，就應該揭發。相信黨，對黨忠誠。」

　　二、……在整個會議過程中，順著這個結論的，就得到會議主席的支持、鼓勵，稍有疑懼的，則嚴厲批評，略作申辯，則不加理睬，或竟斥為向黨進攻，使整個會議的發展成為一邊倒的情況。」（信中所引，摘自散發的打印會議記錄。）

　　另一封揭發信在丁玲陷入沒頂之災中起到了關鍵作用。

　　劉白羽在那篇報告中說：「康濯同志在一個時候（主要是在他擔任中央文學研究所秘書長期間）也曾參加了這個集團的活動，但他在檢查《文藝報》的鬥爭中，以及後來肅清胡風集團及其他一切反革命分子的鬥爭中是表現積極的，他在運動中提高了自己的認識，感覺到了丁玲同志過去的不少言行是反黨的，他和丁玲的關係是不正常的，因此他在會前就自動向黨提供了丁玲的材料，在會上對自己的錯誤作了嚴肅的自我批評。」[50]

　　原中宣部機關秘書長、黨委書記李之璉說：

　　「反黨小集團」成員本來是三個人。另一人由於承認了錯誤並站在主持人一邊揭發丁玲、陳企霞，領導就不再追究他，而變成揭發小集團的積極分子。這說明「反黨」呀「不反黨」完全由主管者個人意志決定，很不嚴肅。」[51]

---

[50]　作協 1955 年 12 月油印會議記錄 075 號。

[51]　李之璉〈我參與丁、陳「反黨小集團」案處理經過〉，《沒有情節的故事》，

　　康濯 1946 年在阜平縣抬頭灣村主編《時代青年》雜誌時，曾與在那裏寫《桑乾河上》的丁玲住在一村子裏，幾個月間與丁玲、陳企霞一家過往甚密。共和國成立後，與丁玲一道發起籌備文學研究所。陳明說過，康濯是副秘書長，很能幹，起草規章、計畫、報告，要比田間在行。[52]1952 年中宣部一度要停辦文學研究所，最反對的是康濯。1952 年冬天，田間、康濯兩人到大連去找丁玲，說，聽說文研所要被取消，他們兩人很著急，也很氣。丁玲說不瞭解情況，回去瞭解一下再說。[53]康濯在揭發丁玲時已經離開了文學研究所。1955 年康濯出於什麼動機要主動揭發丁玲？他現在已過世，說不清楚了。也許是他已經聞到了火藥味，害怕自己也成為「反黨小集團」成員。他後來說，當時那些人對他的揭發有所歪曲，並解釋說：我是在跟黨組談話時，一是說丁玲有嚴重的自由主義。二是說你們作家協會領導同志之間不夠團結。建議你們開個會，把三十年代的問題也一塊談。我怎麼知道，我的意見變成了丁玲個人和黨的關係的問題。你們把我擺在起義的位置上讓我下不了臺。陳明說：然在把丁、陳定為反黨集團的過程中，這封信成了一個契機。陳明 1979 年，我們回到北京時，康濯來和我們道歉，丁玲說，你不就是想做個好黨員嗎？[54]丁玲沒有記恨他。

　　胡風集團案是 1949 年後第一次重大的文字獄案。當時，凡是在胡風書信裏得到肯定的作家，都可能因此而被定罪。

　　第 5 頁，北京十月文藝出版社 2001 年。
[52]　筆者訪談 2000 年 4 月。
[53]　談筆者訪 2000 年 4 月。
[54]　談筆者訪 20001 年 2 月。

　　梅志是這樣評價胡風與周揚、丁玲的關係的：胡風同周揚有矛盾，主要還是因為胡風擁護魯迅引起的，雪峰是堅決擁護魯迅的。（胡風）從日本第一次回來，胡風和雪峰、丁玲都談得來。[55]

　　張鳳珠在一篇文章中說，丁玲非常珍惜毛主席曾用電報發給她、後又用毛筆給她寫下的那首詞的原件，「抗戰開始後，她擔心戰亂的環境，怕不保險會丟失，便把這幅字仔細包好寄到重慶，請胡風代為保存。胡風知道這份託付和信任的分量。四十年間他自己過著朝不保夕的日子，幾經遷徙，這幅字仍妥為保存，在 1981 年完璧歸趙。」[56]由此可見胡風與丁玲以往的友誼。

　　周良沛在《丁玲傳》中寫到：「抗戰時，她在延安陝甘寧邊區，母親還在湖南老家，失業，生活無著，還給她帶著兩個孩子，國統區和邊區又不能直接通郵，雙方的信都是托在國民黨的陪都重慶的胡風代轉。偶爾有點稿費，也是由胡風直接寄丁玲母親，讓老人度過困難。胡風在大後方，辦了《七月》又辦《希望》，丁玲給它寫稿，也轉一些其他同志的作品。」丁玲在她給中宣部的《辯證書》上說她對胡風的某些文藝思想並不是贊同的。

　　陳明說：作協準備整丁玲時，丁玲還在無錫寫作，沒有任何心理準備。邵荃麟到上海，把他們叫到上海，讓他們看了胡風的信，他們心裏很坦然。因為丁玲和胡風雖然是好朋友，但是她很注意和胡風的關係，她知道黨內與胡風的矛盾，所以很注意分寸，不讓人家抓住把柄。[57]

　　當時從胡風的信裏，有兩條關於丁玲的議論。一是說丁玲是實力派，這對丁玲是不利的；二是說丁玲是大觀園裏的鳳姐，這對丁

---

[55]　李輝〈與梅志談周揚〉，《往事蒼老》，252 頁。
[56]　張鳳珠《黃河》，2001 年 1 期。
[57]　筆者訪談 2002 年 2 月。

玲是有利的。丁玲最初抓住第二條，出面批判了胡風。應當說，來自胡風信件裏的說法，對丁玲還不具有致命的殺傷力。雖然接下來給丁玲定罪時，這也成了重要的罪名。陸定一在 1955 年 12 月 27 日「關於丁玲、陳企霞等進行反黨小集團活動的傳達報告會議」上說：「丁玲在延安搞〈野百合花〉、〈三八節有感〉，大家都知道，這一次還不夠，還要搞第二次。胡風很清楚，認為丁玲是『實力派』，可以合作。」劉白羽在同一天的報告也說：「丁玲反對周揚同志這是一件事實，只要我們從胡風反革命集團的密信與口供中就可以看出，胡風說：丁是文壇實力派，手下一大群人，表面做好人，丁對周揚是不滿的、反抗的。」[58]

「丁、陳反黨集團」是誰先提出來的？

把丁玲、陳企霞打成反黨集團，到底是誰先提出來的？當事人或知情人的說法各不相同，都有自己的理由。

黎辛說：「1955 年到 1957 年，周揚領導批判丁玲、陳企霞反黨集團與丁玲、馮雪峰、陳企霞右派反黨集團，丁玲對周揚的意見，大家都可以想到了，問題奇怪在，現在有人說『是毛主席讓批的』。我認為，這類說法是一種『創造』。」[59]

黎辛在這篇文章中談到了從延安《解放日報》時期丁玲與周揚的矛盾。他說「我向丁玲與李之璉都說過，毛澤東在延安那樣看重丁玲，如果丁玲向他申訴，不是不可能早些解決問題的。」黎辛有所不知，55 年揭發丁玲時，有人說，丁玲曾宣揚毛主席支持她，並

---

[58] 作協 1955 年 12 月油印記錄稿 075 號。
[59] 黎辛〈丁玲，我的第一個上級〉，《文藝理論與批評》，1999 年第 3 期。

流露過只要毛主席支持，別的都不在乎。這時，她去找毛澤東，弄不好，說她通天，還要罪加一等。後來，有了 1958 年的「再批判」，她在毛澤東那裏已經失去了自信。

唐達成回憶五十年代他在《文藝報》當編輯時的情景時說：「實際上《文藝報》過去不是右，而是左得厲害，緊跟得厲害！它緊跟的不一定是周揚，而是更高的領導。批《武訓傳》，批《紅樓夢研究》，批胡風。那時丁玲一度是《文藝報》領導，左得厲害！你說批孫犁有什麼道理（批《風雲初記》）？批碧野有什麼道理（批《我們的力量是無敵的》）？批蕭也牧有什麼道理（批《我們夫婦之間》）？批《三千里江山》、批《關連長》……一路批下來。那時人家一拿到《文藝報》就哆嗦：又批誰了？那時《文藝報》確實把文藝界搞得惶惶然，引起文藝界的眾怒。丁玲有一份責任。當然也不能簡單化。這種編輯思想，不能完全讓丁、陳來負責，要是沒有上面的意思，她也不敢這個樣子。而把丁玲打成反黨集團是周揚的責任。[60]

李之璉在回憶文章中說：「（周揚）表明，1955 年對丁玲的批判不是他建議，是黨中央毛主席指示的。他說，他當時『還在毛主席面前講了丁玲的好話……』，我對於周揚這種解釋感到很奇怪。批判丁玲既然是毛主席的指示，為什麼當時不向有關組織說明毛主席是怎樣指示的？為什麼不和有關組織共同研究如何執行毛主席的指示？……在毛主席面前『講丁玲的好話』又是什麼意思？」[61]

于光遠持另一種意見，他說：「在討論丁、陳反黨集團時，我聽到又把丁玲和陳企霞的歷史問題翻了出來。丁玲的歷史問題並不是新問題，連我這樣對她經歷毫無所知的人，1939 年一去延安就聽

---

[60] 筆者訪談 1999 年 5 月。

[61] 李之璉〈我參與丁、陳「反黨小集團」案處理經過〉，《沒有情節的故事》，12 頁，北京十月文藝出版社 2001 年。

人講了很多。我想既然是老問題，想必組織上早審查過。建國初期她來中宣部當文藝處長，組織上一定審查清楚了，而且問題的性質一定不嚴重，否則不能讓她擔任黨內這樣重要職務。陳企霞是延安整風中經歷過審查的，我不明白怎麼一下子又成了有問題的。可是也沒有聽說發現了什麼新的材料。有沒有歷史問題是個硬問題，查清楚就是了。當時部領導對這件事抓得很緊，我估計在這件事情上，毛澤東一定做過什麼指示。對這，我當時沒有聽到，我只是根據中宣部所開展的批判都有毛澤東的某種指示這個一般規律來判斷的。我想對丁、陳也不會例外。最近看到一篇文章中寫了這麼一段話：『在 1956 年 12 月的一次中宣部部長辦公會議上，審查丁玲歷史反黨集團專門小組彙報之後，周揚這時表現得很不安，他即刻表明，1955 年對丁玲的批判，不是他的建議，是黨中央毛主席指示的。他說，他當時還在毛主席面前說了丁玲的好話。』文章認為周揚這麼講是不真實的，周揚這麼解釋令人感到奇怪，批判丁玲既然是毛主席的指示，為什麼在當時不向有關組織說明毛主席是怎樣指示的？對這篇文章提出的這一點，我倒覺得並不「奇怪」。毛的講話要不要人傳達，不是周揚能做主的。過去的歷次批判也不是都傳達。而且周揚講這句話時陸定一在場，他沒有說否認周揚的話，可以反證周揚講的是實話。根據多年與周揚的交往，我相信周揚不會也不敢無中生有地把毛澤東沒有說過的話歪曲成毛說過，周揚也不會當著陸定一的面說假話。」

「我認為這個事件一定有『左』的指導思想的大背景，而這個大背景是不容忽視的。那些年在中宣部部長辦公會議上我聽到文藝界受批判的事情可真多，凡是在部長辦公會上討論過的，都是比較重要的事件，而這些事情，我回想了一番，可以說沒有一個沒有毛澤東的指示：電影《武訓傳》、《〈紅樓夢〉研究》等在前，小說

《劉志丹》、電影《早春二月》、新編歷史劇《海瑞罷官》在後，都有毛澤東的指示。丁、陳事件毛澤東做了什麼指示，至今我不知道，可是我相信周揚的話，也會有。」[62]

于光遠相信周揚的話，也只是一種推測。況且這些話是在回憶周揚的時候說的，他做出有利於周揚的分析可以理解。

陳清泉在《陸定一傳》中說，「我們看到李之璉和于光遠的兩篇文章時，陸定一已經去世了，不能當面問他究竟是怎麼一回事，這不能不感到遺憾。」[63]

當時講述對丁、陳反黨集團鬥爭經過時，劉白羽在報告中是這樣說的：「在進行反對胡風反革命集團及肅清暗藏的反革命分子的鬥爭中，作家協會黨組和許多同志愈來愈明顯地感到，在文藝界黨員、幹部、特別是在領導幹部中長期存在的嚴重的資產階級個人主義的思想和向黨鬧獨立的傾向，已經實際上起著援助敵人的作用，給黨的文藝事業造成極大的損害。為了克服這種現象，整頓黨的文藝隊伍，作家協會黨組根據是央宣傳部的指示召集了黨組擴大會議，……[64]。

據黎之回憶：1955 年 6 月底，關於胡風的第三批材料公佈不久，作協一位黨組副書記和黨總支書記共同署名向中央宣傳部寫報告「揭發」丁玲、陳企霞等人的問題，並附了有關丁玲、陳企霞等人的材料。7 月 25 日（書上原寫 6 月下旬，不對，已和黎之核對），陸定一署名向中央寫了《中央宣傳部關於中國作家協會黨組準備對丁玲等人的錯誤思想作風進行批判》的報告。（翻印件（58）印字

[62] 于光遠：〈我在中宣部工作時對周揚的一些瞭解〉，《沒有情節的故事》，234 頁，北京十月文藝出版社 2001 年。
[63] 陳清泉、宋廣渭《陸定一傳》，407 至 408 頁，中央黨史出版 1999 年。
[64] 作協 1955 年 12 月油印會議記錄 075 號。

62 號）報告認為：「在反對胡風反革命集團的鬥爭中，暴露出文藝
界的黨員幹部以至一些負責幹部中嚴重的存在自由主義、個人主義
的思想行為，影響了文藝界的團結，給暗藏反革命分子的活動造成
了便利條件，使黨的文藝受到損害。作家協會 XXX、XXX 同志給
中宣部的報告中，反映了這種嚴重的情況。根據一些同志所揭發的
事實和從胡風反革命集團分子的口供中發現的一部分材料，認為丁
玲同志自由主義、個人主義的思想作風是極其嚴重的。」「去年檢
查《文藝報》的錯誤時，雖然對她進行了批評，但很不徹底，而丁
玲同志實際上並不接受批評，相反，卻表示極大不滿，認為檢查《文
藝報》就是整她。」「報告中在談到這次批判的意義後提出了幾點
具體工作方法，請中央審閱批准。報告後附有 XXX、XXX 兩同志
給中央宣傳部的報告及有關丁玲等人的材料。」[65]

　　黎之這段材料很重要。它告訴我們在 1955 年 8 月批判丁玲、陳
企霞之前，作協就根據有人的揭發，給中宣部寫了報告。陸定一又
根據這份報告，寫了「準備批判丁玲、陳企霞錯誤思想」的報告。
作為中宣部的知情人黎之在文章中沒有提到中央對這個「準備批判」
的報告有什麼批示。接下來他就說作協開了十六次會議，給中央寫
了對丁、陳處理意見的報告，12 月 15 日中央批發了這份報告。日
子記載非常明確。

　　我們再來看一下陳明列的時間表。

　　1954 年丁玲的母親去世了，丁玲到黃山開始寫《在嚴寒的日
子裏》。

　　1955 年 4 月至 6 月丁玲到無錫去寫作。期間曾到上海聽邵荃麟
傳達胡風事件的報告。

---

[65]　黎之《文壇風雲錄》，101 頁，河南人民出版社 1999 年。

　　1955 年 7 月，丁玲回北京，開人代會第二次會議。當時正在討論第二個五年計劃，丁玲在會上有個發言，題目是〈學習第一個五年計劃草案的一點感想〉。她當時是一種什麼心情？她在文章中寫道：在火一樣的七月，在莊嚴的北京城，在黨中央所在地的中南海，我過著最有意義、最感到充實、一天比一天興奮、一天又比一天安定的生活。我彷彿走進一個開滿了花朵的花園，五彩繽紛，四周都是耀眼的光輝。偉大祖國的進行曲發出雄壯的音響……這是多麼美麗與尊嚴啊！……我生活在這裏……在黨的領導面前，在偉大的第一個五年計劃面前，我好像也在生長，也在飛翔。我要說話，我要歌唱，我要寫，在我心中，充滿了一個聲音，我要勞動啊，我要投身到祖國的建設中去，投身到這個鬥爭中去。」這時的丁玲還是滿腔熱情地要投身到五年計劃中去的。這篇文章發表在 1955 年 8 月 1 日的《人民日報》上。

　　可是作協 1955 年 6 月份就給中宣部打了報告，8 月 3 日開始了對她和陳企霞的鬥爭會。（陳明訪談 2001 年 3 月 7 日）

　　這其中不能不使人疑竇叢生：一、作協要開會批判丁玲，事先丁玲一點預兆感覺都沒有。她並不像有些人說的批胡風時，就覺得自己可能會有麻煩。二、作協向中宣部寫的報告，應該有個醞釀過程。丁玲是作協黨組成員，作協副主席，但沒有參加作協黨組報告醞釀和起草工作，是否有其他黨組成員都參加了值得懷疑，否則丁玲不會不點風聲都無所聞。三、為什麼這個報告是副書記劉白羽、總支書記阮章競簽名，而黨組書記周揚為什麼不簽名？四、向中央打報告時用的是陸定一的名子，周揚是中宣部分管文藝界、領導作協的副部長，周揚不簽名也應該是明白就裏的。若是上面有調子，他應該帶頭署名，表明他的緊跟。這些都表明醞釀、起草的過程是在暗箱中操作的；從陸定一署名的「報告」：「準備批判丁玲」的

「錯誤思想」看，發動者更顯然是作協和中宣部。所謂給中央的報告，可能就是中央書記處。對於某單位展開「錯誤思想」的批判，按常規得到批准是不奇怪的。可惜到目前為止沒能看到所謂中央的批件。只是傳言為「這是中央批准的。」五、周揚在 1955 年 12 月 30 日「關於丁玲、陳企霞等進行反黨小集團活動的傳達報告會」上說：「對於丁玲、陳企霞的反黨活動，作協和中宣部的同志是有感覺的，但是和這十六天的揭發的材料比起來差得多，我們沒有估計到情況是這樣嚴重。」[66]這更清楚表明「有感覺」和「準備批判」在前。誰有感覺？誰準備批判，當然是作協。接下來才是作協召開的十六次會議，和給中央寫了對丁陳處理意見的報告。六、1955 年 12 月 15 日中央批發了作協的報告。作協的「處理意見」的報告內容和那個「準備批判報告」內容措詞大體是一樣的。

中央對於作家協會黨組〈關於丁玲陳企霞等進行反黨小集團活動的報告的批示〉中說：

中央認為，存在於文藝界黨員幹部、特別是負責幹部中的資產階級個人主義的思想，驕傲自滿的情緒，向黨鬧獨立的傾向和小集團的活動等現象，是嚴重地妨礙黨的文藝方針的貫徹和黨的文藝事業的發展的，並且實際上起了幫助敵人的作用；因此，在進行了肅清胡風反革命集團及其他暗藏的反分子的鬥爭後，必須進一步地對這種現象進行批評和鬥爭。作家協會黨組對此採取的方針和具體措施是正確的。……」措詞與作協的報告仍大體一致。

周揚在 1957 年整風總結大會上說：「十六天的會議就揭露出一個反黨集團的活動，這在文學史上恐怕也是很重要的、過去少有的鬥爭，翻一翻過去的歷史來看，恐怕都是很少的事。」[67]

---

[66] 作協油印會議記錄稿 1955 年 12 月 075 號。
[67] 陳徒手《人有病天知否》，人民文學出版社 2000 年。

　　按照中國共產黨的慣例,「自由主義、個人主義的思想作風」問題,應當是黨內批評與自我批評的內容。但當時作協批判丁玲陳企霞的氣勢,早已超過了一般的批評與自我批評,而是造成了人揭人,人批人,不揭發難以自保的局面。文學研究所原行政處長邢野說,他是經過周揚「動員」,又根據以前歷次運動經驗,感到批判丁陳來勢不小,無奈上臺發言揭發批判的。開始時文學研究所秘書長田間稱病讓邢野為他請假不去開擴大會,並對邢野說,丁玲是我的入黨介紹人。邢野將此話轉告給周揚,周揚厲聲說:馮雪峰還是我的入黨介紹人呢![68]言外之意,我對他的批判又怎樣?結果田間這位在西戰團時就與丁玲在一起工作的親密戰友,只好也「揭發」了丁玲一些小事情。

　　匿名信雖然是一根導火線,但是掌權人對個別人的匿名信可以有不同的處理方法。「準備進行批判」的是中宣部和作協,發動越來越多的人去揭發批判的也是中宣部和作協。這顯然說明匿名信與中宣部、作協搞運動的導向是吻合的。即便此前毛澤東有檢查《文藝報》的意圖,但這並不等於毛要把丁、陳搞成「反黨小集團」。

　　李之璉回憶:「對丁玲、陳企霞的批判結束後,中國作家協會黨組寫的題為《關於丁玲、陳企霞等……處理意見的報告》,是由周揚主持起草,中宣部部務會議討論通過後,報送中央的。」「在審查丁玲歷史問題時,周恩來總理曾有過指示,他說:『由於周揚同丁玲之間成見很深,在審查時要避免周揚和丁玲的直接接觸,以免形成對立,不利於弄清是非。』」[69]

[68]　筆者訪談 2000 年 1 月。
[69]　李之璉〈我參與丁、陳「反黨小集團」案處理經過〉,《沒有情節的故事》,7頁,北京十月文藝出版社 2001 年。

　　據看過這個檔的人說，這個報告上毛澤東只劃了一個圈，而周恩來寫了這段批語。從周恩來的批語可以推測兩點，此前毛澤東沒有給丁玲定性，而周揚整丁玲是主動的。如果是毛澤東有明確態度，周恩來不會寫這樣的批語。

　　李之璉在同一文章中又回憶，在 1956 年由陸定一主持的一次中宣部部務會上，當調查小組彙報 1955 年那個給中央的《報告》中所列舉的丁玲「反黨事實」，主要問題都與事實不相符，絕大部分屬子虛烏有時，「陸定一感到很尷尬，並對周揚有埋怨情緒。他說：『當時一再說要落實，落實，結果還是這樣！』對這次部務會議，黎辛（時任：作協副秘書長，中宣部機關黨委副書記）是這樣介紹的：「會上，部長問作協領導：關於丁、陳問題向中央的報告，有沒有不確實的地方？答曰：我們工作太忙，沒有查對事實。部長指示：這一次要查對清楚，不能再被動了」[70] 要落實，要落實，那麼誰先提出，不就很明白了嗎？如果是中央先提出的，還需要落實嗎？1957 年當整風形勢急轉直下，陸定一向中央書記處彙報對丁玲問題的處理情況，鄧小平主持會議。陸定一「沒有講兩年來全面的處理經過，只說中宣部在處理丁、陳問題上有兩種不同的意見：『一是按原來中央批准的結論處理；另一種意見是以張際春和李之璉為代表的主張改變原來的結論。』彭真聽了陸定一的彙報後，急著插話問：『周揚怎麼樣？他也要翻案嗎？』」鄧小平最後說：「意見不一致可以討論，黨內民主嘛！由你們宣傳部去討論好了。」[71] 從彭真、鄧小平的話中，可看出作為中央一級的領導所知道的丁、陳問

---

[70] 黎辛《我也說說不應該發生的故事》《新文學史料》，75 頁，1995 年 1 期。
[71] 李之璉〈我參與丁、陳「反黨小集團」案處理經過〉，《沒有情節的故事》，15 頁，北京十月文藝出版社 2001 年。

題，全在於周揚等人提供的情況，如果周揚都同意翻案，那麼過去中央做出決定的主要依據就不存了。

　　李之璉說，1956 年整風階段在文藝界許多人的質疑和丁玲陳企霞的申辯下，在陸定一主持的那次部務會以後，「周揚就竭力找機會來彌合他原來所做的不足。從此（1957 年 1 月）對丁玲「反黨」問題的處理工作在他親自主持下積極進行。他和作協黨組的邵荃麟、劉白羽、郭小川及中宣部文藝處的林默涵等同志一起研究如何修改對丁玲的結論。他們開了若干次會，由郭小川根據周揚等同志的意見，將『反黨小集團』的結論改為丁玲和陳企霞是『對黨鬧獨立性的宗派結合』，寫出了幾稿都說『不應以反黨小集團論』。」[72]

　　黎辛說，那次部務會議後，由張際春提出成立調查小組。調查小組向 55 年在黨組擴大會議上發言的，以及有關的同志約七十人進行調查。得到的答覆一般都是否定的。1957 年 5 月，邵荃麟在作協全體工作人員大會上作整風報告，突然宣佈「丁陳反黨集團的結論站不住腳」，「這個問題要在整風中解決」。黎辛心想：小集團的調查結論還沒有出來，他怎麼能宣佈中央批准轉發的全國檔站不住腳呢？他問邵荃麟，邵說是在副部長（周揚）家研究過的。正如黎辛分析：「這是領導（周揚）要丟掉包袱，爭取在整風運動中主動。（〈我也說說不應該發生的故事〉，《新文學史料》1995 年 1 期 75 頁）

　　在文化革命中，作協的造反派讓郭小川寫揭發周揚的材料。他提到 1956 年 12 月 14 日討論丁、陳問題時周揚的發言，說：「周揚發了言，意思是：丁玲、陳企霞的問題叫不叫反黨集團，可以考慮，該是什麼就是什麼，實事求是，但是，丁玲、陳企霞是不正派的，

---

[72] 同上。

過去對他們絕不包含什麼不正當的意圖。林默涵也說了幾句話，意思也不過如此。當時，周揚一夥的態度基本是：1，心很虛，已經認為 1955 年對丁鬥爭，有不夠實事求是和過火的地方；2，口氣很軟，已經覺得可以不用反黨集團；3，還想爭點面子，說明自己沒有陰謀，說明丁陳不是好人。」[73]郭小川的說法，與李之璉的回憶是一致的。

李之璉說：「開始反右了，就把丁玲、陳企霞要求平反的要求說成是向黨進攻。周揚把已經送給中央的報告又要回來，重新起草，加進新的內容，說丁玲是叛徒，跑出來是敵人派回來的，肯定 1955 年的批判是正確的。與此同時，還要我和副部長張際春檢討。」[74]

我的看法

從建國以後的批判電影《武訓傳》、批判《紅樓夢研究》、到檢查《文藝報》、再到反胡適、胡風，哪一個案件曾像給丁玲定案這樣翻來覆去過？

我們不妨與對胡風的定性作個對比。

陳清泉等的《陸定一傳》說：「胡風的問題本來是文藝的問題，起先由周揚來抓。後來問題越來越嚴重，陸定一也親自抓了。毛澤東對這個案子非常重視，特別是看過胡風 30 萬字的報告以後，更加惱火。《人民日報》公佈了兩次材料之後，胡風問題還只是『反黨』。毛澤東看到『胡風小集團』情況複雜，準備給予升級。陸定一說過，胡風案件要定『反革命』性質時，毛澤東找了他和周揚、胡喬木商談。毛澤東指出胡風是『反革命』，要把他抓起來。周揚和他都贊

---

[73] 《檢討書──詩人郭小川在政治運動中的另類文字》，75 至 76 頁，工人出版社 2001 年 1 月出版。

[74] 李輝《往事蒼老》，302 頁，花城出版社 2000 年。

成，只有胡喬木不同意。最後還是按照毛澤東的意見辦，定了胡風為『反革命』。」[75]

在當時，毛澤東的意見一言九鼎，是不容置疑的。毛澤東定的案，是不能翻的。直到毛澤東去世之後，胡風才有平反的可能。如果丁玲在 1955 年就被毛澤東定性，1956 年的重新調查，重做結論是不可能發生的。

當我們推測不是毛澤東首先要整丁、陳時，並不意味著打擊丁玲一定由周揚親自出面，率先發難。整丁陳時，作協給中宣部的報告由劉白羽、阮章競署名，中宣部給黨中央的報告由陸定一署名。惟獨沒有既是作協黨組書記又是中宣部副部長的周揚署名。但愈是這樣，愈讓人感覺愈蓋彌彰。

郭小川在 1967 年的一份交待材料中有這樣一段話：

> 那時，文化部不太聽周揚的，管事的副部長錢俊瑞是鬧獨立性的。……
>
> 原來文化部方面是胡喬木管，後來由陸定一主管，拉來周揚。周揚有文藝界的實權是從 54 年或 55 年初開始的。當時周揚手上只有作協，當初只有作協歸中宣部，其他協會歸文化部管。周揚要從作協打開缺口，掌握文藝界。1955 年底，康濯寫了一個揭發丁玲的材料，說丁自由主義，攻擊周揚。原來沒有準備搞丁、陳的，劉白羽來作協後鬼得很，野心勃勃，對丁、陳鬥爭是劉搞的。他一來作協就感到作協有一派勢力，要搞作協，必須把丁玲這一派打下去。

---

[75]　陳清泉、宋廣渭《陸定一傳》，407 至 408 頁，中央黨史出版 1999 年。

　　因為反周揚的人很多，打丁玲是殺雞嚇猴，把作協的陣地抓到自己手上來。搞了丁玲，就要搞創作，搞出成績給中央看。」[76]

　　袁鷹說：「說胡風是反黨集團，看當時的材料還能接受，但『丁、陳反黨集團』就接受不了。聽了幾次會。只是算舊帳。會議是周揚或者林默涵主持，丁玲也辯解。從那次起，我開始感到黨內鬥爭嚴厲、可怕。周揚在這方面表現出來的戰鬥力是強的。他領導這場鬥爭，他本人講得並不多，是林默涵、劉白羽他們講得多。」

　　李之璉說：「中國作協黨組的那個『報告』曾引起他的疑問：「第一，『丁、陳反黨集團』既是反黨的，為什麼不著重揭露他們的反黨事實？既然是『丁、陳反黨集團』，為什麼報告中羅列的事實主要指丁玲，而對陳企霞只著重他的拖派嫌疑？既然丁玲是反黨集團的為首者，為什麼只決定開除陳企霞和並未列入反黨小集團的李又然的黨籍，而對丁玲是看她以後的態度？……這些疑問從報告本身得不到解答」。[77]

　　王力說：「周揚有的作法超過了毛主席的想法。凡是他分管的部門，幾乎都很厲害。反胡風時雖然是毛主席批的，但周揚執行得要過一點。」[78]

　　陸定一在文革後對于光遠說過一句話：「我們中宣部十幾年中，無非是整完這個人之後接著再整另一個人。」周揚聽于光遠轉述後，苦笑著說：「可不是麼！」這就是當時的「大背景」。但是，在同樣的「大背景」下，整誰不整誰還是與個人恩怨有關係的，是與山

---

[76] 陳徒手《人有病天知否》，人民文學出版社 2000 年。
[77] 李之璉〈我參與丁、陳「反黨小集團」案處理經過〉，《沒有情節的故事》，3頁，北京十月文藝出版社，2001 年。
[78] 李輝〈與王力談周揚〉，《往事蒼老》，338 頁，花城出版社，2000 年。

頭和宗派有關係的。龔育之說，反右鬥爭時：「科學界的反右派鬥
爭，周揚沒有過問。中宣部的反右派，開頭鬥的是一批青年知識份
子，好像他也沒有過問。後來發展到反對李之璉同志等領導幹部，
周揚過問了。」[79]

　　十一屆三中全會後，周揚向很多人道歉，卻沒有給丁玲道歉，
沒有給受丁、陳案株連而打成右派的李之璉等人道歉。他先是在給
丁玲落實政策的過程先是亮紅燈，到 1984 年中央給丁玲的歷史重新
做結論時還持不同意見，丁玲自然到離世也不能原諒他。

　　可以設想，如果 1955 年是毛澤東首先提出讓周揚整丁玲，在
80 年代糾正毛澤東晚年錯誤的背景下，以思想解放面貌出現的周
揚，仍抓住丁玲不放，堅持在歷史問題上做文章，以證明當初整丁
玲的必要，就不合邏輯了。

　　通過以上研究，我認為，1955 年的丁玲事件，是包括周揚在內
的作協與中宣部掌權人，利用毛澤東反高饒、整潘揚、整胡風的大
環境，並已經有了毛澤東搞高饒、潘楊、胡風的經驗方式，主動出
擊，把丁玲推上了審判台。那時候，任何單位的當權者都有可能以
不同名目的「小集團」，來打擊報復或陷害異己。比如魯迅研究家
朱正，建國初因為領頭給《人民日報》寫信批評本單位領導假公濟
私行為，結果「思想改造運動」一來，他正好成為目標，被打成「朱
正反黨宗派小集團」還開除了團籍。我認為所謂大環境，就是開國
後已經形成的運動邏輯，且黨內已經逐漸學會了這種運作。毛澤東
親自把胡風定為反革命集團頭子之後，這把火在文藝界進一步燒向
誰，毛澤東並沒有明確的指示。從 1955 年國內的幾件大事看：一、
農業合作化；二、統購統銷；三、對資產階級唯心主義的批判、四、

---

[79]　王蒙、袁鷹《事事非非說周揚》，2000 年。

肅清反革命，都有一個反對「右傾機會主義思潮」的問題；都有一個反對「資產階級個人主義思想和向黨鬧獨立性」的問題。如果有人順著毛澤東的思路，搞得左一點，把戰果擴大一點，是符合他的心思的，是符合當時搞政治運動寧左勿右的邏輯的。毛澤東在延安曾保護過丁玲，那是同當時特殊的環境和政治需要是分不開的，而建國後，那種特殊性不存在了。所以，毛澤東在陸定一的報告上劃了圈。如同有人所說丁玲在 1955 年若向毛澤東申訴一下，或許還會得到保護，但肯定還會有其他人被當作文藝界的反黨集團來打，如出同轍。然而，用「左」或「宗派主義」，還是不能對無中生有、捏造事實，顛倒是非的醜惡行徑。這就關乎到個人的歷史責任了。1956 年的國際環境導致國內出現了相對寬鬆的政治氣氛，丁、陳問題得到複查，不實之詞得到澄清，陸定一、周揚已經不好收場，但緊跟著中國出現了反右派的大形勢。1958 年 1 月，在反右派高潮中，毛澤東改變自己 1940 年代對丁玲的文章和歷史問題的判斷，親自出面對丁玲口誅筆伐。這時，對於毛澤東來說，壯大反右運動聲勢是第一位的政治需要。丁玲、艾青等人已經定為右派，自然可以高屋建瓴地奚落一番。不斷發動政治運動，開展階級鬥爭、路線鬥爭，是毛澤東 1949 年後一貫的思路。但是在每一次運動中，用誰當動力，用誰當靶子，卻有偶然性。這一次，丁玲不幸成為了靶子。而周揚這一次在製造靶子的過程中，得到了毛澤東的支持和賞識，達到了排除異己，鞏固自己在中國文藝界領導地位的目的。

尾聲

　　文學研究為什麼中落？和丁玲這位個性獨特的著名作家來主持它有關係，它曾因丁玲而聞名遐邇，又因丁玲而成為事非之地。文學講習所整風時，有人提出：「文講所從成立到現在，共變動五六次。……歷次變動與文藝界的矛盾和宗派有很大關係。」[1]但是，如果換周揚或其他人來辦又怎麼樣呢？安在丁玲頭上的那些莫需有的罪名，可以沒有；但他能把文學研究所辦成真正培養作家的文學搖籃而不是文藝黨校嗎？建國以後的各類政治運動、黨內鬥爭、文藝運動，已經成為階段性的迴圈秩序。文學研究所豈能是世外桃源？這個政權需要作家，這個政權也需要搞通過運動鞏固政權，前一個需要必須服從後一個需要。文學講習所必須符合這個大秩序。丁玲是忠心的，但她有游離於外的東西──自由作家情結；公木也是赤誠的，他也有游離於外的東西──正規的學院情結。儘管文學講習所並不是非得取消不可，因為它畢竟是這個體制下的產物，但它仍有為體制的剛性所不容的東西，這就構成了它命運的一波三折。

　　1980年代初，魯迅文學院（它視文學講習所為自己的前身）復生。參加籌辦的正是徐剛等文學講習所時代的負責人。魯迅文學院的再生，與十年動亂後文學創作的復興有著必然聯繫。像是歷史的巧合，如同共和國建立之初動盪的戰爭環境剛剛結束，青年作者們迫切希望有個學習提高的環境一樣，那些在文革中或新時期初有一定創作實踐，缺少文學理性知識滋養的文學新人，也迫切希望有一

---

[1]　作家協會「整風簡報」1957年6月14日。

個再提高的機會。文學創作的青黃不接，促使了魯迅文學院的更生。事實上正是文革後湧現出來的一批最有才華的文學新人來到魯迅文學院學習後，使 1980 年代到 1990 年代初一批最有影響的作品產生在他們之中。到了 1990 年代中後期，魯院畢業的一批作家也分別在各省市文聯、作協和全國作協擔任了重要領導職務。歷史再一次輪回。它當然是原有體制的延續。

　　魯迅文學院不是本書研究重點。我只想說，它是一次中興，也是最後一次中興。從魯院出來的這批作家的成就，與其說是得益于魯迅文學院的培訓，不如說是趕上了一次重要的時代變遷。從 1970 年代末到整個 1980 年代的思想解放過程中，文學充當了社會思潮最敏感的神經和觸角。這是文學創作以集體性的思考承擔著對國家的歷史責任。隨著國家的市場化取向，隨著文學回到個體化、個性化的創作生態中，國家辦文學，將不會再有。魯迅文學院還在辦，但沒有了以前的政治運動，也就沒有了「文藝黨校」、「黃埔軍校」的功能。魯迅文學院是國家辦文學體制的產物，皮之不存，毛之焉附？它已經是快要落山的夕陽。

附錄

一、訪徐剛

邢：徐剛老師，我決定以文學研究所為專題，搞一些調查。它畢竟是建國後文學界的一件大事。您是文研所的老同志，請您談談您所瞭解的文學研究所。

徐：這已經是歷史了。我們應該把真相擺出來。這個問題值得研究。

邢：文學界的人一提起「文研所」，總說「文講所」。只有最早的那批老同志，有人一張嘴就是「文研所」。其實前後變動，距離不過三年多時間。但這三年，卻孕含著複雜的歷史內容。但很多人並不知道其中原委。「兩所」您都是元老，能不能先把這個問題說一下。當初為什麼命名為「中央文學研究所」？

徐：如果從正式開學算起，中央文學研究所是 1951 年 1 月 8 日成立。聽說這是郭沫若定的名稱，當時他是政務院副總理兼文化教育委員會主任，研究所隸屬於中央政府文化部。那時何其芳負責的科學院文學研究所還沒建立，兩者性質不一樣。當時歸文化部領導的有中央戲劇學院、中央美術學院、中央音樂學院等，文學方面就叫中央文學研究所。周揚同志提出丁玲任所長，張天翼任副所長，田間任秘書長。所內具體工作的領導人是康濯任第一副秘書長，馬烽任第二副秘書長，邢野任行政處主任，石丁任教務處主任。

　　1953 年夏季，胡喬木同志提出壓縮編制的問題。1954 年初，「中央文學研究所」的牌子就改成了「中國作家協會文學

講習所」。以後，在批判丁、陳反黨集團的會上，在中共中央
批發的〈中國作協黨組關於丁玲、陳企霞等進行反黨小集團活
動及對他們的處理意見的報告〉（以下簡稱「報告」）上，在
報刊的批判文章上，使用的都是「文學講習所」這個名稱。其
實丁玲在 1953 年秋季就調出了，領導班子和組織機構，及隸
屬關係也連續改組了兩次。以下，我說的都是經歷過的事情，
或是核實過的所見所聞，夾敘夾議也是我的感受，免不了有片
面性。

　　從正面講，文學研究所可以說是文學界的「黃埔軍校」，
這也許過譽了。中國作協的副主席和各省、市主席、副主席，
各省市文聯的主席、副主席，各地的知名作家、評論家、文學
刊物的主編、副主編，不少都是文學講習所的學員，這就足以
表明文學研究所的歷史貢獻。但是它的負面影響也比較大，教
訓也是很大的。

關於中央文學研究所

邢：就從您是怎麼來到文研所談起，不妨把當時的組建思想、生員
　　情況、教學內容說一說。

徐：我是 1950 年 10 月初來到中央文學研究所的，是學員中來得最
　　早的一個。我當時在新華總社當記者，消息比較靈通。那時文
　　研所的房子剛裝裱一新。還有一個人去得更早，冒充東北作家
　　巴波，後來發現不是巴波，把他給趕跑了。大約是 10 月中旬，
　　學員陸續到了 30 多人，開了學，是臨時學習性質。業務學習是
　　學習魯迅，課堂討論〈阿 Q 正傳〉，還油印了蘇聯作家岡察爾
　　寫的短篇小說〈永不掉隊〉，發給大家學習，可能是勉勵我們

這些經過鐵、血、火洗禮的人，在新形勢面前，要克服困難，努力學習，要像戰爭時期那樣。政治學習是學歷史唯物主義和辨證唯物主義，還有《實踐論》。10 月 25 日抗美援朝。這時要求大家每人寫一篇文藝作品，作為政治任務。其他的學習，就是這個作家來講一講，那個作家來講一講。當時我寫了一篇〈湯姆槍〉。關於抗美援朝的知識，我們能知道多少？又沒有抗美援朝的生活，只好用解放戰爭中美國援助國民黨的槍械作文章。（這篇作品 1961 年 10 月才發表）。

　　直到 1951 年 1 月 8 號，文學研究所才算正式開學。開學典禮上，郭沫若、茅盾、周揚、沙可夫、黃藥眠都來了。過了兩天，《人民日報》記者白原有一篇約兩千字的通訊，報導文學研究所開學典禮。

邢：能不能再往前追溯一下文學研究所籌辦的情況。

徐：建國後，劉少奇同志找丁玲談話時說：我們應該有一所培養自己的作家的學校吧？叫丁玲張羅起來。前邊說的寫〈永不掉隊〉的蘇聯作家岡察爾來中國訪問，打聽到我們沒有像蘇聯「高爾基文學院」式的學校，表示了遺憾，也起了促進作用。丁玲便寫出了籌建「中央文學研究所」的報告，很快獲得中央批准。毛主席為此派他的秘書，到丁玲住的多福巷商討了建所的事情。

　　籌備文研所的正、副組長是丁玲、田間。參與具體工作的有康濯、馬烽、邢野、張刃先、陳淼、古鑒茲、杜進璽等同志。丁玲交涉了開辦的經費，馬烽物色校舍。

　　校舍是鼓樓東大街 103 號，這所房子原先是一個開當鋪人家的。我們用 200 匹布和若干斤小米，買下這處院子。當時是用布或小米論價，再變換成錢。具體承辦人是邢野。邢野叫杜進璽找了一家營造廠，把門庭油漆駁落的舊房裝修成比較氣派

的庭院。這座房子雋刻在我年青時的腦際是這樣的——進入朱漆大門長甬道，便是第個二紅門。二紅門對面影碑牆前，有三株不粗不細不高不矮的柏樹。往左拐是一溜南房，房對面有扇形和方形窗的牆，有幾簇榆葉梅和美人蕉。進入第三道門，是一個四合院，院中有對稱的兩株海棠樹，濃蔭遮住半個院落，高臺邊，有 14 個直徑約 30 公分的油漆得紅彤彤的圓柱，走廊很寬闊，有的紅門還有雕花。後面的四合院如同前院，只是北屋前走廊沒了，把它擴建成臨時教室。往東走第四道門、第五道門是對稱的月亮門，院落南邊是小假山，房前有迎春花和榆葉梅，金魚缸中養著睡蓮，這個院兒的房子比較講究，是所部領導人的辦公室和會議室。出了月亮門是體育場，可以打球；場西是九間房——伙房、食堂、汽車房。另外在北官坊還有學員宿舍，在很短時間建成這樣的校舍很不容易。可是經辦人杜進璽在打「老虎」運動中，被懷疑為「中老虎」加以管制。這情況以後再說。

第三就是設備。傢俱和辦公用具好辦，焦點在文研所需要的圖書資料。北平有個文人叫楊祖燕，解放前常用楊六郎的筆名在報、刊上發表文章，他對古、舊書市很熟悉，他為文研所能有 5 萬餘冊的圖書館出了力。很多學員都稱讚這個圖書館。今年河南的第四期學員龐嘉季還來信說：當年文學研究所的圖書很適用，他們當年總是連夜讀書。校方主張廣泛讀書，他在不到一年的學習中讀了 60 多部書。

關於學員是怎樣招來的我不知道。我來所求學是康濯接見的。他看了我的簡歷，又看了一眼我在 1945 年初發表的的報告文學〈狙來山上〉，這篇作品 1949 年編入「中國人民文藝叢書」，便確定我入所學習了。

關鍵是教學方針，康濯等同志作了調查研究，曾找茅盾、周揚、葉聖陶、鄭振鐸、胡風、黃藥眠、楊晦等領導和專家商量，也和青年作家商量。據康濯回憶，丁玲歸納的意見是：「先定八個字：『自學為主、教學為輔』。大家文化藝術修養不高，要學點理論、哲學、古今中外文學史。不過大家的理解不會很低，自學效果會更大。要多講作品，古典文學、外國文學，也要多請作家談創作。還要有八個字：『聯繫生活，結合創作』。不是一期兩年嗎？兩年不接觸生活，對年輕人不好。兩年不寫不摸筆，當然也不行。」具備了這些條件便把中央文學研究所的牌子掛出來了。

學習

1 月 8 日正式開學後，第一單元是五四以來的新文學。文學界的很多老前輩都來講過課，如郭沫若、茅盾、葉聖陶、老舍、丁玲、張天翼等。楊晦講的新文學史，我不喜歡聽。學員們比較愛聽作家談創作。丁玲是文協的負責人，外地老作家來京，她都邀請來所講課，如華東的黃源、西北的柯仲平、柳青，都來談過創作。另外，就是提倡自學為主。我在讀書方面不是好學生。我等於半個工作人員，擔任政治學習幹事、支部宣傳委員，還在運動辦公室工作。

邢：那時候這些兼職，不是掛名，哪怕是黨小組長，也得幹出名份下的工作吧。

徐：是的。所以這期間，我除了讀教務處的油印的短篇作品外，唯讀了魯迅的小說和一些雜文。

邢：魯迅是誰講的？

徐：記得從天津請來了李霽野講「魯迅與未名社」，以後陸續有馮雪峰、胡風、陳涌等來講魯迅。在講作家作品中，我記憶最深

　　的是陳企霞講丁玲的作品。小組討論時我提出:〈水〉這篇小說,只有氣氛,沒有人物。陳企霞講課時說:「你們無知,沒有人物正是這篇小說的優點。」其實,在這個期間大家讀書都很少,政治運動連續不斷。1月、2月參加鎮壓反革命的學習,交待與反革命的社會關係,進行批評與自我批評;4月、5月學習抗美援朝的檔;5月、6月大部份的時間投入文藝批判,批判《武訓傳》、《關連長》和蕭也牧的文藝思想;月7、8月投入忠誠老實運動。也有少數同志讀書較多,可以參見胡昭同志寫的〈燈〉。

邢:您借我的胡昭的散文集,我看了〈燈〉這篇,他沒有談讀書,而是談當年聽一些專家講課的情況:如鄭振鐸講中國文學史,俞平伯講《孔雀東南飛》,葉聖陶講稼軒詞,余冠英講民歌,郭沫若講屈原,馮雪峰講俄國文學,以及一些老師講課的特點。不過那會兒政治生活是第一位的,誰也別想游離。

徐:我先側重談談參與批判《武訓傳》。先是組織我們看了電影《武訓傳》,然後用一周時間學習批判文章,舉行小組討論。所部叫我根據各小組的討論給《文藝報》寫文章。我從沒寫過文藝評論文章,急得擰開院中的水籠頭澆頭,熬夜彙編了各小組的記錄。交卷後,陳企霞打電話叫我到《文藝報》去,他說我寫的文章沒有抓住要點。以後所部叫孟冰寫這篇文章。孟冰原是二野文工團政委,曾在延安魯藝學習過,他知道《人民日報》社論的來頭,他根據社論精神,提綱挈領寫了篇〈我們討論了《武訓傳》〉。文章登在《人民日報》一個版面的頭條。丁玲很高興,來所講話時讚揚了孟冰,還說:「有些教授不敢到我們這裏講課,認為我們是文藝黨校。」

邢:說文學研究所是文藝黨校,是指跟得緊嗎?

徐：有這個意思。還因為這裏都是老革命，在學員中，有兩名是二
　　次國內革命戰爭中入黨的，17 名是 1938 年參加革命的，餘下
　　的同志大都是在抗戰與解放戰爭中參加工作的，百分之九十是
　　黨員。確實有些同學不喜歡聽那些教授講作家作品，希望多做
　　藝術分析，少講點時代背景、主題思想、現實主義精神、人民
　　性等。對待緊跟運動這類事，有些同學也是有意見的，他們在
　　少年時便為民族生存和人民解放投身戰爭，讀書時間很少，渴
　　望學習，孟冰就發牢騷說：「到所裏來就想多讀點書，這事那
　　事，事情真多。」

運動

徐：大約是在 1951 年 8 月，丁玲老師來所講話時有點傷心的樣子，
　　她說：有人說你們的方針正確，應該拿出作品。這次講話實際
　　成為動員大家到火熱的鬥爭生活中去。
邢：學員認為，寫出好作品，得多讀書；而丁玲認為，寫作品必須
　　有生活。所以，生活與鬥爭在她這裏二為一體了。
徐：我就說說參加運動、鬥爭的情況。9 月到 12 月，學員分別到朝
　　鮮前線、工廠、農村中體驗生活。報名到朝鮮前線的有孟冰、
　　徐光耀、胡正、陳孟君、蘭占奎、陳亦絮、胡昭、張德裕、高
　　冠英和我。我們去朝鮮時，正趕上敵將范佛里特搞秋季攻勢，
　　敵空軍大舉轟炸掃射。夜晚，一過新義州，沿公路的天上有一
　　串敵人擲下的照明彈，地上時常有我軍的汽車被打中。我們在
　　丹東乘卡車時，車上載運新華社的機器超重，便叫文研所的人
　　下來，我下來後，一位從寧夏調到新華總社的記者，坐在我的
　　位置（汽油桶旁），這輛車過橋時，在敵人轟炸下翻車了，從

寧夏來的記者被砸死了。新華總社開追悼會，軍事組的閻吾同志對我妻子說：「你差一點當了小寡婦。」後來，我們就採取分散的方法到朝鮮前線去。我和陳亦絜乘車到東線，去九兵團。生活是作家創作的源泉，也是作家的課堂。特殊性的戰爭生活，是作家特殊的課堂。我們過了鴨綠江，在殘酷的戰爭中，感受到朝鮮軍民和中國人民志願軍經受了十分嚴峻的考驗。當我們到清川江時，橋樑被敵人炸斷，江北岸有數千人和數不清的汽車、馬車等待渡船過江，敵機還在瘋狂轟炸掃射。我們乘的卡車剛過江，敵機朝我們俯衝，我上車下車隱蔽了多少次，心煩了，心想，在車上不見得會被打中，在公路邊也並不保險，就坐在車上，陳亦絜見我不下車，他也不下車。敵機俯衝掃射了兩次飛走了。我和陳亦絜相視一笑，這時司機驚呼：水箱中了彈被打漏了。司機是有經驗的，他用毛巾包著肥皂堵住漏洞，開小燈向前行駛，當路旁打了防空槍，他把小燈熄了。因擋風玻璃反光，早已塗上了泥巴支了起來，他迎著風沙摸黑慢慢行駛。天明宿營，我們睡大覺，司機卻在偽裝汽車。到了洗浦里，我們轉乘九兵團政治部負責人王芳同志的美國吉普車，任憑敵機在我們頭上轟鳴，王芳同志若無其事地對我們說：「百年不遇的洪水和敵機轟炸，一些關鍵的橋樑斷了，糧、彈供應不上。慶功會上，一些戰士採摘山上的野菜聚餐，採野花給功臣獻花，用敵人的炮彈皮作樂器。」這些事是我們想也想不到的。在朝鮮前線生活了近四個月，滿以為很有收穫，回國後經測驗，還不及格。

　　回到文研所後，康濯叫我和陳孟君、陳亦絜集體創作抗美援朝的劇本，他說演出後影響大。當時，陳明同志正和王血波、張學新創作反映天津碼頭工人生活的劇本《六號門》。康濯的

意見是有一定的根據的，陳孟君原是 69 軍文藝工作團團長，陳亦絮原是 21 軍營教導員，我在少年時便在八路軍中當連隊文化教員，以後在新華社做軍事宣傳工作。我們是從火熱的鬥爭生活中來的，又投入朝鮮前線。三人各帶來一個茶缸沖茶，侃了一個星期，侃出一個三幕劇劇本提綱。這時總政文工團在北京人民藝術劇院上演話劇《打擊侵略者》，我們去觀摩，觀後都傻了眼。我們設計的故事、人物、情節甚至場景都和《打擊侵略者》差不多。這時才想到我們到朝鮮只有四個月，生活感受還很膚淺；說明我們過去形成的趕任務的創作方法，一時改不過來；我們各有各的特性，各有不同的生活感受，集體創作，只能求同——戰鬥打響了，預備隊渴望艱巨的戰鬥任務，懷念祖國與新人，堅定保家衛國的意志；後勤補給困難，糧斷了，搞精神會餐，說祖國東西南北的家鄉飯；預備隊變成突擊隊，浴血奮戰；勇敢忠心的同志為祖國流盡了最後的一滴血……。我們設想的劇本落入了一般化、概念化的套子裏。還是各寫各的吧。我把這想法向康濯彙報後，康濯同意。這時全國展開了「三反」、「五反」運動，新解放的農村搞土地改革。文學研究所又全力以赴，一部分人在所內搞「三反」運動，一部分人在北京、上海參加五反運動，一部分人到廣西等到地參加土地改革運動。

邢：看來是一項運動都不能落下。

徐：我參加了丁玲負責的在北京的「五反」運動小組。實際負責人是雷加。地點在王府井東側長安街北的一家營造廠。我們組的人比營造廠的人還多，一到那裏就一個人看管一個人。一位同學負責追查會計的違法行為，他和會計談了幾句話，便說他不老實，叫他往牆壁方向走，嘴裏喊著口令，到了牆壁還不斷喊

口號，讓他的鼻子和膝蓋擦牆壁。我有些看不慣，三大紀律、
八項注意中有一條，不許虐待俘虜，這會計不是俘虜，有沒有
罪還不知道，這種做法違犯政策。丁玲和陳明來了，她和雷加
談了話，又找廠方人談話，便和陳明走了，我想向她提個建議
也沒機會。不久，所裏的「三反」需要人，又把我調到所裏參
加「打老虎」，當時所裏整個的壓力，在誰身上呢？壓在邢野
身上，他是行政處處長，人事、總務、財務都歸他管。而所裏
的「三反」主要是搞總務科副科長杜進璽。「打虎」運動中有
個不成文的規定：凡是動用過 1 萬元，就可能是個小「老虎」；
凡是經手 5 萬元，可能是個「中老虎」。杜進璽在修繕校舍中
經手了兩萬多元。讓我去審杜進璽。杜說，我只有 8 元錢的事。
我給邱老闆 50 元，讓他給我買一塊錶，他說是 58 元，為我墊
了 8 元錢，我還沒有還給他；另外，他請我洗了一次澡。我又
問你拿過公家的東西沒有？他說，他用公家的三合板釘了一個
小匣子，放點辦公用具。這是一個鄉下來的青年，還比較樸實。
接著所部叫老紅軍朱東、陳亦絮和我找營造廠的邱老闆，他開
始說：「給杜進璽買錶時墊上 8 元。」朱東就和他磨，不斷抓
住他的話把柄，夜戰到凌晨一、兩點鐘。邱老闆交待得亂了套，
一會兒說兩千元，一會兒說四千元，最後說到八千元。活見鬼！
光 103 號用的建築材料，最低估價也上萬元，行賄 8 千多元怎
麼可能？職工們還吃飯嗎？那有這樣做買賣的。當文化部要召
開「三反」大會，要叫大、中老虎上臺亮相。亮相前，康濯叫
我和陳亦絮找邱老闆具結，我對邱老闆說：「你要少說一元加
重處理，你要多說一元也加重處理。」邱老闆反口了：「就是
那 8 元錢，還請杜洗過一回澡。」康濯看了我們的筆錄，說不
清高興還是不高興，結巴地說：「那……那也不行，還是叫他

上大會的『老虎』台。」運動過後，杜進璽被分配到中國評劇院做人事科長。在所裏運動中還打了一個「小老虎」，名叫韓行義，是管總務的，最後落實下來，他只拿了公家一個捅火爐的鉤子和一把鐵鏟。運動中還觸動了一些管錢、物的人，包括食堂管理員。這些人都是邢野同志的部下。

邢：為什麼說總的壓力在邢野身上呢？

徐：邢野是行政處主任，他是瞭解他的部下和所做的事情的。在運動高溫時，有人熱昏了頭說胡話，也有熱昏了的行動，如隔離反省等，他心裏是不同意的，但有話說不出來，這不是壓力造成的嗎？中央糾正打虎運動的偏差後，我們交換意見，邢野說：「革命戰爭是要搞群眾運動的，但不能什麼都搞群眾運動。群眾運動是老虎，老虎要吃人的。」我覺得這話深刻，在連綿不斷的運動中，成為我的座右銘之一。

邢：要真是讓群眾說自己想說的話也行，問題是群眾必須服從領導意志，不服從你就成了敵人。

徐：1952 年 6、7 月，又開展了文藝整風運動。我不能再跟著運動跑了，寫了抗美援朝題材的短篇小說〈女護士陳敏〉，小說在《人民文學》8 月號上發表。8 月初開始整黨運動，黨支部叫我第一個在黨小組中作自我檢查，黨小組通過後，立即叫我和原來的平原省省文聯主席李方立到多福巷找丁玲，丁玲叫我們負責第一期第二班（研究生班）的工作。

第一期第二班

邢：您再談談第二班的情況吧。第二班是在什麼情況下招生的？學員情況怎樣？

徐：文研所的佈告任命馬烽為二班班主任，我和李方立為副主任，馬烽正處在把他的小說〈結婚〉改編為電影劇本的寫作中，我和李方立便負責了具體工作。二班的成員以北大、輔仁、燕京、復旦的畢業生為主體，大多數是各學校文科的尖子生，如輔仁的龍世輝、王鴻模，北大的許顯卿、李仲旺、曹道衡。二班的宗旨是培養文學編輯、教學工作、理論研究者。抗日戰爭與解放戰爭中參加工作的劉真、錢峰、瑪拉沁夫、張鳳珠也是這個班的。摻合起來可以互補長短。丁玲交待我們，這個班的任務，主要是改造思想，要用一半的學習時間和工農在一起生活。

邢：她為什麼說，這個班的任務是以改造思想為主？是不是一方面，正處在運動高潮中，辦學不能脫離運動？一方面覺得他們都是從學校出來的小知識份子，改造的任務比起一班的老革命們要重。

徐：是這麼個意思吧。所以他們來了半年，就組織他們下廠下鄉。1953 年初，我和李方立就分別帶領二班學員下鄉下廠。我帶龍世輝、張鳳珠、李仲旺等九人到青島市國棉六廠。這是勞動模範郝建秀所在的紡織廠，中央紡織工業部已總結了郝建秀的工作法在全國推廣。我們分別在各車間參加勞動，參加黨、團、工會工作。6 月我們返回文研所。

　　以後，還發生了這樣一件事。所部叫我總結第二研究班的工作，我想到李又然老師在教學中的幾件事：李又然講語法修辭時，講到李清照的詞「人比黃花瘦」，他說：「你們看，我的臉比黃花還瘦。延安整風時，他們用香頭捅我的鼻子。」用南宋女詩人的詞和他在延安搶救運動中的遭遇相連，風馬牛不相及聯繫不起來嘛。又有一次，瑪拉沁夫拿著李又然選的兩篇做為教材的作品，一篇是魯黎致阿壟的詩〈區別開來〉，一篇

是匈牙利作家寫的小說〈可笑孰甚〉，問我：「李老師選這兩篇作品當教材是什麼意思。」我看了也感到莫名其妙。二班學員議論李又然生活中的事，是可以諒解的。教學中的問題涉及到原則。我在總結經驗時用正面的語言中寫道：本所教師授課最好有個經過集體討論的教學大綱，不要隨意性太強。這個總結激怒了兩、三位教師。所部便召開會議討論二班總結的問題。三位教師厲聲批評我，馬烽、邢野保持沉默，田間攬過責任說：「這總結是我叫人印發的。」丁玲在會中走來走去後說：「我們的水平都不高。」過後丁玲在多福巷家中設了一席便宴，李又然見我坐在席上扭頭就走。丁玲說：「他有病，我們吃我們的。」這時我才想到丁老師可能是想在席間淡化這一問題的矛盾。

邢：她不認為這是什麼原則問題。

徐：二班結業後，田間找我談話，叫我擔任教務處副主任、做黨支部工作，負責政治課，主講中共黨史。我感到吃不消，尤其是講黨史，當時還沒出版過一本中共黨史的書，我難以承擔。便找孟冰談心，孟冰笑著說：「也叫我負責理論研究室，我不幹，我不做天平秤上丁玲這一邊的籌碼。她怎麼能和周揚比？你在青島時，中宣部來檢查文研所的工作，我把我的意見都談了，你等著看吧，文研所會有變化的。」他的話使我驚訝，過後才看出苗頭。工作最積極的康濯沈著臉甩手不幹了，以後調到作協搞創作。馬烽調到作協創作委員會任副主任。陳學昭、嚴辰、逮斐、李納調到作協搞創作。西戎調到山西省，雷加帶著一些創作研究室的人到北京市文聯。教務處主任石丁調到中央戲劇學院文學系當主任。接著宣佈中央文學研究所改為中國作家協會文學講習所，文講所在行政上隸屬於中央文化部，業務上和黨的領導上隸屬於中國作協黨組。任田間為所長，邢野、田家

為副所長。我這才知道是胡喬木同志提出壓縮文學研究所，改為文學講習所。

關於中國作家協會文學講習所

徐：文講所總結了過去的經驗教訓，只下設三個處——行政處、教務處、教學研究組。1953 年 9 月開辦了第二期。

邢：據說胡喬木早就有壓縮文研所的意圖。經過一番動盪上來下去，還是變成了文講所。

徐：這個時期我在青島，怎樣動盪我不清楚。我想，一個單位的變化，總有內在的原因：叫中央文學研究所，可是不搞研究；說是學校，又有大量的社會實踐和創作活動；說是文協創作部的擴大，讀書與聽課也占了一定份量；四不象。還有學員的水平也參差不齊，如吳長英，原是醬油廠的女工，說要寫自傳小說，丁玲便同意她來所學習，她既沒有陳登科所經歷過的複雜的社會生活，又沒有陳登科在報社當過工農記者的寫作實踐，自學能力差，最後只好到工農速成中學學習。所內養了些作家，可是教師很少。

邢：第二期正規了，都學了些什麼，請什麼人來講的課？

徐：第二期還是貫徹 16 個字的方針。接受第一期的教訓，第二期的學員水平比較整齊，更有利於貫徹自學為主，教學為輔的方針。這期緊緊抓住教學，在聯繫生活上，只要求學員在寒、暑假期間到生活中去，平常學習時間組織一些有意義的觀摩，再不全力以赴緊跟社會上各種運動了。只跟了一個文藝批判運動——批判俞平伯的《紅樓夢研究》。儘管如此，我們也是要求以研讀《紅樓夢》為主，那些批判俞的文章只作參考材料，最後要

求每人從不同角度寫一篇研讀《紅樓夢》的心得感受文章。依稀記得小說一組組長谷峪，寫的是晴雯死後，寶玉在芙蓉花前念他寫的〈芙蓉誄〉，由此展開寫成一篇文章。我們把學員寫的文章彙編成冊，油印後發給大家，這也是在學習中貫徹從群眾中來到群眾中去。在結合創作中，我們實行了創作輔導制，導師都是中國第一流的作家。比如：丁玲輔導瑪拉沁夫等三人，張天翼輔導鄧友梅等，嚴文井輔導劉真等，陳荒煤輔導董曉華等，艾青輔導張志民等，劉白羽輔導從部隊來學習的作家，宋之的輔導趙忠等，田間輔導苗得雨等……。共有十多個創作輔導老師。在學習期間，劉真得到嚴文井細心地指導，她寫出並在《人民文學》上發表了〈春大姐〉、〈我和小榮〉。董曉華得到陳荒煤切實地指導，他寫的電影劇本《董存瑞》被攝製上演了。但是我們不強求一律交創作卷，第二期的成員多數也是從少年時便投入抗日洪流中，或是因為窮上不起學，利用這兩年滿足渴望讀書的要求，這也是大好的事情。所方只是規定學員研讀魯迅小說與雜文、《水滸傳》等，讀後寫心得文章以促進自學。這些文章都彙編成集，油印後發了給大家。

　　二期真正按教學計畫進行教學，學期兩年，共分四個單元：五四以來的新文學、中國古典文學、世界文學、俄羅斯與蘇聯文學。政治學習與業務學習和學習歷史相結合，設中共黨史、世界近代史等系統課程，學習《聯共布黨史簡明教程》、《中國通史》等書。講授系統的文藝學與學習當時有影響的文論相結合，如學習蘇聯女作家尼古拉耶娃的《形象思維與邏輯思維》。來所學習的同志，有不少在劇團、文工團等單位搞過創作，在過去的實踐中，形成了一套趕任務的創作方法——從一

時一地甚至一個單位的任務去寫，從題材出發去寫……。尼古拉也娃的文章無疑地會給這些同志以啟迪。

我曾請趙樹理與老舍來所講創作，兩位作家接待我的方式有不同的風格。趙樹理帶我走進東安市場裏的山西飯館，要了兩碗刀削麵，吃著麵談話。老舍在他的古香古色的會客室內，以茶接待。來所授課的還有南開大學中文系教授李何林，他講授五四以來新文學史；天津市作家協會主席方紀講托爾斯泰和《安娜‧卡列尼娜》。受到熱烈歡迎的，有中央戲劇學院戲劇文學系主任孫家琇，她講莎士比亞的《奧塞羅》等四大悲劇，側重於她的感受與藝術分析。其他的授課人你可看同學錄中「文學講習所發展概況」一章，這是我和毛憲文合寫的，用教務處名義發表。

學員在專心學習，教職員工在努力為學員服務，可是中央文學研究所改為中國作家協會文學講習所的餘波仍在衝擊，一些瞭解些底細的領導人，從 1953 年冬到 1954 年春，相繼要求調走。田家調到北京市文聯任秘書長；邢野調到電影局，把話劇《游擊隊長》改編為《平原游擊隊》電影劇本；田間也離所搞了創作。在這次改組前，李又然就說：「椅子擺的不對，重新擺一擺嘛。」李又然在法國留學時，是羅曼‧羅蘭的學生，在東北曾任哈爾濱大學文藝學院院長，希望得到安排，但丁玲只叫他當教員，可見丁玲瞭解他的長處與短處。新任的領導班子，是由中國作家協會黨組調配的。吳伯簫任所長（教育部教育出版社社長兼），從東北大學調來公木任副所長，從《文藝報》調來蕭殷任第二副所長，蕭殷只在所內過渡了幾個月，就調到廣東省，只有公木在所內主管。原來邢野任黨支部書記，我是副書記，邢野調走後，調來梁斌任黨支部書記。梁斌到任

後不久，用他那燕趙之士的風格，拿爐勾子照火爐使勁一拍，對我說：「只要你敢說，我就敢挑，只要你敢幹，我就全包了。」他叫我負責黨支部工作，支持他寫完《紅旗譜》。他是 1927 年參加共青團，經過 20 多年革命生涯的老同志，對他我能說不嗎？由於田家調走，我又把教務處的擔子挑了起來。

公木是詩人、教育家、實幹家。他經過調查研究後，認為文學講習所只有發展為文學院才有前途；作家協會不能領導正規的大學；要與文化部教育司聯繫，將文講所納入正規學院的軌道。吳伯簫和公木長期搞教育事業，都想把文講所這一教育事業辦好，便共同到文化部去聯繫。文講所與文化部聯繫也是正經的途徑。因為文講所行政建制隸屬文化部，一切財產屬於文化部；文講所教職員工的工資和所內開支的一切費用都由文化部發。經過交涉，教育司同意吳伯簫、公木的意見，而且給了一名出國留學的名額，讓到蘇聯高爾基文學院學習。吳伯簫叫我去留學，我不願意去。我沒有一點外文基礎，勉強出國留學，會結出個什麼果子？有一名教師和所部秘書要求去，經審查，沒合格。那時要求歷史、主要社會關係、政治思想都清白純正，這事也就擱下了。接著公木叫教務處根據過去的經驗教訓，參考蘇聯高爾基文學院的教學計畫和其他材料，制訂第三期教學計畫，發出招生通知。這時中國作家協會批丁、陳的黨組擴大會議召開了。

1955 年對「丁、陳反黨小集團」的批判

邢：我很想知道這次批判與文學研究所的具體聯繫。

徐：這次批判從頭到尾我都參加了。第一次開會是 1955 年的 8 月初，地點是在東總布胡同 22 號東邊的辦公室。開始參加的有

20 多人，都是 13 級以上的黨員幹部。這次會開始是批判胡風。接著點了嚴辰的名，讓他說出和王亞平的關係。嚴辰只是說我們在一起只是「喝——茶」。再問他，你們在一起說什麼了？他還是說「喝——茶」。以後又點到李又然，李又然說：「我愛魯黎，現在我還很愛魯黎，這是沒有辦法的事情。」按當時報上登的關於胡風反革命集團的三批材料，魯黎這時已是胡風集團成員。

在參加會的人當中，我比較年輕，坐在靠門的地方。丁玲坐得比我還要靠門，她還走來走去，揉著她的脊椎骨，她有脊椎病。從她的神情看，我感到情況有些不妙。

這種小會開了兩次。後來，參加會的人多了，就挪到大會議室了。當時，給每個人發了一份「給劉少奇的匿名信」（陳企霞寫的）。就在這次會議上提出了「丁、陳反黨」問題。當時說丁、陳反黨，從內容上看：一是《文藝報》問題；一是文學研究所問題；其他就是歷史以及人和人的關係。我沒有參加過黨內的重要鬥爭，三八年參加革命，在泰、沂、蒙山區戰鬥、工作、學習。那裏是日本鬼子重點掃蕩、國民黨重點進攻的地方，和文藝界一些人士之間的鬥爭無關。所以，這時我就抱著看、聽的態度。那時每天的發言都要列印成冊。為了保密，只能讓參加會議的人參與工作。我和袁靜就為一組整理記錄。我經常吃完晚飯就整理，至到凌晨一、兩點。我對左聯的情況不瞭解，對丁玲的歷史也不太清楚。有人提出姚蓬子問題。我就把他寫成了「姚碰子」。我整理得很吃力，多虧袁靜幫助我。後來解放了我們，換成一般工作人員記錄了。會議擴大到 70 餘人，會址改在全國婦聯禮堂。

　　會中，我比較注意原中央文學研究所的同志。我聯繫有關在會上的發言和表現說一說。

　　——田間是文研所的秘書長，改為中國作家協會文學講習所後是第一任的所長。他沒有參加會，因在 6 月 7 日自殺未遂。說明這個會早就準備了，他已有所耳聞。據說，田間認為，他和胡風的關係容易說清楚，他和丁玲的所謂宗派問題就很難說清楚。田間家在什剎海附近，當他頭腦熱昏時便跳到什剎海中想自殺，結果把頭碰破了。我相信這個說法。他和胡風的關係無非是，胡風在抗戰期間發現了他這位詩人，但他和胡風早已拉開了距離。如：1954 年我按教學計畫到胡風家請胡風講魯迅的雜文。胡風來了，熱情地講課，他沒有講稿，連續講了四個多小時，早就過了吃飯的時間，我說吃了飯再講吧，學員這時長時間熱烈地鼓掌。飯後胡風仍熱情洋溢，在講臺前走來走去地講。胡風把田間講怕了。胡風走後，他把我和輔導新文學的教師潘之汀叫到他房裏，說不要讓胡風再講下去了。說明他是知道的一些背景的。可是田間與丁玲的關係就不一樣了，他們從 1938 年起，就斷斷續續在一起工作。田間給我的印象是待人誠懇，工作小心謹慎，是個老實的領導人，叫他在內部肅反中反映丁玲的宗派問題，他能說什麼呢？尋短見是無可奈何的事。

　　——康濯在會上一再揭發丁玲的反黨暗流問題，在他的發言中似已承認中央文研所是獨立王國。他曾參與籌建文研所工作，任文研所第一副秘書長，組織能力很強，實際上是具體領導文研所工作的第一把手。當 1953 年胡喬木同志提出停辦文研所時，他的意見最大。我從檔案中看到用複寫紙列印的康濯以丁玲的名義給劉少奇的信，要求把文研所辦下去。1955 年 12 月中央批發的中國作協黨組的「報告」中說：「康濯同志在一

個時候（主要是指他擔任中央文學研究所秘書長期間）也曾參
加了這個小集團的活動，但他在檢查《文藝報》的鬥爭中，以
及後來在肅清胡風集團及其他一切反革命的鬥爭中是表現積極
的，他在運動中提高了自己的認識，感覺到了丁玲過去的不少
言行是反黨的，他和丁玲的關係是不正常的，因此他在會前就
自動向黨提供了丁玲的材料，在會上對自己的錯誤作了嚴肅的
自我批評。」建國初期是大家的春天，康濯在文研所渡過了春
季中最明媚的日子。到了 1955 年康濯同志真的認為文研所是獨
立王國嗎？非。文研所像個幽靈長久縈繞在他的腦際。1956 年
甄別丁、陳反黨問題時，康濯帶了河北省特產紅棗去看丁玲。
1957 年 6 月初，在王府井大街 64 號 2 樓北小會議室召開小型
黨組擴大會，當一些同志對那份 1955 年給中央的「報告」的主
持人進行批評並追究責任時，康濯同志躍躍欲言。我坐在康濯
的對面，劉白羽同志坐在康濯的身旁，我似乎看到白羽有勸康
濯不要急於發言之意，康濯還是發言了，推倒了他過去對丁玲
的批判。但是，1957 年 7 月底開始批鬥「丁玲反黨右派集團」
後，康濯又上臺激烈地批判丁、陳。當時中國作協黨組成員韋
君宜不顧會場上的強大壓力，橫眉冷對康濯，大聲地批評康濯
反覆無常。1980 年春，文學講習所恢復了，在開辦第五期時，
康濯自湖南長沙給我寫信，要調到文學講習所工作。當然，這
不是我能辦的事。直到 1990 年，康濯還表達了回文學講習所（魯
迅文學院）的願望。康濯同志在逝世前邀我到他家，那時他家
就在文學院旁的招待所，他談話的中心是 1955 年在批判「丁、
陳」前，他寫的材料被中宣部的同志斷章取義摘錄使用了。

　　——1955 年批「丁、陳」的會上，馬烽同志的表現比較緊
張。我坐在他的斜對面，見他板著臉，一會抽煙一會兒咽口水，

喉頭不斷地上下活動。馬烽曾參與了中央文學研究所的籌辦工作，鼓樓東大街 103 號的校址便是他找的，文研所成立後，任命他為第二副秘書長，主要工作是黨支部書記。因為文研所積極回應黨的號召，黨的工作做得好，被中央文化部黨委譽為模範支部。我是這一屆的支部委員，與馬烽接觸中，感到他聯繫群眾的作風好，沒官腔官調，說老實話辦老實事，作思想工作不強加於人，而是啟發同志們的自覺。會上批判文研所是丁玲的獨立王國，馬烽自然會感受到壓力，但他在第八次會議上的發言還是和風細雨地批評了丁玲同志。於是胡海珠同志發言，唇槍舌劍刺向馬烽，說他是黨的不堅定分子。胡海珠是審幹辦公室副主任，會使人想到是領導人授意她說的。是因為馬烽的發言淡化了批鬥反黨集團的氣氛，還是胡海珠刺激了馬烽去深刻揭發批判丁玲與丁玲劃清界線呢？逼得馬烽在八次會議上作第二次發言時，嗓門和調子都提高了，可是沒有說瞎話。

——李納同志坐在我的身旁，嚇得她下意識的用手在腿上來回搓裙子。1957 年初，李納對我說：「我怕呀。」她揭發的材料，被作協黨組寫給中央政治局報告中引用為；「『中央文學研究所』的一個學員給丁玲寫詩，稱丁玲為『太陽』。」又有批判人瞎聯繫說：「丁玲就給了她二十萬元（等於幣改後 20 元）。」事實上是兩碼事，與李納無關。李廣田教授介紹他的得意門生沈季平到文研所學習，沈第一次聽到丁玲講課，激動得寫了一首詩，用了「是太陽」這樣的詞。他請田間提意見修改，田間說這詩寫得不好，沈季平就擱下了，此事丁玲根本不知道。1951 年初，丁玲為抗美援朝發起捐獻魯迅號飛機，大家踴躍捐獻，沈季平捐了他訂婚時的金戒指，這時沈季平的母親病重，缺錢醫治，丁玲知道了，便給了他 20 萬元（20 元）。

現在的青年知道了這「是太陽」的事，惹了那麼大麻煩，會感到可笑，會想到我們有時唱的歌詞中「心愛的姑娘是太陽」。那麼，學生稱頌老師是太陽又有何妨？可是我們那個時代，「東方紅」的歌聲在我們的思想上生了根，同時也產生了文字獄，用「太陽」稱讚他人就是錯誤。當時無論是發言人、參與寫「報告」的人、參與寫辨證材料的人都是鄭重地對待這個問題的。倒是當年的沈季平（詩人聞山）灑脫，思想上沒有這個封條。

——陳學昭同志的發言揭發的材料最多，也批判得最激烈。我感到她有洩私憤的味道。陳學昭在文研所中，沒見她參與任何工作。沒接觸過學員。沒有調查就沒有發言權。黨組擴大會後，有一段時間馬烽住在文講所，我和他交談到黨組擴大會上的發言，我說有些同志發言不實事求是，馬烽說就怪陳學昭。而我想，當時文研所的條件不具備養這些老資格的大作家，如陳學昭、周立波等同志；工作上也沒有必要養這些作家，而應該空出名額培養師資。沒有條件養硬養就會發生這樣那樣矛盾。這樣那樣的矛盾也構成了文研所改組成文講所的一個因素。

——在會上還有在文研所待過的女作家說些雞毛蒜皮的事。如說丁玲家裏的書架，把周揚寫的書放在下面。說丁玲讓這個作家出國訪問，不讓那個出國訪問，是否想讓自己出國訪問等等。

——丁玲在會上檢討了兩次，她每次檢討後，人們便從她檢討發言中找矛盾再批判，說她態度不老實，檢查得不深刻等。

邢：當時要是不發言，壓力大不大？

徐：參加會議的人情況不同，因人而易。黃秋耘在回憶錄中說，1955年只有他和陳翔鶴沒有發言。不是的。中國作家協會黨組上報中央的報告中寫著參加會議共約 70 人，在會上發言的有 57 人。

就我所知文學講習所的教師蔡其矯，從 1955 年到 1957 年的 30 餘次 100 多小時的會上，沒有過發言。只是在 1957 年 6 月上旬，丁玲在黨組擴大會上說：「我是一棍子被打死的人，我是從墳墓中爬出來的人……」，蔡其矯在汽車上說：「丁玲的話也太冷了。」蔡其矯在戰爭中便在華北聯大文學系任教，他對陳企霞、丁玲還是比較瞭解的。

應該說，有一部分人在會上發言是給人施加壓力的，如周揚、劉白羽、阮章競等同志。黃偉經訪問黃秋耘，黃秋耘所說的五大金鋼（一些人戲說的是四大金鋼，沒有王翔雲同志）也是給人施加壓力的，不過她們都是執行任務的同志。在 60 年代初，我就聽過「四大金鋼」的說法，但是那時沒有惡意的，只是說羅立韻、何路、胡海珠、丁寧有雄辯的口才，唇槍舌劍，能刺向所要刺的地方。說俗一點，是四位能幹的女將，像寺廟前的四大金鋼。那時候是沒有人敢於再翻案的。就四位同志來說情況也不同。丁寧同志是 14 歲就參加革命的，經過在抗大學習和 10 多年戰爭的鍛煉，服從命令聽指揮是根深蒂固的。在當年批判丁、陳反黨鬥爭──一場政治上的大戰役，她是作協辦公室的負責人，也是戰役中參謀本部的人，自然會積極參與。到了 1956 年，她調到中宣部常務副部長張際春為首的七人調查研究小組工作，她們調查研究的材料，推翻了中國作家協會黨組上報中央的「報告」，1957 年春作協黨組書記邵荃麟在全體幹部會上說「丁、陳反黨小集團」不能成立，應當摘掉這個帽子。但 1957 年 7、8 月批判丁玲反黨右派集團時，丁寧又跟上去。

在這裏，順便提一下後來擔任過中國作家協會的黨組書記的唐達成同志。

邢：唐達成當時是《文藝報》的編輯，又是文學研究所的學員嗎？

徐：唐達成是第一期下半段和第二期上半段的插班生，是《文藝報》
　　的編輯。在 1956 年 7 月他和丁寧一同調到以張際春為首的七人
　　小組辦公室工作，在工作中接觸了不少的辨證材料，免不了和
　　熟悉的人說說。那時他是同情丁、陳的。但 1957 年 8 月批判丁
　　玲反黨右派集團時他也緊跟了上去。在王府大街 64 號文聯禮堂
　　門邊，我見到過他寫的大字報，可是他還免不了被定為右派分
　　子。唐達成逝世前，在向同學王慧敏敘說這段歷史時，流下了
　　痛苦的眼淚。

　　　　戲說中的四大金鋼之一羅立韻同志，在我的記憶中，她在
　　黨組擴大會議上發言不多，她是審幹辦公室主任，這個批判丁、
　　陳反黨小集團的會是在肅反運動中召開的，當然她有任務在肩
　　上。不過，審幹有正常的審幹——有接受延安搶救運動和山東
　　肅托運動等教訓、實事求是調查研究的審幹。據說審查了一百
　　多人，審查清楚了對組織和個人都有好處。別人我不知，我也
　　是個審查對像。我曾被日軍俘虜，在文化大革命中鬥爭我，審
　　問：「你是從哪個狗洞中爬出來的？」我答：「我是從大門沖
　　出來的，是拼死從啟動的火車上跳下來的。」會上啞口無言，
　　因為有審幹辦公室作的調查研究和結論，使我少吃點苦頭。即
　　使在丁、陳問題上，審幹辦公室也做了應該作的事情。他們參
　　與了對丁、陳等歷史的審查。在 1956 年 6 月作協黨總支召開的
　　總支委會上，黎辛說：「經過調查，丁玲的歷史問題沒有新的
　　發現，還是在延安交待清楚的歷史。」我這才敢於站起來說，
　　作協上報中央批下來的「報告」，在文學講習所問題上與事實
　　不符。我寫的給黨委的書信，可能是甄別這一反黨集團的開端。
　　有的是不正常的審幹——如，有了「胡風反革命集團」的認識
　　框框後，對閻望等同志的審查，以及後對「丁、陳反黨小集團」

的審查。即使在丁、陳問題上，審幹辦公室也做了應該作的事情。他們參與了對丁、陳等歷史的審查。在 1956 年 6 月作協黨總支召開的總支委會上，黎辛說：經過調查，丁玲的歷史問題沒有新的發現，還是在延安交待清楚的歷史。」我這才敢於站起來說，作協上報中央批下來的「報告」，在文學講習所問題上與事實不符。我寫的給黨委的書信，可能是甄別這一反黨集團的開端。

另一個是胡海珠同志，她是從文學講習所調到作協任審幹辦公室副主任。她是軍人出身，三大紀律頭一條是服從上級的命令，當然是在上級指揮下行事。說老實話我在一段期間裏，對她是有意見的。我認為她對馬烽的批評太厲害了；她對「獨立王國」文學講習所的揭發批判，是片面性的，是唯心的。以後我覺悟到那個時代誰能不犯錯誤？曾在文講所授課的陳湧同志，調到甘肅省後，我曾參與對他的批判。我在甘肅省於 1961 年看到中宣部下發的「文藝十條」，覺得文藝的春天來了，便登門拜訪陳湧，調動他的積極性，請他將在文講所講授的「魯迅的小說」、「政治與文藝關係問題」整理成文章，陳湧把〈魯迅小說的思想力量與藝術力量〉、〈文藝與政治關係的幾個問題〉送來了，大家都覺得是好文章，在《甘肅文藝》月刊發表後，付給特級稿酬。過了幾年，階級鬥爭的弓弦繃緊了，蘭大、師大有的教師寫信給省委宣傳部告狀，有人寫稿給《甘肅文藝》，省委又任我為城市社會主義教育運動指揮部文藝批判組組長，我組織了批判組的人寫了批判陳湧文藝思想的長文章，經省委審查後，在報刊上顯要地位登載。在文革批鬥我時，我又承認調動右派分子的積極性，給陳湧寫的大毒草文章開放了綠燈。我們都整過別人，又被別人整。有人建議要紀念文學講

習所成立五十周年，我們在頤養天年回首往事時，會好處說好，壞處說壞。

當時參加黨組擴大會的文講所正、副所長吳伯簫、張松如（公木），只在會上作了表態式的批判發言。他們與丁玲接觸很少，都是作協黨組調派來的第三屆領導人。我在會上沒有感受到壓力，作協、文學講習所的人大多數是從華北、西北、東北地區調來的。戰爭時我在華東，跟誰也聯不起來，都是一般的工作關係。從會上批判丁玲厲害的程度看，我想丁玲可能是叛徒、反革命，認為這是中央下達潘漢年、揚帆是內奸的文件以及肅清胡風反革命集團之後又一重大案件，可是我還是不滿意那些不實事求是發言的人，丁玲是歷史反革命也不能胡亂地向她潑污水。我尤其反感說有不少的文講所學員學壞了的說法，這也太看不起經過十多年戰爭的冶煉和十多年黨的培養的作用了，這也把丁玲和文學講習所的能量說的太神了。會議後期我寫了一個書面發言，我說，丁玲說：「開文代會也好，辦講習所也好，主要是為了創作，現在需要的是有十個作家在這幾年內寫出十部好作品來。」這話是有背景的，這是在二次文代會期間，那時大力宣傳推薦蘇聯作家寫的 10 部書──《鐵流》、《毀滅》、《被開墾的處女地》、《鋼鐵是怎樣煉成的》、《日日夜夜》等。接著我批評說：「我們需要更多的作家寫出更多的作品。」花王是在與眾多鮮花比美中比出來的，這是我的思想。這書面發言是表態還是為「一本書主義」辨證？反正是實話實說，不知我是否是 57 位發言者之一。

前面我說了批丁、陳反黨集團是 1955 年 8 月。1955 年 9 月 6 日是黨組擴大會最後的一次，周揚同志講話後，大家都起立熱烈鼓掌，我很少見到這種場面，也盲目地跟著大家鼓掌。

1955 年 12 月中央政治局批發了〈中國作家協會黨組關於丁玲、陳企霞等進行反黨小集團活動及對他們的處理意見的報告〉。接著在南池子歐美同學會的一個長條形會議室，中宣部召開了近百名文藝界人士的會議，傳達中央批發的這個「報告」。我聽傳達時感到有些與事實不符。就在這次會上，有從內蒙來的瑪拉沁夫的發言，他說丁玲鼓勵驕傲，認為驕傲是美德。這就怪了，1954 年，我聽丁玲說過：「瑪拉沁夫很危險，本錢少，招牌大，人家老要貨，這樣就虧空了。有些年青作家，有一點成績不要太注意，不要一說好，就好得了不得了，有點驕傲，年青人總免不了有點驕傲，就怕因為驕傲不往前進了，而是要使自己更加強信心。我最近聽說你虛心了，我更擔心，怕你太世故，要虛心，但不要世故，如世故就糟了。」這話怎能是提倡驕傲呢？在黨組擴大會閉會後，內蒙自治區就派人來文講所調查他的情況，我們寫了證明，說瑪拉沁夫和丁玲是一般的關係，文講所實行導師制，教務處分配瑪拉沁夫、李湧、羽揚三同志由丁玲輔導創作。後來我想，瑪拉沁夫可能遇到壓力，才這樣說的，心裏也就諒解了。黨組的「報告」中還提到對丁玲的歷史要重新加以審查。又說陳企霞、李又然兩人歷史上都與托派關係極深，有嚴重的反革命嫌疑。我對「報告」的一些意見就壓在心裏了。

　　1955 年 9 月 6 日的黨組擴大會後，黨組就指示文學講習所總結檢查過去的工作，把文學講習所改為短期訓練班。

文學講習所變成文學講習班

邢：看來正規的文學院剛要有一個雛型，就夭折了。

徐：是啊。黨組擴大會後，文學講習所經歷第三次大改組。吳伯簫
不再來所了，辭去了文學講習所所長的職務。公木調任中國作
家協會青年作家工作委員會副主任。瑪金、丁力、沙鷗、王谷
林等由作協分別調派至人民文學編輯部、詩刊編輯部、青委會
辦公室、文藝報辦公室負責。潘之汀、葉楓等同志調至北京電
影製片廠等單位。接著中國作協下達了一個通知，任命我為文
學講習班主任。

邢：這就設及到第三期怎麼辦了。

徐：我只有兩分微喜，更多的是焦慮，這個通知是中國作協把文學
講習所改變為短期訓練班的一個措施。我去找秘書長郭小川提
建議：保留文學講習所的牌子，用文學講習班的名義招生缺少
吸引力；文學講習所隸屬於文化部的建制，有一個全部固定財
產及工資、經費的開支問題，不是一下子就解決的問題；所內
同志們思想轉彎子也需要一個過程，這個問題是最重要，我只
輕微一提，避免另生枝節。我心裏在說，正當所內同志雄心勃
勃為過渡到高爾基文學院式的正規學院添磚加瓦時，突然來了
這樣一個大變化，我是沒本事聚攏人心，完成交待給我的任務。
我第二次找郭小川同志，他代表組織同意了。接著馬烽同志來
到文講所，他說他要調到山西省去，作協叫他把籌備全國青年
文學工作者代表會議的任務交給我。他還帶來創委會的劉傳
坤。劉傳坤正在編輯青年文學創作選的小說集。按劉白羽的意
見，要把這個會辦成大型的短訓班。作協下達的任務太好了，
一個單位最怕閒，閒人多了無事生非，人在緊張地擔負重任務
時，思想工作好做。所內人員日夜忙碌，分別從事編輯全國青
年文學創作選集、調查研究、組織聯絡、總務財務、輔導與會
青年作者、宣傳和安排日程，請報告人和講話人，還辦了一個

招待 60 餘名代表的無償飯店。因為國務院只給全國青年文學作者會批了 3 萬元的經費，不足一個星期的開支，而作協領導要求在這個會後辦一個大型的短訓班。這時總工會要參加會議的代表，提供了廉價的招待所，每個床位只收一元貳角，使 120 多個代表住在總工會招待所。這個會是和團中央合辦的，團中央提供了無償提供禮堂作為會址。在新僑飯店安排了二百餘名代表，來往會場均步行，省了交通費。我們還動員文講所留守人員，包括服務班和炊事班，由行政科科長馮韌負責辦個不收費用的臨時飯店，以服務好、伙食好彌補與新僑飯店、總工會招待所在條件上的差距。青創會上有 20 餘人作報告和講話，作家協會有茅盾、周揚、劉白羽等同志講話；團中央方面有胡耀邦、馮文彬、項南、徐惟誠（當時是團中央候補書記）等講話；還有總工會的負責人，社會名人和作家許廣平等人講話。最難忘的是周總理來和代表們會見，代表們還在懷仁堂聽了周總理的報告。

　　那是在三月下旬的一個晚上，在北京飯店大廳舉辦聯歡會，我接到有中央首長參加晚會的通知，便叫王文迎、王瑋兩位女同志在門前觀望並及時通報。沒料到周總理只帶了文教秘書康英，在王文迎她們通報之前，就神采奕奕地走進了會議廳。同志們發現周總理來了，立刻活躍起來，500 多人把周總理圍得水泄不通，我又推又擋，急得汗流浹背，喊著說：「同志們！不要擠，要關心總理的健康和安全。」同志們都沉浸在突然來的幸福和興奮之中，根本不理會我的喊話，我不安地看了看周總理，總理並沒有絲毫責備的意思，和藹可親地看著大家，總理平易近人的作風使我鎮定起來。我和康英在戰爭中曾同在新華社山東總分社共事，我對康英說：「同志們從全國各地來，

都渴望見到總理，叫同志們退到大廳的四邊，建議總理繞場走一圈，使大家都能清楚地看到總理。沒等秘書將我的意見轉述完，周總理便點了點頭。我高興地登上身旁的方桌喊道：「周總理準備繞場一周，和同志們見見面，請同志們退到四邊去。」頓時響起了一片熱烈的掌聲，代表們很快向大廳四邊散開，在連綿不斷的掌聲中，周總理走了一圈，接見了大家，並和一些少數民族的代表親切地握手，又跳了幾圈舞才走了。會議開了二十多天後，由周揚同志主持，在中南海懷仁堂聽了周總理的報告。會議結束後，留下來 60 餘代表，辦了文學講習所第三期。

　　在青年文學工作者代表會前後，有文研所和文講所時期的學員王慧敏、古鑒茲、鄧友梅、李湧、劉真、瑪拉沁夫、陳登科、李若冰、周豔茹、張鳳珠、陳亦絜、安柯欽夫、孫靜軒等同志來所找我。他們對黨中央批發的中國作協黨組「報告」，以及報刊上的有關文章，有的有所不解，有的有置疑，有的有不滿，有的問訊會中的具體情況。我在交談中形成了我的看法。

為丁玲的「反黨」和文研所寫申辨信

邢：到這兒，是不是可以接上您說的：聽傳達時感到與事實不符。後來又把「意見」壓在心裏了？

徐：是。1956 年 6 月底或 7 月初，在王府井大街 64 號 2 樓小會議室，召開黨總支委員會，總支書記黎辛說：經調查，丁玲的歷史還是在延安交待的寫了個回家養母的條子，沒有新的發現，陳企霞在獄中鬥爭很堅決。我（當時是黨總支委員）這時按捺不住心裏的話，立刻接著說：那我就有意見了。我說作協黨組「報告」中講到的文學講習所情況部分與事實不符，我說了文

講所畢業的學員對有些學員學壞了的說法有意見。這個總支會議就決定叫我寫個材料。那時正處在第三期教學工作緊張時，我拖了數日，黎辛同志打電話催；我去作協時，黎辛在樓梯上截住我又催我寫材料。當天我熬了一個通宵，寫了 6000 餘字給總支並轉中宣部黨委、中直黨委的辨證信，建議黨組織複查丁玲反黨和文講所的問題。十月文藝出版社出版的周良沛寫的《丁玲傳》，在引用我寫的信（是《丁玲傳》529 至 537 頁）時寫道：「所裏的學員徐剛，雖然不是站出來為丁玲講話，而且還是肯定對丁玲批判時，給黨委的一封信，是能夠讓人看到一些真相的。」引用了這信後又寫道：「徐剛這封信，是在作協黨組定『丁、陳反黨集團』上報中央，隨即向全國文藝界進行傳達，徐剛聽了傳達之後有些想法，有些鬥爭寫的。他只是作為『文研所』學員，不願被『丁、陳問題』攪在一起才說這些話的，但從他信中所看到的丁玲的形象，不論有多大的不足，也不是『反黨』的形象。」周良沛同志寫的情況，是事實又不是事實。我是中央文研所的學生，我活一百歲丁玲也是我的老師。但我寫申辨信時是文學講習所的負責人，否則我不必用那樣多的時間考慮文研所、文講所的過去、現在和將來，也不必冒天下之大不韙去調查核實情況，調閱所中檔案，在會議的批判聲和報刊的討伐中站出來說話。至於我是不是站出來為丁玲講話，信的末尾已表明建議糾正偏差的一面，建議有些事實，那怕是枝節的，希望能詳細地查對，因為量的變化可能會引起質的變化的。大家都知道，社會上早就有一種聲勢，把丁玲、文研所、文講所拴在一起。作協黨組報告中曾說丁玲把自己領導的單位作為個人資本和獨立王國。《人民日報》發表的茅盾在第二次作協理事擴大會議上講：「由於這個講習所的前身，中

　　央文學研究所的某些領導人員的錯誤的思想作風，在學員中
　　間，散佈了一種腐朽的資產階級的思想，他們離開文學的黨性
　　原則，而提倡所謂『一本書主義』，鼓勵青年作者以取得個人
　　的名譽、地位，取得個人的「不朽」為創作（一本書）的目的，
　　他們公然提倡個人崇拜，公然提倡驕傲，說什麼『驕傲』的
　　人才有出息，在這種思想影響下，文學講習所的不少學員中
　　滋長了個人主義的思想。」

邢：1954 年換了牌子以後，丁玲不是就不管文學講習所了嗎？但那
　　時批判者認為，她的影響還在發生作用。

徐：自從掛出了中國作家協會文學講習所的牌子，丁玲只來過兩
　　次，一次是講課，一次是看看她輔導的三個學員。所長吳伯簫、
　　副所長公木是中國作家協會黨組調派來的，他們與丁玲沒有聯
　　繫，他們是作家又是教育家，大家都覺得是合適的人選，大家
　　都努力工作，響往過渡到正規的學院。可是突然出現了所謂丁
　　玲反黨並與文研所、文講所拴在一起的聲勢，這聲勢越來越大。

　　　　我把給黨委的申辨信和附件發出去後，劉真從湖北省到北
　　京辦事，她邀我一齊去看望丁玲，我也想和丁玲打個招呼。我
　　們到頤和園中松柏圍繞的雲松巢，丁玲、陳明見了我們很驚訝
　　又很高興。這是 7 月中很熱的日子，在院中的樹蔭下，她招待
　　我們喝茶吃便餐，我說會上有些人的發言說黨組向中央的「報
　　告」有不符合事實的地方，我已經寫了意見書給黨委。我還問
　　丁玲最近在《人民文學》上發表的小說〈嚴寒的日子〉中的人
　　物，是否有那個人的影子？（整她的人）我提的問題是幼稚的，
　　可是我認為有人在會議上表現了很大的投機性，說些不實之
　　言，想聽她的看法，丁玲沉默了一會兜直著眼睛說：「我們的
　　國家太舊了。」我明白她指的是幾千年封建社會遺留下來的陳

舊思想，她不怨哪個人，這是她的高明之處。我是就事論事，就那個人一時一地的表現論他的人品。

　　1956 年 9 月，開辦了文學講習所第四期文學編輯班。是人數最多的一個班，有 102 人。另有旁聽生，每次授課，人都坐得滿滿的。原訂教育計畫半年，只有兩個學習重點：一個是魯迅等作家創作及其編輯的作品和評論；一個是俄羅斯評論家別林斯基、杜波羅留波夫的文論及評論的作品——果戈里寫的小說《死靈魂》，奧斯特洛夫斯基寫的劇本《大雷雨》。其他都是專題講座。學員們不滿意短期學習、這期學員也大多是從戰爭中走過來的。學習讀書是他們迫切的願望，在他們多次的請求下，作協黨組同意延長為一年。我們又把教學計畫拓展開來。1956 年，社會上流傳了蘇共二十大上赫魯雪夫的報告。陸定一同志在懷仁堂作了「百花齊放、百家爭鳴」的專題報告。學員的思想也是一面鏡子，他們的思想比較開放。河南省的龐嘉季同志是第四期的學員，今年他來信說：「我在文講所學習不足一年，但這一段時間是我從事文藝工作五十多中最美好的日子，那時真是蓬勃向上，崢嶸歲月。文講所學風至好，自學為主，老師作輔導報告，敞開思想，自由討論。」「當時講習所真有點『自由之思想，獨立之精神』的風氣，當然是以馬列主義為基礎的前提下。這段時間的短暫學習，我打下了從事編輯工作的基礎，能夠在以後的工作中做點有益的工作。」在四期學習期間，有的同志對聯共關於《星》與《列寧格勒》兩雜誌的決定和日丹諾夫的報告提出置疑。當 1957 年蘇聯作家巴甫連科和田德尼亞科夫訪華，來文學講習所作報告，有的同志遞條子詢問蘇聯作家左琴科的情況，可見當時思想解放的程度。

　　支部書記的擔子難挑又容易挑，因為老黨員老同志多，工作中有難有易，同志們在處事中善於掌握分寸。一位打過仗受過重傷的老同志，妻子對他無微不至的照顧！他卻另有所愛，發生婚外戀，黨小組長漠南知道他約會的時間地點後，便叫張鳳珠穿上大衣，用大衣領把臉龐遮住，在有軌電車站來回地走，那老同志用手一拍張鳳珠的肩膀，張鳳珠放下大衣領，那老同志傻了，漠南等黨小組的人便出來批評他說：「你小子沒良心。」他們認為這樣的勸告對那老同志的夫妻關係有好處，如在所裏鬧得沸沸揚揚的，反而不利於他們的夫妻關係。遇到嚴肅的問題，他們更是十分嚴肅的。糧食統購統銷前，文化部黨委在故宮中華門城樓內召集所有黨員傳達中央關於糧食統購統銷的決定。劉真處於臨產期，會後她為了生活便利，搶先買了不少掛麵。黨小組專門開會，嚴肅認真地批評了她，提到這涉及黨的政策和紀律問題。發展黨員和預備黨員轉正的支部大會都開得很紅火，不僅申請入黨人和轉正人要回答很多問題，介紹人和支委們也要在支部大會上經受考驗。同志們的覺悟，確實保證了黨員的質量。

　　1957年初，黨組書記邵荃麟在作協全體幹部大會上說，丁玲、陳企霞、李又然反黨小集團不能成立，應當摘掉這個帽子。同時，黨總支發給我一份以中國作家協會黨組的名義，作出對丁、陳不能以反黨小集團論處的結論草稿，是徵求意見的。我認為這個問題已基本解決。1957年5月的一天晚上，丁玲、陳明突然來到所內我的屋裏，那時候我住的套間，外間是辦公室，裏間是宿舍。我感到驚喜，叫妻子王居琦招呼著，我去叫公木。公木是很同情丁玲的，他邁著少有的急匆匆地腳步去見丁玲。丁玲說：「現在鳴放比發動貧雇農還難。」公木婉轉地說：「我

們希望你們團結。」我很不禮貌的問:「您今年多大年紀了?」
丁玲說 52 歲。我說:「我們希望看到您新的作品,您可千萬別
跟陳企霞、李又然聯繫。」我想:一年多,花了那樣多人力、
物力、財力,把歷史問題落實到本來的面貌,把現實問題澄清
了,推翻了一些不實之詞,問題還沒有了結,如果這時和陳企
霞、李又然聯繫是惹麻煩。另外我當時思想比較偏激,我給黨
委的信中說:「用了個別腐朽的人作師資。」指的是李又然,
我過分了。我對陳企霞不瞭解,但我認為一個共產黨員給黨的
副主席劉少奇寫信提意見,不管意見是對還是錯,是符合黨章
的,可是陳為什麼匿名?我認為丁玲和他們是不一樣的。

關於丁、陳被打成「反黨右派集團」

邢:後來您的申辨信後果怎麼樣了?

徐:經過是這樣:1957 年 6 月初召開作協黨組擴大會,是小規模的,
在二樓北側小會議室約有 20 多人參加,周揚和黨組的幾個負責
人,都主動表示 1955 年對丁玲的批判是不應該的。「反黨小集
團」的結論是站不住的,並且向丁玲等同志道了歉。在會上,
李又然說;「我是個小人物,大事件落在我的身上,我就是大
人物。」陳企霞說:「房子都燒焦了,成了木炭了,還有什麼
可說的。」他們都在追究領導的責任。一時會議冷場,冷得厲
害時我說:「本來輪不到我發言。丁玲有錯誤,有缺點,但 1955
年領導上對丁玲進行了過火的鬥爭,混淆了黨的是非和敵我兩
類不同性質的矛盾。現在有人在罵我們,希望各位都往前走一
步,握起手來,我們希望團結。「會議上陸續有十多人發言,
提出了 1955 年錯誤批判的結論應撤銷,要總結教訓避免再犯等

意見。丁玲，在前兩天的會上一言不發。到了第三天，丁玲說話了，開頭是：「我是從墳墓中爬出來的人，是一棍子被打死了的人……」也是在追究領導上個人的責任。丁玲發言後，會議立刻休會。在返回的途中，蔡其矯對我說：「丁玲的發言也太冷了。」我有同感，而且我想：「丁玲是沒有一點妥協的精神，在現在的形勢下，他們的問題如何了結。」

邢：是不是因為丁陳在甄別時的態度，鑄成她們又被打成右派？

徐：也不完全是。似乎事前已經設定好了。我在所內也參加了一些整風會議，對我的批評主要說我是教條主義，唯作家協會之命是從，應當好好學習。一些同志對改變為短訓班的不滿發洩到我的身上。在這期間，我看了一些黨的文件如〈事情正在起變化〉等。這些文件沒有署名毛澤東，也不用中共中央文件的規格。我還注意看了報紙上的社論和文章，這些文件、文章，起到使我鎮定的作用，也起到使我震動的作用。我曾想作家協會召開的黨組擴大會與「事情正在起變化」的文件有關。在時間上，中央文件是五月十四號下達的，黨組擴大會是六月六日至八日召開的，丁玲發言後馬上休會。這是不是有蹊蹺？那文件的內容大體是：一、在「三反」中，在肅反中，在思想改造中，某些真正做錯了的事，都要公開改正，不論對什麼人的。二是讓「魚自己浮到水面上來了，並不要釣。」休會期間的一個大熱天，黨組書記邵荃麟同志叫公木和我到他家去，對我們說，要把文學講習所與丁、陳問題分開。當時我不理會，還頂碰了邵荃麟同志，過後才想到可能是爭取我。7月25日復會，地點改在全國文聯禮堂，座無虛席，擴大到二百人以上，周揚同志的開場白，與6月6日相比，是來了一個一百八十度的大轉變。但大家不覺得驚奇，這時社會上的反右派運動已到高溫時，一

些大人物紛紛落馬，選擇這個時機復會和這會議的架勢，已說
明要幹什麼了。會場內的聲音和會場外的大字報，是「粉碎丁、
陳反黨集團向黨倡狂進攻。」令人瞠目結舌的是柳溪的揭發，
天津市作協主席方紀帶著青年女作家柳溪來到會場，柳溪哭泣
著控訴陳企霞對她身心的摧殘，揭發陳企霞的反黨言行。陳企
霞搪塞支吾一番後，在 8 月 3 日第 10 次黨組擴大會上，他拿出
和同居人租的房子的鑰匙，在手指上晃蕩著，承認了柳溪揭發
的事實。接著，他說他和丁玲熟了，一個眼色一個手勢便知道
是什麼意思，他說他和丁玲近期聯繫過，在電話中用變調的聲
音……。當時，我真弄不清怎麼回事了。我覺得我太嫩了，我
離開新華社總社前，華山同志語重心長地對我說，文藝界太複
雜了，你可要小心。我悔不該把華山的臨別贈言當耳旁風。我
在人前默默不言，公木都為我著急說：「你發言啊。」我有什
麼可說的，這會上又橫掃了一些大人物，調子可高了，我做不
到永不掉隊，跟不上了，等著挨整吧。9 月，黨組擴大會結束
後，便在文學講習所教室，召開了肅清丁玲流毒會議。召集了
在京的一、二期畢業學員和工作人員，領導上有劉白羽參加，
丁玲也來了，就在這次會上散發了我在 1956 年 7 月寫的給黨委
的申辨信。只有兩個人發言涉及到這封信。司仃同學像老大姐
似地說：「徐剛你過去不錯嘛，怎麼能寫這個呢。」一個是劉
白羽同志，他說從這封信可以看出丁玲的流毒。而徐光耀投來
的是同情的目光。

　　我的檢討可難了，我必須把總支、中宣部黨委、作協黨組、
七人調查組……全都切開，我說我有一本書主義？瞞不過人。
急得乾嘔。急翻理論書，翻到一篇反對折中主義的文章，覺得
可以把我的「錯誤」套上去，我就說我是折中主義，中間路線

第三條路線，是死亡的路線。別人覺得這個檢查深刻。在周良沛寫的《丁玲傳》中寫道：「徐剛因為『文研所』叫屈，自然劃了右派。」不是的。給我定的性是「喪失立場、右傾言行」，處分是撤銷黨內職務，降一級由行政 12 級降至 13 級。當時我對這決定沒細看，我想，只要保留黨籍怎樣處理都行，以後填表就自以為是地寫：「在丁、陳反黨問題上犯了反黨性質的錯誤。」作協把我下放到涿鹿縣三堡勞動，晚上輾轉難眠，翻過來想，我對不起黨；覆過去我又想，我怎麼能會反黨呢？！我是一個無家無父母的孤兒，從十三歲起在黨的哺育下成長起來……我淌著迷茫的眼淚。白天，一天兩餐糠攪粥和發黴的酸白菜，在水利工地上鏟土挑土拼命幹，不到半個月，我的身體垮了，嘔吐後兩天昏迷不醒。

　　夏天，我回到北京治病，我的家已從鼓樓東大街 103 號搬到寶鈔胡同，免不了還到 103 號看看，大門邊掛的「文學講習所」的牌子摘下了，裏面換了主人，變為文化部的家屬宿舍。圖書資料給了中央戲劇學院，人已四散。散了的人有的也要挨批挨鬥。我因割痔瘡住醫院。一天下午，胡海珠同志來了，她先問我：「你給黨委的信是人家讓你寫的嗎？」我說是。她叫我出院參加批判公木的會。又鬥出一個令我驚駭的反黨集團，是以中宣部機關黨委書記李之璉為首，三個副書記張海、崔毅、黎辛（兼作協總支書記）全盤端，就是因為他們作了複查丁、陳反黨小集團的工作。把李之璉、黎辛定為右派分子，把張海、崔毅定為反黨分子，受留黨察看處分。因公木和李之璉的關係，批鬥公木和古立高是這一鬥爭的繼續。我一進王府井大街 64 號的大門，就感到心情不舒暢，割痔瘡的傷口還沒長好，半個屁股坐在椅子上，機要秘書發批判公木、古立高的發言錄，每次

都隔過我發給我旁邊的人，我想瞭解一下到底公木都有什麼「罪行」，便問：為什麼不發給我？機要秘書說：「你發言，發言後給你。」我想，我不要我也不說。過了兩天，公木在眾人質問下，一連說了幾次，「我聽徐剛說的⋯⋯」。我沉不住氣了說：「是我領導你還是你領導我？」實際上是為自己辨護。這個口子一開，我說了公木對丁玲的同情，對周揚的意見，說了公木在文學講習所問題上與領導上有不同的看法。散會時，機要秘書給我一疊批判公木、古立高發言錄。是獎勵我還是污辱我？！我心裏的滋味太難受了，出了大門心事重重往北走，卻忘了乘車。我想我參與批鬥了一位熱心的好人。公木的「罪行」無非是同情丁玲；同情第三期學員流沙河，流沙河被批鬥後，他寫了一封勸慰信；同情⋯⋯。我一邊內疚一邊想到他的好人品。公木是河北省人，少年時離開雙親到北平求學，青年時西到延安東到吉林做革命工作，沒有機會和可能孝敬雙親，1957年春他接父、母親到北京遊玩和享天倫之樂。文講所把他的雙親安排在教室上面的筒子樓居住。那時乍暖還寒，住在他雙親居室隔壁的人，因天寒升起爐火，遇到逆風，煤煙從二位老人住的房間內的爐子裏冒出來，二老在睡夢中雙雙被煤氣毒死。公木沒有怨隔壁的燃煤取暖人，沒有怨總務科員，也沒有絲毫怨我的意思，含著巨大的悲痛殯葬了父、母親。

　　公木是作家協會最後定的右派分子。據公木後來說，他是周揚將他從東北調來，是抵消丁玲在文講所影響的。公木是詩人、學者、教育家，他在工作中，確實糾正了丁玲在辦所時四不像的缺點，強調教學，力求向正規化學院過渡。當時客觀條件也不可能像丁玲那樣辦學了，那時實行供給制，保留著軍事共產主義生活，按大、中、小灶待遇。憑一紙介紹信，就可以

乘志願軍的車，吃部隊的飯，領志願軍的棉軍裝、皮帽子、棉鞋。到地方去就吃地方的大鍋飯。公木調來時，已基本上實行了工資制。在批鬥丁、陳反黨集團後，公木曾對我說：「鎮壓反革命時擴大化，只能傷及我們的皮毛；內部肅反擴大化，便會傷到骨肉甚至內臟。一個人是不是反革命還沒弄清楚，就把她當作靶子，就會傷她和傷一些人的心。」他認為對丁、陳的批判與周揚的宗派主義有關。這些話一直擱在我的心裏，沒向任何人吐露。和邢野、丁玲說的關於運動的真言一樣，作為我心裏的啟示錄。公木被定為右派的契機，是作協叫公木揭批李之璉，公木沒有遵命。公木和李之璉的哥哥是朋友，和李之璉有過來往，也溝通過對批鬥丁、陳反黨集團的意見。於是便在王府井大街 64 號的會議室批鬥，批判公木同情這個『右派』、那個『右派』，又聯繫歷史，在延安參與『輕騎隊』，寫過批評和針砭延安現實生活的詩與短文。作協便把他定為最後的右派分子。

「反右」後我調到甘肅

徐：我勞動鍛煉期滿，調派到西部，在甘肅省負責省文聯和作協的領導工作，並主管《甘肅文藝》刊物，擔子重一點，我還吃得消。惱人的是來了運動我就頭痛，我在甘肅省工作二十餘年的鑒定第 4 條寫道：「徐剛同志在甘肅工作二十年也是政治形勢多變的二十年，每次政治運動總要涉及到他，所以在粉碎『四人幫』前徐剛同志的政治處境是不好的，就是在那樣一種政治形勢下，徐剛同志從不說大話、空話、假話。在四人幫實行文化專制主義，大搞法西斯逼、供、訊的情況下，徐剛同志寧願

個人吃點苦頭，也不提供假情況。」這是實情，為什麼，根源是什麼？文化大革命開始後公開亮出原由，在交通要道大街上貼出：「打倒丁、陳反黨集團黑幹將徐剛」的大標語。在單位、在街道上，散發我給黨委寫的關於丁玲和文講所問題的信，作為要打倒我的把柄之一。到了 1968 年 5 月召開的萬人大會上，乾脆給我戴上「丁、陳反黨集團黑幹將」的牌子，我在街上被遊街時，我的岳母在行人道上看見了，她對鄰人說：「別人還沒資格戴這牌子。」這牌子的確有好處，行人與路旁觀看人，不知丁、陳為何許人，可以免於挨打。到了反擊右傾翻案風時，我更脫不了挨批，大概是覺得光在大字報上和會上批還不夠味，一位編輯寫了萬言書，是給《紅旗》雜誌編輯部並轉偉大領袖毛主席或敬愛的江青同志。信內寫道：「五七年，丁玲任中央文學講習所所長時，徐剛任教務長，參加丁玲、陳企霞反黨集團，夥同右派向黨進攻。」

邢：兩次批「丁、陳」，文研所、文講所是被牽扯最多的地方。就我知道，這裏的學員不少成了右派。不知涉及的面有多寬？

徐：我受到的影響主要是長期精神的折磨，有的同志受的影響是連生存的條件都成了問題，如谷峪同志。在周良沛的《丁玲傳》中，曾提到谷峪、鄧友梅劃為右派，他們都不是中央文學研究所的學員，而是中國作家協會文學講習所的學員，他們只聽丁玲講過一次課，輔導他們創作的導師是張天翼。本來株連是封建社會的傳統，株連也要沾個邊，他們連邊都沒觸到就株連上了，他們的經歷很慘。1956 年，谷峪是黨的八大代表，過了一年多，便成為階下囚，戴了右派帽子，開除了公職，生活無著，嚴冬在垃圾堆揀煤渣，被折磨得神經有了嚴重問題，說話都困難。撥亂反正後，身體有所恢復，能夠一般地思維，曾記得開

第四次作家代表會時，他到我房間看我，長時間沉默靜坐，表達他的感情。等他創作出作品，發表了，他也早早去世了。鄧友梅是在北京市文聯時，給他戴上右派帽子，以後又進了監獄。他出獄後，為了使心靜下來，像和尚坐禪似地靜坐。打倒「四人幫」一聲炮響，他煥發了青春，連續發出〈我們的軍長〉等佳作。

　　有些是被丁玲問題株連的人，還有因在文研所、文講所學習而被株連的人。在 1978 年夏天，他們紛紛來京申請複查。我從蘭州趕來，在翠微路組織部招待所，見到了從新疆來的李之璉同志。1961 年我們曾在火車上邂逅，我在玉門進軟臥車廂，忽然一個白髮人坐起來說：「你還認識我嗎？我是李之璉。」「接下來就說，周揚害得我好苦，我和丁玲根本不認識，看了你寫給黨委的信，以後作了複查工作，便把我打成右派。李之璉是 1933 年入黨的，早就是冀東區黨委書記。我不知用什麼語言安慰他好，只笑了笑，可能還是苦笑，因為我們已連成一案了。那時反右傾機會主義運動的餘威還在，便都躺在鋪上沉默不言。這次見面一改過去的容顏，都喜氣洋洋熱情握手，好像都感到我們翻案是馬到成功的事。我還見到了黎辛。1973 年我在廣州見到他，那時我在甘肅省五七幹校作專案工作。我們作的專案工作不是害人的，是把一些幹部被扭曲的歷史問題和現實問題理清理順，使他們走上工作崗位。我在廣州外調時，晚上抽空到廣東作家協會看看，一進門，在利用樓梯下面的空間搭的小房子裏見到了黎辛，我們都感到意外。從小房子裏的單人床、小書桌簡陋設備，就感到他正過著孤苦伶仃的生活。1978 年這次在北京的會面，他的氣色比過去好多了。我在光明胡同外文出版社招待所內寫完申請複查信，李湧來找我，李湧是文

學講習所的學員，輔導他創作的老師是丁玲，因此受株連。他說：「我寫了申請複查的報告，還帶來徐光耀寫的報告，交到哪裡比較好？」我說都交給我吧。我找到中組部秘書長沙洪，把三份報告交給他並說了有關情況。對於一般學員來說，提起文研所、文講所，也是噤若寒蟬。文研所、文講所由滋生資產階級個人主義的「獨立王國」到滅亡，牌子早就摘下了，可社會輿論仍不放過，文革時被稱為「修正主義的大染缸」。一些校友由原來感到有所得後疑為有所失，或者心裏感到有所得，而表面上拉開距離，不敢提到這段學歷，甚至焚燒文學講習所發的講義與教材，以免抄家時被抄去，當作材料被批判。

　　1979 年 2 月，中國作家協會給我作了複查結論，結論認為我的言行「是合乎實事求是精神的。」「為丁玲寫辯證材料，是以張際春同志為首的『研究組』及其下設的『七人小組』，在進行丁、陳反黨問題的事實查對工作中，讓徐剛同志寫的，他個人在這問題上並無錯誤。決定原處分決定不能成立，應予撤銷。」我簽字後，頭一個想法是看丁玲。我和丁玲本是一般關係，我不巴結上級領導人，按丁玲的說法「你是一個不討人喜歡的人。」我在文革中，受種種折磨後，設身處地想到丁玲受到的大苦大難，對她逐漸地加深了理解，口頭上檢討為丁玲翻案，心裏卻增強了感情。她過去在對敵鬥爭中受苦受難，九死一生地幹革命，很多同志可以做得到；可是，不少的同志以黨組織的名義，向她身上潑污水，在社會輿論上，從燦爛的文星一下子跌落成為不恥於人類的臭狗屎，但她不屈不撓地生活著，在北大荒住在風雨不遮的草蓬子養雞，在秦城監獄中讀馬克思著的資本論，單以丁老師經受 1955 年 1957 年三十多次黨組擴大會、一百多小時批鬥中的表現，我就做不到，我受了少

許不白之冤，就大喊大叫為自己辯護。老師是夠堅強的，可是
從我的複查結論看，老師的問題還沒解決，我去看看她，告訴
她我有複查結論了，對她也是一份安慰。我叫原丁玲的秘書張
鳳珠同志帶路，到文化部招待所看丁老師。老師頭髮已花白，
精神還好。我走時，她硬要送我到汽車站。她健步下樓，走起
來也利索，我很高興。

　　1979 年 11 月，全國第四次文藝工作者代表大會期間，一
些曾在文研所、文講所畢業的代表，知道我已調回北京負責恢
復文學講習所工作，便提議叫我組織一個團聚的茶話會。同志
們有二十多年沒見面了，這是風雲變幻異常的二十年，同志、
校友間的交往由淡化、冷凍、融解、升溫，到現在熱氣騰騰；
在四次文代會上，一股熱氣沖上來──文講所是培養青年作家
的園地，很多文藝骨幹是文講所培養出來的，成為大家的共識。
校友們歷經劫難，從全國各地到北京相聚，開個校友會，天時
地利人和。我找作家協會黨組書記李季談此事，李季說：「我
支持你們開茶話會，你跟張僖談談，叫他找個會址，備些茶點。」
我說請你參加，李季沉默片刻說：「我有困難，不能參加，你
諒解我。」我找張僖談，張僖說：「只能喝茶。」我說：「喝
白開水也行。請你參加。」張僖用手勢作推辭狀說：「我可不
參加。」通知發出後，我還擔心有人會避嫌，吃午餐時得到全
都願意參加茶話會的訊息。我立刻乘車到友誼醫院，這時，丁
玲做乳腺癌手術住院，躺在病床上，我向她說起聚會的事，她
忽地坐起來，連說兩具：「我去。我去。」馬上伸出腳找鞋，
這時陳明進來了，幫她穿好衣裳，圍上花頭巾。到了新僑飯店，
陳明和我攙扶她走到西會議廳。與會人都到了。有和丁玲共同
籌備創建中央文學研究所的田間、康濯、馬烽、邢野、陳淼，

有中國作家協會文學講習所所長吳伯簫、副所長公木，有任教任職的石丁、葉楓、古立高、西戎、李昌榮、逯斐、蔡其矯，有第一期畢業的王血波、王谷林、王有欽、古鑒茲、孫迅韜、李納、李若冰、陳登科、瑪金、周雁如、胡正、胡昭、徐光耀，第二期畢業的王丕祥、王慧敏、鄧友梅、白刃、劉真、劉超、瑪拉沁夫、和谷岩、苗得雨、張志民、張鳳珠、趙郁秀、胡爾查、賀抒玉、董曉華、繆文渭、譚誼、顏振奮，第三期畢業的王劍清、達木林、吉學沛、李逸民、李學鼇、陳鑒堯、朋斯克、姚運煥、胡萬春、張有德、熬德斯爾、謝璞，第四期畢業的馬敏行、韋丘、劉岱、李虹、茵鳳蒲、龐嘉季、康志強。沒有官場式的鼓掌聲，大家都以歡樂的笑臉、期待的目光、親切地注視著丁玲，丁玲一隻手和前來的人握手，一隻手揮動著，眼睛露出了激情的神采。浩劫後的重逢，大家都分外高興。會議的開場白，當然是請老所長講話，她先說了兩句笑話，說派出所是所，廁所也是所。接著她站起來說：「多謝黨，使大家有了今日的團圓。大家也可能多年不見了。1957 年秋天，我到文學講習所參加會，坐的是冷板凳，是肅清我的『毒』。幾年前我還想，弄文字的事，得來生了。在過去的災難中，我始終沒忘記自己是共產黨員，沒忘記相信黨，相信群眾，相信時間，相信歷史，我們的遭遇是社會性的，不是誰把誰打倒的。」她還談到恢復文講所的現實問題，她說：「作家不能長時間脫離生活，學習時間長了不好，時間短了也不會有好的效果，一年比較合適。」接著有田間、康濯、馬烽、公木相繼作了即興式的發言，沒有人排程序，都是自發的。馬烽發言時舉起左手，伸出三個指頭說：「從籌備建立文學研究所起，到現在三十年了。一些同志的遭遇是可以想到的。」他轉身笑著指著我說：「沒

想到徐剛也被株連上。」我也覺得好笑，是半路上殺出來的程咬金。

　　聚會的高潮是照相，當時，劉超同志是攝影學會負責人之一，帶來高級攝影師。先是合影，以後是自由組合，有人喊著：「一期的」，「二期的」，「三、四期的」，「部隊的」，「女同志的」，「工作人員的」，「晉察冀的」，「詩歌組的」，可忙壞了丁玲老師，都是要跟她合影留念，陳登科還兩次要求單獨與她合影。閃光燈不斷地閃爍著，焦點是丁玲，文星更燦爛了。

　　我和李納並排走出會場時，李納拍著我的肩膀，用她特有的雲南調說：「徐剛，你組織了一個很好的會。」我說，「不是我組織得好，是大家的心熱。」過後，我曾考慮是否報導一下這個新聞，這時才想到，這個茶話會不明不暗，不黑不白。它使我想到，恢復文學講習所的工作，將是一段艱難的路程。

二、訪邢野

關於文學研究所，筆者和邢野有段訪談。邢野是筆者的父親，身體多病，年事已高，精力不濟，以下是不大完整的交談。因為都姓邢，就以問答方式記錄。（問：邢小群；答：邢野。）

問：您是文學研究所的籌備人之一。我想請您談談您所瞭解的文學研究所。

答：還得從文代會說起。1949 年開第一屆文學代表大會的是來自各個地區的作家，包括延安在內的解放區作家和國統區的作家。但多數都是來自解放區的作家，在抗日戰爭時期，大家都寫了些東西，不論好壞、粗淺，否則你宣傳什麼呢。但是也有問題，就是作家中有宗派。凡是和郭沫若、周揚靠近的，多被重用，否則不管你過去多麼有知名度，比如沈從文，蕭乾，都是不被採納的。沈從文就沒有讓他開文代會。以我的觀察，對巴金也比較淡漠。那時冰心也不過是個作家，副主席都不是。

　　丁玲說，很多作家都是戰爭年代成長起來的，有實際鬥爭經驗，但是書本知識少，丁玲希望幫助這些人提高寫作能力。她是好意。把這些作家收容起來，辦一個文學研究院，提高提高，把你想寫的東西寫一寫，互相幫助幫助。還把北京最著名的作家聘為文學研究所的教授，大學教授裏的尖子才能當文學研究所教授，俞平伯、胡風都請到文學研究所講課。俞平伯講《紅樓夢》、聶紺弩講的《水滸》。還有古詩十九首等。不夠專家的都來不了。丁玲還有個意思，讓文學研究所成為國際文學交流的地方，英國作家來了，讓蕭乾接待；德國作家來了，讓馮至接待；蘇聯作家來了，可以接待的比較多。

問：辦文研所，這是丁玲自己想出來的呢，還是上面的意思？

答：這事是通過了毛主席的。丁玲和毛主席當面說過。毛主席見到丁玲問：丁玲啊，聽說你辦了個文學研究所啊？丁玲說，是啊。毛主席說：好啊！辦個互助組。史達林曾問毛主席，中國有沒有培養詩人的學校？毛主席說，我們沒有專門培養詩人的學校，但我們有個文學研究所。丁玲辦這件事當然是通過周揚的，當時的文藝大權在周揚手裏，她不可能不通過周揚。後來批判丁玲時，有一條罪狀，就是說辦文學研究所是丁玲培養自己的勢力，把解放區作家當作自己的勢力。第二說她是一本書主義。

　　丁玲在文研所說過這樣的話：「作家，要有自己的東西，你要不寫出自己的東西，叫什麼作家呢？等於是瀆職。」其實這話並沒有錯。

　　她讓大家互相幫助，把過去的經驗寫成書也是對的。後來文研所出了一套「收穫文藝叢書」，就表明是辦文研所有收穫。我的《不上地主當》是其中一本。這套書大概有三四十本。

問：「收穫叢書」是學員在文研所創作的？還是在原單位創作的？

答：有些是在原單位已寫了一半，到這裏繼續完成，有的是在這裏寫的。工人出版社出的。

問：當時叫中央文學研究所，它歸哪管？

答：經費是由文化部出，業務歸中宣部領導。

　　當時籌備組的人有：組長丁玲、副組長田間還有康濯、馬烽、和我，幹事是陳淼。

　　買房子是康濯、田間和我一塊幹的。103 號是我買的。那個四合院，就是在北京也很少見。三進大院，還有一個角落有一處很現代的房子，田間、康濯住在那兒，所會客室也設在那兒。後來裏面還有一塊空地，我們還蓋了兩處小樓。文學研究

所一「下馬」，房子讓美協給搶了去了。他們向中宣部訴苦房子不夠用，中宣部就給了他們。我們在後海前沿還有一大處房子，部分職工包括保姆孩子都住在那裏。

（後來我問到邢野當年的通訊員張鳳翔，他說，他隨邢野一塊買過房子。那時剛解放，他們都穿軍裝，他還帶著槍，怕有壞人搗亂。當時房主人已經跑了，委託中間人幫他賣房子，價錢也不敢要高了。）

答：那時有個奇怪的現象。調動你的工作，不但老婆孩子一塊走，連通訊員、警衛員也一塊調出來。張鳳翔到文學研究所就被安排當了辦事員跑跑腿，買東西。

學員的來源一是由地方文化組織的推薦，本人要求學習，組織上同意；二是由知名作家介紹來的。三是組織介紹來的。中央辦文學研究所，各地不會不知道。第一批都是在解放區有代表性的，也有些成果的作家，各省都有。河北有邢野、康濯、田間；山西有馬烽、西戎、劉德懷；安徽有：陳登科；內蒙有瑪拉沁夫等。

第一期為三年。1950 年冬至 1953 年夏。第二期是挑的北京一些大學的尖子生來。涂光群、唐達成、張鳳珠都是這批中的人；到第二期時，丁玲和周揚發生矛盾了。有人說丁玲辦文學研究所動機不純。丁玲就不幹了。文研所就歸了作家協會，改名為作家協會文學講習所了。所長田間、邢野副所長。過了不久，讓吳伯簫來當所長，公木為副所長。田、邢閒置，也沒宣佈免職，不了了之。

問：是不是認為你們是丁玲的人？

答：就是這意思。

　　　　丁玲曾說：「大家在根據地抗戰八年，寫了很多東西，為國家是做出貢獻的。但是，你們有一個缺陷，你們沒有讀多少書，中國的名著讀得少，外國的名著根本沒看過。所以你們這些人需要提高。」所裏買了很多世界名著，要求每人必需看。丁玲是好意啊！有一次她對我說：「老邢啊，你說，辦文研所應該不應該？」我說應該！我心說，不是連毛主席都贊成嗎？丁玲可以不辦這個文研所，當她的作家，她彎可以過得很好。她就是為了培養在抗戰時期成長起來的青年作家。

問：中央文學研究所名稱是怎麼來的？

答：「丁玲和我談話中，透露過這麼個意思：她原來的想法是要辦中央文學研究院。但周揚不同意。後來就成了所。因和周揚有矛盾，在人事安排上，調人上，周揚那兒也總有阻力。

問：對到文學研究所來的人丁玲有沒有成見？比如，什麼人她不想要？

答：「沒有。送來的同志，都是各地已有點名氣的作家了。送來她就要。有的是她知道誰誰寫過什麼什麼，就由中宣部調來了。

問：文研所管分配嗎？

答：「不管分配。」一般是回原單位。

　　　　我、康濯和石汀等，即是第一期學員，也是工作人員。到了第二期，就是工作人員了。

　　　　我是行政處的處長那時叫主任，分管總務科，組織科。成立文研所以後。辦所是 1950 年冬天。開課，也差不多是這時間，人招得差不多了就開了，人還陸續來。

　　　　邵荃麟原是國務院文辦秘書長，又調中宣部任秘書長，後又調到作協做黨組副書記。邵荃麟是老實人。不會說，不會道，周揚使喚不上他，就從部隊調來了劉白羽。一調來就壞了。從

此文研所也沒有好日子過了。劉聽周揚的話。周揚讓他幹什麼，他就幹什麼。

　　我是 55 年離開文研所的，因為寫了《平原游擊隊》的劇本。丁玲通過陳荒煤介紹我到了電影局工作。

問：後來文研所的學員，是不是各地的文聯、作協分會的骨幹？

答：差不多。

三、訪張鳳珠

邢：最近一段時間，我想圍繞文學研究所的問題，做一些調查。創辦文學研究所是丁玲建國後做的一件重要的事，也是丁玲被打成丁、陳反黨集團的一個「罪惡」的淵藪。順便也請您談談丁玲。因為您畢竟給她做過秘書。

張：我退下來以後，有一種放鬆感，對過去的事情想得不多，也不願多想了。有同志說，你經歷了那麼多，應該寫一些。我是不想寫，也不願多談。

　　　我是文學研究所第一期，第二班的學員。

邢：聽徐剛說，第二班來了以後，丁玲給了他一個精神，說這個班主要是思想改造。所以就派了幾個人比如劉真、瑪拉沁夫、還有您到這個班，意思是摻沙子。

張：辦文研所的初衷，是為了給在戰爭中搞過創作的一些革命同志，創造一個學習的機會。比如徐光耀、馬烽……他們的生活很豐富，但戰爭年代沒有條件學習。他們是文研所創辦後第一期學員，叫做第一班，學期三年。但是辦第二班時（又叫研究生班），不是為了培養作家，是為了培養編輯。這是一批從北大、輔仁、北師大等學校召來的大學畢業生。學期只有一年。劉真和瑪拉沁夫到的比我早，當時第一期快結束了，第二期還沒有開始。就讓他們到第一期第二班來做一些工作。第二班黨員也比較少。我是在第一期第二班快結束，第二期還沒有開始時來的，也留在第二班學習。原來陳淼當丁玲的秘書。陳淼是華北聯大的，與徐光耀是一批。丁玲覺得總讓陳淼當秘書，不太好，就想換一個人。我是 1952 年底到文學研究所。學習了半

年，第二班就分三個組深入生活第一線。劉真到河北農村，徐剛帶隊到青島郝建秀所在的國棉六廠。我隨徐剛這一隊去了青島。這樣就和徐剛比較熟悉了。回來後，丁玲向田間提出需要一個秘書，徐剛認為我比較合適。他覺得我已經讀了不少年的書，不一定再在文學研究所學習了。我當時很矛盾：我在東北大學沒畢業，就到了冀察熱遼根據地。在學校時盡鬧學潮，也沒學什麼東西。我在東北時，想到文學研究所學習，是因為看到徐光耀啊、陳登科啊，他們這些寫過小說的人都在文學研究所學習，很嚮往。陳登科這個人的故事聽起來很傳奇……。到文研所，是為了多學點東西。丁玲呢，對我們來說是大作家，一般人崇拜都崇拜不到身邊的呢，現在有機會去給她當秘書，當然是件好事。心想，去丁玲那兒也好。就這樣，第二期，等於我沒學，就去了丁玲那兒。那是 1953 年的七月份。丁玲那裏，其實事情並不多，她對我說，平時我還可以去文學研究所聽課。我原來，一直過集體生活，過慣了，到她那裏，很不適應。因為是供給制，吃住都在她家，非常拘束，也很寂寞。儘管我過去很崇拜一些作家，但那些知名作家一來丁玲這裏吃飯，我就不願上桌了，趕緊到文研所去吃。丁玲也看出我不適應——也許她還覺得我不太稱職，就問我，是不是感覺在這裏很寂寞？我說，是。我過慣了集體生活。她說那你就還回去學習吧。我說：「那你這裏的工作……？」她說：「我再找人。」後來接替我的是《文藝報》的楊犁。楊犁原來是北大學生運動的領袖，老同志了，文藝報編輯部主任。現在去世了。

邢：您在丁玲那裏工作多長時間？

張：兩三個月。我又回到文研所跟第二期的學員一塊學習了。第二期是 1953 年 8 月開學。我估計楊犁也不大願意給丁玲當秘書，

他在文藝報已是中上層幹部了。而且，他比我成熟。我當時很
糊塗，不但政治上沒有經驗，整個人都很幼稚。對文藝界的派
性和鬥爭毫無瞭解。楊犁那時已在作協幾年了，很多事他比我
清楚。後來，他還是回了文藝報。大約在 54 年初，第二期的學
員都配有指導老師，我、谷峪、劉真、李勇是由丁玲來輔導。
她問我是不是願意再回去當她的秘書？我想，也可以吧。我對
她那裏畢竟比較熟悉了，我就又回到丁玲那裏。

邢：我聽說劉真有一篇文章談到，丁玲當時想讓她去當秘書，她覺
　　得自己不合適當秘書，就推薦了您。

張：不是這麼回事。丁玲向田間要人，田間和瞭解學員的徐剛商量，
　　徐剛就推薦了我。劉真，我們是朋友。她是作家，這裏可能有
　　記憶的誤差和想像的成份。50 年代初的丁玲，說句話，那可是
　　要當回事的！哪還用讓下面人推薦。舉個例子，丁玲在大連養
　　病，文研所搞聯歡，把丁玲的母親都接了去，你就可想文研所
　　的人對丁玲的愛戴，把她當成家長。說句實在話，丁玲讓我回
　　去，還是因為我比較單純，不愛打聽；不管什麼閒事兒——她
　　那裏來了客人，我都是躲出去；也不會打著她牌子做什麼，給
　　她找麻煩，比較本份吧。我回到丁玲那，也就半年，她的一切
　　職務都辭掉了，也用不上我了。對於我這個在她身邊工作多時
　　的人，到哪去工作呢，丁玲是有想法的。舉個例子：1954 年她
　　與周揚到蘇聯參加蘇聯作家代表大會。丁玲走之前的準備工
　　作，包括做衣服，買一些零碎東西，都是我來辦。其實我就是
　　請來比較好的裁縫到家裏給她量體裁衣。從蘇聯回來後，她對
　　我說，周揚覺得她的衣服做得很好，她說，都是我的秘書張鳳
　　珠給辦的。大概她也說到，自己不準備用秘書了，準備讓張鳳
　　珠回到作協去。周揚原來的秘書是一位老同志，年級稍微大了

些，正準備替換。丁玲說，周揚聽她的話後，立刻就提出，能不能讓她到我這兒來啊？我估計，丁玲對這件事是很敏感的。她無論如何不會讓我到周揚那兒。別說周揚，就是到作協，她也不願意我去。那時《新觀察》在外面辦公，正好不用和作協的人多打交道。她就問我願不願意去《新觀察》？我當然很願意。因為，新觀察設有記者，時事性強。我想當記者。她就在這時跟我說了心裏話：她說：你不要到周揚那去。終究你在我這裏待了這麼長時間。她說，她很滿意我做事情不聲張，不愛出風頭什麼的。那時，很多年輕作家都想和丁玲接近，拍照。遇到這種情況，我總是躲到一邊。她說：「我也相信，你不會到外邊借我的名義做什麼。」我說，我到這兒來是組織派來的，我不會借你的名義做什麼。就這樣，我去了《新觀察》。

邢：當時您感覺，她和周揚的矛盾是不是很深的？

張：有些感覺，但不是很清楚。丁玲是作家性格，有時說話隨便。當時我思想很簡單，關於三十年代他們之間矛盾的淵源知之甚少。我感到丁玲對周揚以及作協的劉白羽、邵荃麟等都有些防範，所以不想讓我去作協。雖然她知道我不會有意傳說什麼，可無意中順嘴也難免有所流露。1955 年的春天，她到黃山去寫東西。她對我說，你不必搬出去，到集體宿舍幹什麼，就在我這兒住，順便幫我照看一下家。當時，她家有一個公務員，一個做飯的，讓我關照。陳明也去黃山了。我到《新觀察》不久，就開始反胡風了。

邢：這時您還在文學講習所（1954 年 2 月，中央文學研究所改稱中國作家協會文學講習所）學習嗎？

張：這時，文講所第二期已經結束了（第二期 55 年 6 月結束，學期 2 年）。再辦就是短期培訓性質的了。比如，吉學霈、流沙河、

胡萬春、敖德斯爾等就是第三期的，學期四個月。第四期是文
藝編輯班（56 年 10 月至 57 年 6 月），結束時已經反右了。接
下來就停辦了。

邢：您在丁玲身邊工作了一段時間，我很想知道，您對她的印象怎
　　樣，感覺怎樣？您說文講所的學員對她都比較愛戴，越這樣，
　　人家不是越覺得她有培養個人勢力的嫌疑？

張：他們那一代人的派性已經一輩一輩傳下來。如果說丁玲還有一
　　點「勢力」──過去對她比較同情的人，早就被批判掉了。但
　　是狠批她的勢力還在。有沒有培植個人勢力，這個問題就看怎
　　麼說了。1955 年就是這麼批判她的，搞獨立王國不就是培植個
　　人勢力嘛。文講所第二期學員對丁玲是很愛戴的。我想這是基
　　於她在創作上的成就，和她在為人處事上有一種吸引人的魅
　　力。她很大氣，無論她的聲望、地位有多高，她始終是一個作
　　家。她真正懂文學，又會講話，聽她談創作，分析作品，是一
　　種愉快的享受。去年苗得雨不是還發表一篇當年聽丁玲講話的
　　筆記嗎？鄧友梅稱讚苗得雨是為文壇立了功。那些能活到今天
　　的同學，對丁玲依然充滿感情。去年，魯院紀念 50 周年，出了
　　一本集子，編者奇怪，為什麼一二期學員寫的回憶文章全是丁
　　玲，這是因為他們不瞭解那段歷史。

　　　你問我對丁玲的印象和感覺，其實這是我一個困惑。她在
　　有些方面是我不能瞭解的。我一直感到在我心中有兩個丁玲。
　　怎麼來說呢？用她的作品作個比方。1970 年代末，她剛回到北
　　京時拿出兩篇作品，那就是〈杜晚香〉和〈牛棚小品〉。我想
　　〈杜晚香〉是丁玲所宣稱的：作家是政治化了的人，並在這種
　　觀念下寫出的作品；而〈牛棚小品〉那是作家刻骨銘心的感受，
　　那裏面有她自己的血淚。但是丁玲卻宣稱：她已經反覆思量，

　　她今後的文學創作道路還是應該堅持寫〈杜晚香〉而不是寫〈牛
棚小品〉。

　　　　我想這是政治意識的選擇而不是文學的選擇。

邢：您被劃右派是不是和丁、陳反黨集團有關係？

張：當然，主要就這麼一件事。我既無文章，也無言論。我最大的
　　罪名，就是兩年沒揭發。1955 年，搞丁、陳反黨集團時，我幼
　　稚。聽傳達，講到丁玲的「一本書主義」和文學講習所的「掛
　　像問題」，我心想，這都是我親身經歷過的事。所謂「一本書
　　主義」，就是她無論是當文學導師，還是在多種場合給學員講
　　話，都說，要想當作家，就得拿出書來。她的意思是，說到底，
　　作家的身份是憑作品來確立的。她並沒有說，有了一本書，你
　　就有了本錢。徐光耀的文章不是說了嗎？她不是總是教育他不
　　能驕傲？瑪拉沁夫是胡引伸。還有那個掛像的事：有一天，丁
　　玲把我叫到她屋裏，逯斐正在她那兒，可能是逯斐告訴她說，
　　文講所的禮堂裏掛了四個人的像：魯迅、郭沫若、茅盾、丁玲。
　　丁玲問我：「你看到禮堂裏的像沒有？」我說：「看到了」。
　　我毫沒有意識到有什麼問題。她說：「你回來為什麼不和我講？」
　　我說：「講這個幹什麼？」她當時很不高興。讓我立刻給田間
　　打電話。讓他把她的像拿下來。我還不明白，問她為什麼？她
　　讓我先去打電話。我就到另一屋打電話。電話線與她屋子的電
　　話連著，她就拿起電話，自己說起來。我這邊就將電話掛了。
　　第二天，她讓我去文講所看看相片拿下來了沒有？後來丁玲對
　　我說，像是不能這樣掛的。就是掛副主席，茅盾後面不是還有
　　好幾個人嗎？老舍、巴金……。她這樣想不是很正確嗎？後來
　　傳達她的問題時，這一條就被說成她搞個人崇拜。

邢：當時把她的像掛上去是誰的主意？

張：可能是田間他們。反正和丁玲沒有一點關係。她一知道，馬上
　　意識到這樣做不好。這件事讓我感到，她政治上是比較敏銳的。
　　雖然，就我的感覺，在丁玲心目中，文藝界，除了魯迅以外，
　　只有葉聖陶是她從心往外尊重的。她說，只要有葉聖陶在，她
　　永遠只能在下座相陪。她第一篇小說就是葉聖陶給發表的。她
　　把葉聖陶視為老師，視為栽培她的人，非常佩服和愛戴。

邢：對趙樹理呢？

張：也許因為趙樹理的年齡段，也許因為他不是她們這個層次的
　　人，所以她並不多提。和老舍、巴金他們比，她大概有一種參
　　加了革命的優越感。

　　　　我沒經歷過什麼政治運動，三、五反也沒觸動過我。反胡
　　風時覺得和自己沒多大關係，還整天出去採訪。所以白天聽完
　　傳達丁陳反黨小集團的報告，也沒意識到問題有多嚴重。晚上
　　開支部會，我就解釋：別的事情我不知道，但有兩件事，是我
　　親自經歷過的，不是像傳達所說的那樣。我就講了一遍「一本
　　書主義」和給丁玲掛相片的事。我講完了，支部會上沒有任何
　　人對我提出批評或是反駁什麼。支部書記得彙報啊，就把我在
　　支部會上的發言，彙報上去了。過了兩天全作協開黨員大會，
　　劉白羽在大會上講話講到中間突然說：大家不要以為，聽了傳
　　達，思想就怎麼一致了，有人還在進行相反的散佈，比如張鳳
　　珠，居然有這樣的黨員，他用手指著我斥責：這文件是誰簽發
　　的？你知道嗎？中宣部部長、政治局委員定一同志已經做了這
　　樣的講話，你還替她辯護！這樣的人大家是不是考慮一下，她
　　怎麼入的黨？那意思好像我是丁玲拉進黨內的，似乎當場就要
　　把我開除黨籍。嚇傻了我！我哪經過這種事？

邢：說等了您兩年，是指以後您再也不說話了？

張：是的。再也不說話了。好在那時也沒怎麼逼我。到 1957 年，氣氛完全不同了，說句實在話，我也不是不想揭發，參加黨組擴大會，聽會上那些揭發發言，也覺得丁玲有問題，我也懵了，不知他們到底是怎麼一回事。但你讓我揭發，我確實不知道揭發什麼。他們認為以我的身份，應該爆發一顆原子彈才行。他們感到最不可思議的是：你已經不是丁玲的秘書了，去了《新觀察》，你怎麼還住在她家？所以，定她為反黨小集團後，支部通知我趕緊搬出來。

邢：您給丁玲當秘書，一共多少時間？

張：兩次也不過一年多點。丁玲確實對我不錯。我住她那兒，一方面是因為要給她看家，一方面，我也願意住在那兒，一人一間房子，看個書很安靜。並且，我也和她比較熟了。所以，直到反右，總認為我應該揭發出比較多的東西。我也想這樣，但我無法編出她怎麼反黨的事啊！實在讓我揭發，我也揭，但都是一些雞毛蒜皮的事。那我怎麼辦？

邢：這就成為您打成右派的依據了？

張：光這麼一條也不好說，當然還有些別的。比如說我贊成鐵托的工人委員會。還有什麼，我主張 AB 制。在《新觀察》大家都不願意當編輯，我就提出可以編輯、記者輪流當。這就是 AB 制。後來，嚴文井對劉真說，在定我為右派的問題上，還是有爭議的。正如郭小川和我談話時說的：現在看來，讓你到丁玲那兒，不妥當，你太沒有政治經驗了。你的問題也是組織上對你的教育不夠。現在有人說郭小川當時是很左的，但我對他是心存感激的。他至少說了一些公正的話。所以，最後給我的處分就是戴上帽子，行政上沒有降級。是「右派」處理最輕的一

種。當時，我的要求是寧可行政上降得沒有了級，也別開除我
的黨籍。結果，也沒讓我勞動改造，只是發配到寧夏文聯工作。

邢：您說丁玲比較複雜。您到底怎麼看她？

張：你雖然與丁玲沒有接觸，但你父親和她有接觸。我想聽聽現在
你怎麼看她？

邢：我父親和我說得不多。我的感覺是，作為作家，父親是信服她
的，但是從關係上看，他與她始終有一種距離。我覺得，丁玲
開始是瞧不起我父親的。她覺得他們屬於土八路軍一類，寫的
東西比較粗糙。她好像喜歡李又然、田間這類的作家。

張：她不喜歡李又然這個人。只能說是對他比較寬容。她對田間、
康濯、馬烽是比較器重的。

邢：對丁玲怎麼看，我父親，沒說過什麼。但覺得，他並不主動與
她走得近一些，儘管他同田間關係非常好。這可能與我父親的
性格也有關係。但是他對丁玲也是心存感激的。他的話劇《游
擊隊長》寫出後，周立波原是想發表在《人民文學》上，丁玲
不同意。說《人民文學》不能發這麼長的劇本。但是她把《游
擊隊長》介紹給人民文學出版社出了單行本；又介紹給陳荒煤
領導的電影局劇本創作室，結果他們把他調去很快改成《平原
游擊隊》上演了。說明丁玲很重視好的創作成果。她大概對邢
野在戰爭年代寫的劇作不太以為然。從她對徐光耀、康濯、馬
烽的喜歡，她也不是對部隊作家、解放區作家都瞧不起，她是
愛才的。從我斷斷續續看到的有關丁玲的書、各種介紹和回憶
文章。我感到丁玲氣質上、本質上是一個作家。其他的東西好
像是人為的、根據不同時期的需要學來的。比如。你若說她左，
她辦《中國》的時候，用的主持人是牛漢……，發的稿子是遇
羅錦、北島、殘雪、劉曉波這些頗有爭議、在當時算是最前衛

的作家的作品。可見她骨子裏還是文人。她器重才，器重文藝規律本身的東西。而她外在的東西：人事上、政治上的立場，就如同有人所說，當周揚「左」的時候，她就「右」；當周揚「右」的時候——比如周揚大談人道主義的時候，她就「左」。這時她的表白是：我一輩子如何緊跟黨，從不動搖……。

張：丁玲曾很氣憤地說過：現在散佈我如何左的人，就是當年打我右的一批人。她只能反其道而行之。

邢：比如她的《太陽照在桑乾河上》雖說有階級路線、政治路線的大框架。但是她更相信自己的感受和藝術直覺。所以，書出來後，包括胡喬木都說好。但是在西柏坡就是發表不了。最後，有人出主意讓她拿到東北發表。

張：她寫完後先是給周揚看，周揚是處處要壓制她的。沒同意出版，也不列入一套解放區的什麼叢書。周揚還和彭真講：她這書裏表現了富農路線。有些領導人也沒看書，就相信。後來她給胡喬木看，胡喬木很欣賞，提了些意見。後來報送蘇聯評獎時，中國方面並沒有報丁玲的這本書。報的是《暴風驟雨》、《李有才板話》，但最後蘇聯的史達林獎選中了《太陽照在桑乾河上》和《暴風驟雨》。

　　還是 1980 年代，她從山西回來，正在寫〈牛棚小品〉，我到她那兒時，她拿其中一段給我看。看過以後，我覺得這才是〈莎菲女士日記〉的傳統。後來她又拿〈杜晚香〉讓我看，我覺得這是她另一類創作。她把〈杜晚香〉給《人民文學》，《人民文學》給退了；她又給《十月》，劉心武看的稿，挺讚賞，想給她發；後來葛洛覺得《人民文學》不給她發，不合適，就向她要了回來。她就把〈牛棚小品〉給了《十月》。我不敢跟她講〈牛棚小品〉才是〈莎菲女士日記〉的傳統。後來，她在

《新文學史料》上發的文章中說，張鳳珠看了〈牛棚小品〉，沒說一句話。其實，在我看來，這才是真正丁玲寫的東西；而〈杜晚香〉是被改造過的丁玲寫的東西。

　　她剛回來時，先是住在和平里文化部招待所，後來挪到友誼賓館。這時就又恢復了政協委員，參加政協會議。她回來後的第一篇文章《太陽照在桑乾河上》再版的「序」登在《人民日報》上。這等於是她復出後第一次亮相。不久，我到她那裏去。

她問：那篇東西你看了沒有？

我說：當然看了。

她說：有什麼反響沒有？

我說：這是你第一次亮相，怎麼沒反響。你要聽？

她說：問你，當然是要聽。

我說：有兩種。第一，不信。

她說：不信什麼？

我說：不信這是你真正的心裏話。

她說：第二呢？

我說：莫名其妙。

她說：怎麼莫名其妙？

我說：你這二十年是怎麼過的？怎麼還說是為毛主席寫作？

　　她看起來不大高興。

她說：你怎麼看？

我說：我是第二種。

她說：你的說法和蔣祖慧一樣。看來這 20 年，你政治上沒有什麼很大的進步。我這是講當年啊，當年，我就是為毛主席寫作。

我說：那你是現在寫的呀。這不是你過去的文章。不但我這麼看，
　　　大多數人都這麼看。周揚，他沒有那麼大的本事、也沒有那
　　　麼大的膽子把你打成右派。《文藝報》那篇「奇文供欣賞」
　　　編者案是毛主席寫的。不是周揚寫的。她說，那是不斷的有
　　　人在毛主席耳朵旁吹風啊。我心想，周揚又不是毛主席的老
　　　婆，整天在毛主席耳邊吹風？他有那個條件嗎？

邢：她大概還是特別懷念延安時毛主席對她的好處。

張：記得還是給她當秘書的時候。有一天，我忽然聽見她在房裏出
　　聲地大哭。我到她窗前往裏看，她坐在沙發上正捂著臉。我進
　　去問她，丁玲同志，怎麼啦？出了什麼事？她又笑了，說，我
　　正看胡考的一篇小說，特別感動。後來我也拿過來看，覺得不
　　錯，但沒有她那麼動情。這可能與她的經歷有關，不知那兒觸
　　動了她？後來，劉白羽、嚴文井也都看了胡考的這篇小說，認
　　為是自然主義的描寫。胡考再來找丁玲的時候，丁玲的口氣就
　　變了。原話我記不得了，大體上是說缺少英雄氣概吧。她曾跟
　　我講，於梨華聽了她在北大荒的情況，都流了眼淚。於說：「你
　　是世界知名的大作家，怎麼能讓你去餵雞？」她對於說，「我
　　雖然是一個作家，但我首先是一個黨員，我應該服從黨的需要。」
　　你要說她這是外交辭令，也可以；但是有一年在作協，她也說
　　過，「我受難，黨也在受難。」這可能是她的真實感情。但是
　　她內心深處到底怎麼想的呢？有一句話，我相信也是真的，她
　　說共產黨是她年輕時經歷了很多挫折才找到的。她自己的丈夫
　　也是為了共產主義的理想犧牲的。她無論如何不能把她年輕時
　　的理想再動搖了。

邢：我覺得一個人總會有一種精神依託，或者說是信仰，或者說是
　　終極關懷一類的東西。她年輕時追求過這些東西，這些東西又

給她帶來那麼多的坎坷，但她始終不願意承認「聖經」有什麼問題。因為把它絕對神聖化了。她不顧及現實，只相信精神中虛幻的東西。

張：我想的是比較市俗的。我覺得，她自己一些優越的條件和榮譽，是和共產黨聯繫在一起的。比如，她不大瞧得起和她同時代的一些作家，她可以自傲於他們的就是她參加了革命，而這些人沒有她這種經歷。她給我講孫冶方住醫院，拒絕用進口的好藥。她說黨的高級幹部不都是你們看到的那樣，那時我心想，孫冶方可是一直堅持被共產黨批判的東西。我始終想真正瞭解丁玲，走進她的內心。但這是做不到的。

邢：您講的這些，給我一些啟發。丁玲其實是兩個丁玲。可以這麼說，哪個都是真的。那個被改造過的丁玲並不是有意識做給別人看；而那個時不時、經常會下意識表現出文學家特徵的丁玲，是根深蒂固的具有文人秉性的丁玲。就像邢野一說起文講所的矛盾，談到丁玲，他總說，她就是個文人。難道她晚年一而再，再而三地表白，完全是假的、給人聽的嗎？到了這般年齡，有過這麼多坎坷的人，有這個必要嗎？冰心晚年說了很多硬氣的話，她就說，我都九十歲的人了，我還怕什麼呢？吳祖光在政協會議上說的是億萬人民想說不敢說的話，他也說，我都八十多歲了，還有什麼可怕的。

張：她有給人聽的一面。也有她性格裏很頑固堅守的一面。我曾經也這麼想過：湖南人很倔，認定的東西，是要一條道跑到黑的。我老伴也是湖南人，我比較瞭解他們。

邢：我從一些人所說的情況分析，周揚與丁玲的矛盾，其實是上邊操作的結果。毛澤東對周揚和丁玲都有一會冷一會熱的問題。

對周冷的時候，就對丁比較熱，甚至高層人也流露過讓她取而代之的意思。這怎麼能不造成他們之間那麼大的成見？

張：解放初，毛一度不滿意周揚，讓丁玲主持文藝界整風的領導工作。丁玲剛到延安時，也算是世界知名作家了，她能到延安，是給共產黨爭面子的事。毛澤東第一次約見她時還說到你是楊開慧的同學。（她說毛澤東對楊開慧的確是有感情的）她當時住在外交部的招待所，以後每天吃完晚飯，毛都到丁玲的住處，坐在坑沿邊翹著腿和她聊天。周小舟是毛澤東的秘書，也常跟去。平時，毛不會和小舟這麼海闊天空地神聊，小舟聽得也高興。她上了前線，毛給她寫了首詞專門打電報到前方傳給她。後來從前線回來丁玲到毛主席那兒，讓他把那首詞寫下來，他就給她寫了下來。但是，毛主席與江青結婚，通知丁玲參加。不巧，丁玲的孩子病了，她已經借了公家的牲口要去接孩子，牲口不用，再借就不好說了，她就沒去參加婚宴。後來她去主席那裏，主席見她進來，就像沒看見她一樣，不理她。江青趕緊出來招呼。毛澤東看也沒看她一眼就走出去了。

邢：這是她和您說的。

張：是的。

邢：矛盾就從那時結下了？

張：可能是。她後來把一切矛盾，都歸在周揚身上，是因為那一段毛的確對她不錯。1961 年，她到頤和園寫作，毛澤東去頤和園時，還去丁玲住處看她，又談了一些話。不過，要真正讓丁玲領導文藝界，也不行。從內心裏，她瞧不起行政工作，也瞧不起周揚。她認為只有作品才能說明一個人，而且作用是長久的。所以，她與周揚去蘇聯開會，高莽一路給他們當翻譯，高莽會畫畫，就給他們畫像。她說高莽畫的周揚不像。意思是周揚沒

有畫上的那麼好。到了蘇聯，愛倫堡請客，名單上沒有周揚，大概愛倫堡認為周揚不是作家，只是共產黨的官員。但周揚是代表團團長啊，丁玲就給愛倫堡的工作人員打電話希望他們注意到這個問題。那邊說商量一下。後來回電話說，愛倫堡睡覺了。實際上就是拒絕再更改了。這是丁玲回來講給我們聽的。她告訴我這些，說明她是瞧不起周揚的。丁玲還講，他們在蘇聯在一起走時，周揚看到一個漂亮的小女孩，就說，這女孩兒很像周蜜（周揚的女兒）；又看到一個長得挺醜的孩子，就說像蔣祖慧（丁玲的女兒）。丁玲當然不高興了。你說，就這種極小細節，都很在意。可見他們的矛盾太深了。還比如，她說過周揚這人很幸運。當時，我不明白這幸運是指什麼。後來我才知道她實際是說，周揚沒有被捕過，而她被捕過。這些對她一生的性格、做人影響太大了。丁玲一生最感念的，在文藝界是葉聖陶，在黨內是任弼時。1946年，丁玲離開延安，而審幹後，沒有歷史結論，丁玲找到任弼時。任弼時對她說她在南京的那段經歷是可信的。因為當時沒有辦法調查，只能分析本人自己的說法。客觀事實是她沒出賣同志，又沒有反悔的表白。還能讓她怎麼樣呢？那時丁玲要到前方去，任弼時對她說，你大膽走好了，好好工作，黨是信任你的。但這件事是她的一個心病，對她的一生壓抑太大了。

周揚復出後，到處給人賠禮道歉。我有時也在她面前說這些情況，說周揚復出後確實與原來不同。她和李納說：張鳳珠總在我面前給周揚唱讚歌。不知她是什麼意思？他給王蒙這些與他不相干的人道歉，但是他給我道歉了嗎？給艾青道歉了嗎？給蕭軍、胡風道歉了嗎？想來她說的也有道理。在她復出以後，作協確實想盡辦法壓制她。後來中組部給丁玲做了結論，

說她是忠誠的共產黨員，作協不肯傳達。當時丁玲是轟動全國的大右派，今天給她做當年打她右派的人結論哪怕在作協黨員大會上宣佈一下，也是應該的呀。但是還是想千方百計地保留她的尾巴。有一次他們發現當年的特務徐恩曾在臺灣寫的丁玲在南京時的情況，如獲至寶。

　　有一次我去丁玲那兒，她拿出當年她請胡風代為保管的毛主席寫給她的詞（梅志還給了丁玲）讓人看，我一看，這正是新觀察的題目啊，就寫了個簡短的按語，給發表了。《新觀察》發了不久，《解放軍報》就轉載了。可作協方面特惱火。把楊犁叫去，說是不是張鳳珠拿來的。楊也不能說不是。我說政治上有問題嗎？楊說，《解放軍報》都轉載了，政治上能有什麼問題？不高興嘛。我說那就沒說的了。可見作協一些人對她的態度。所以，以後，我不想沒事找事了，省得哪邊的人都不高興。

邢：我感覺，丁玲這個人優點很突出，缺點也很突出。優點是文人的氣質和特點的東西；缺點，是不是她有些傲氣，讓人覺得不好接近呀？

張：傲是有的。讓她瞧得起的人不多。

邢：在文學研究所期間，她在管理方面，在和大家的談話時，讓人覺得她是什麼樣的人？

張：她不怎麼管理。都是康濯、邢野他們在那管事。

邢：但是，怎麼第二班來後她特意告訴徐剛說，這一期主要是思想改造？當然，當時的背景正是思想改造時期。但大的背景，是不是她還是覺得，這些人是大學生，是真正的小資產階級，不像那些有革命經歷的人。本來，文學研究所應該對這些學員有業務方面的培訓，而她認為主要是改造思想。是不是她在管

　　上又是兩個丁玲。一方面讓大家多看書，寫出作品來；一方面
　　又覺得這裏是個改造思想的場所。

張：她最喜歡三個人：徐光耀、李納、陳登科。前兩個是真正喜歡。
　　對陳登科，主要是因為他當時的小說〈活人塘〉比較轟動。他
　　又是真正的工農幹部，原來文化水平很低。丁玲就比較重視他。
　　但她也認為，陳登科必須好好讀書，否則沒有多大前途。她喜
　　歡李納，那是原來的真正的丁玲。李納是寫一篇叫〈煤〉的小
　　說被選入文學研究所的。她們的關係，比較遠。李納到延安見
　　到丁玲時非常激動地說：丁玲同志，我是為了你才到延安來的。
　　李納是個非常單純的學生。這是她喜歡李納的原因。徐光耀，
　　她覺得這人老老實實，本份而又聰明。創作上很有前途。有一
　　次周揚去文研所講話，然後請徐光耀、陳登科等人吃飯。丁玲
　　知道後說，怎麼，又想把徐光耀、陳登科也變成他的人？這都
　　可以看出兩人之間的關係隔閡和戒備之深！

邢：從您對丁玲的瞭解看，丁玲是想把文研所做大做好呢，還是想
　　到一定時候把它交出去？

張：作為陣地，她是珍惜的。但具體的事她不多管。如果交給田間、
　　康濯他們，她也放心。

邢：辦文學研究所的初衷，是不是想辦成高爾基文學院一樣的作家
　　搖籃，培養與工農相結合，培養無產階級的作家隊伍？新中國
　　要培養什麼樣的作家隊伍？這個作家隊伍怎麼有別於三、四十
　　年代的作家隊伍？這些在她腦子裏是什麼樣的軌跡？

張：實際，沒有那麼大的想法。她在那兒的時候頂多是辦過三期講
　　習班。她對把大學生培養成作家，不抱希望。她看重從生活中
　　走出來的作家。比如劉真、徐光耀這樣的作家。但她覺得，這
　　些人知識文化都不夠，要接觸世界級的最優秀的文藝作品。但

是也得按「在延安文藝座談會上的講話」所說的那樣去深入生
活。包括她自己，她認為不經過土改，她怎麼能寫出《太陽照
在桑乾河上》這樣的作品。

邢：說明她是非常信服〈講話〉了？

張：信服。但是從骨子的深處她是不自覺的。她自己從不否定〈莎
　　菲女士日記〉。她不說就是了。不像有些人，建國以後，就把
　　自己原來的作品說得一無是處。

邢：藝術的東西，應該是從自己的靈魂、情感深處流露出來。不是
　　現學什麼，就能寫好的。

張：她是個作家，但是她接受〈講話〉。她自己強調深入生活，強
　　調政治。

邢：如果讓她繼續辦下去，她會把文學講習所辦成什麼樣子？

張：絕對是按〈講話〉那樣培養作家，把深入生活改造思想放在非
　　常重要的位置。她領導文藝也得執行左的一套。

邢：林賢治說到胡風，說他當了文藝界領導人也好不到哪去。因為
　　從某種程度講，這些人都由不得那個最真實的自己，都同時是
　　兩個人。

四、訪徐光耀

邢：徐老師，您的《昨夜西風凋碧樹》寫得很精彩，已引起廣泛的
　　關注。近幾年，有關披露「丁、陳反黨集團」問題的文章不少，
　　但仍有讓人難解的疑點。在閱讀您的文章的過程中，我也產生
　　了一些聯想和問題，想與您探討一下。

我與陳企霞

徐：你說吧，你想問什麼？

邢：先請您談談，您所瞭解的陳企霞。

徐：那是 1946 年，張家口已是華北解放區最大的城市。不少延安的
　　幹部要到東北去，走不了，就留在了張家口。陳企霞是張家口
　　《北方文化》月刊的副主編。那時，我很喜歡這個刊物，經常
　　讀它，看到陳企霞這個名字，還以為是個女同志。後來，傅作
　　義把張家口占了，華北聯大撤到我們軍分區所在地河北辛集附
　　近，離我們部隊有十五里左右。有一次，周巍峙帶著聯大文工
　　團來慰問我們部隊。我在劇社工作，更得去看戲了。他們的節
　　目，有的確實有水平，比如《白毛女》，真叫人迴腸盪氣。我
　　們劇社近水樓臺，部隊讓我們到聯大文藝學院短期受受訓。聯
　　大有好幾個系，我就打聽文學系是幹什麼的。陳淼（後來當過
　　丁玲的秘書）當時在文學系，他告訴我，文學系學習寫小說、
　　詩歌、散文、報告文學等。我表示想上文學系。陳淼讓我拿上
　　自己寫過的東西去找陳企霞。陳企霞留下了我的稿子，第二天

就對我說：寫得不錯，願意來就來吧。我於是辦了入學手續，做了陳企霞的學生。

　　我那時 22 歲，已是營級幹部，吃中灶。我決心很大，營級幹部不要了，到聯大吃大灶，等於重新當兵。

邢：華北聯大是部隊建制嗎？

徐：不是。是解放區的大學建制，供給制。幹部待遇與戰士待遇有些區別，幹部過一段時間能買只雞吃。陳企霞當時已有孩子。有孩子就是財主，因為公家給一個孩子補助 400 斤小米。陳企霞給我們講作品選讀。我是插班生，文化水平低，僅上了四年農村小學，在部隊提高了些，水平也極有限。別的老師講文學史，文學概論等等，我都聽不懂，常常發懵。只有剛從《冀中導報》調來的蕭殷講創作方法，我是從頭聽的，也深受啟發。陳企霞的課給我的教益更大。他常常是選一篇作品，油印出來讓大家討論。然後，根據學員們的意見，給大家講解。記得有一次討論孔厥的小說〈苦人兒〉。有個從西南聯大過來的人說：這算什麼小說，這是訴苦記錄。陳企霞給我們講了這篇小說的結構、語言上的特點後說：「有同學說這是訴苦記錄。你做一篇這樣的記錄給我看看！」態度很嚴厲。那時的人對捍衛自己的信仰──具體地說就是捍衛〈講話〉以後的工農兵方向，是很堅定的。我很佩服陳企霞，覺得他滿腹經綸，講課深刻，語言簡潔，能一下子楔進人的心裏去。他為人也很正直，很嚴肅。他也愛激動，激動起來大喊大叫，和人吵架，批評起人來鐵面無私，不留情面。蔡其矯說，蕭殷是散文氣質，陳企霞是詩人氣質。

　　陳企霞講的課對我很適用，因為我已經打了八年的仗，有很深的生活體驗。我學習也很努力，八個月後畢業時，因為學

習成績優秀，立了一功和一小功（那時立功分三級：大功、功、小功），成為文藝學院立功最多的功臣。賀敬之因為參加打滄州，和突擊隊一塊登城，部隊寫信到學校給他請功。這麼著，他才立了一功。比較起來我立功太便宜了。

邢：您的《平原烈火》是什麼時候寫的？

徐：畢業後我分到華北野戰六縱隊（後來的 68 軍）做報社編輯。不久又調到楊成武兵團（後改為 20 兵團），到了綏遠，仍舊編報。這時三大戰戰役已經打響，我們兵團經歷了解放張家口，北平和平解放。解放太原之後，奉命保衛將來的首都。到天津後，我們辦的報紙取消了。我在等待分配新工作時，便寫起小說來。抗日時的「五一大掃蕩」，是冀中最殘酷的鬥爭，我親身經歷過，於是就以「五一大掃蕩」為背景，趕快寫了起來。我快速寫作，一個月就寫完了這部長篇。但我並沒有信心，感覺像是一堆材料，準備將來有時間再好好改。不久，北京軍區召開秋季運動會，那時開國大典還沒舉行，我是記者，派我到北京去採訪。陳企霞、蕭殷當時是文藝報的副主編，我就拿上了書稿，找到陳企霞說：「我寫了這麼一堆東西，您給看看，指導一下。」陳讓我先放下。三天後察北發現鼠疫，緊急疏散，運動會不開了。我擔心陳企霞還沒看完稿子，又不想把稿子放在他那裏，就到他那裏去拿。他說：「稿子一宿我就看完了，寫得很好。」又說：「可以出版」。把我說楞了。我根本沒敢想能出版。他說有幾個地方你回去改一下，再給我。我說：「真的能出版？」他說：「真的。」還問我有沒有稿紙？我說有。其實，我那時還不懂什麼叫稿紙，以為白報紙就是稿紙。

邢：這一段很有意思，還沒聽說過。陳企霞和您的《平原烈火》的關係很重要。陳企霞這個人是個謎。

徐：是很重要。在他的囑託下，我請了創作假，連抄帶改用了一月時間。把稿再寄陳企霞。陳企霞把稿編進了「文藝建設叢書」，予以出版。此前，他把我的書稿拿給嚴辰看。嚴辰摘出十三段，題名為《周鐵漢》，在《人民文學》發了頭條，並在同期寫了一篇評論文章，進行推薦。解放初期，城市的知識份子對共產黨是非常崇敬的，《平原烈火》又是反映共產黨領導和日本鬼子鬥爭的小說，頗受歡迎，連續幾年再版印刷。

邢：當時的稿酬怎麼算？

徐：基本稿酬加印數稿酬。《平原烈火》後來印刷過十幾次。

邢：所以，陳企霞倒楣時，您能給他幾百元。

徐：是啊。但是他對我幫助確實很大。

邢：您是怎麼去了文學研究所？

徐：我和陳淼一直保持密切的聯繫，他告訴我說，你要來文研所學習，得趕快寫信給陳企霞。我想，再深造一下當然大有好處。就向陳企霞表示想去文研所。他說，你須給組織打報告，只要組織上同意，這邊是沒什麼問題的。那時華北軍區文化部，正在醞釀把我調到華北軍區文化部創作組。那裏的部長是劉佳，文藝科長兼創作組長是侯金鏡，創作組有胡可、杜烽、張志民、胡海珠等。我調去後，就提出要去文研所學習，他們認為可以去，於是，我就去了中央文學研究所。

　　那是 1950 年 10 月份吧，文學所還沒有正式開學。我被編到小說組，好像是組長，還幫助做了點籌備工作，以後和陳企霞的交往就少了。

邢：以後，您還經常去《文藝報》看看他嗎？

徐：去得很少。

我與丁玲

邢：您再談談和丁玲的接觸。

徐：我見丁玲以前，知道她是大作家，老黨員，曾是左聯的領導。
我是在開學典禮會上第一次見到她的。我不大喜歡丁玲的作
品。但是一聽丁玲的講話，哎呀！了不得！她講話太好了！真
摯、生動、熱情洋溢、非常潑辣！，能掏心窩子，充滿對年輕
人的火熱的感情。1951 年 3 月 7 日文學研究所女同志上午 9 點
開三八節座談會，歡迎男同志去聽，我去了。一進門，還有些
不好意思。丁玲說：「你們看徐光耀，參加女同志的會，他還
臉紅呢！」說明她的眼睛很厲害，但她也很平易近人。一輪到
丁玲講話，她上來就罵了一通，說女同志開會「總要扯到戀愛、
結婚、生孩子這一套上，很沒有意思」。但她還是從這一套入
手，講自己對這些事情的看法。大家被她說得臉紅了，但又很
興奮，很感激。因為她講得很誠懇，她是熱愛年輕人的，不願
意她們墮入猥屑煩瑣中不能自拔。當時我的未婚妻在朝鮮，晚
上，我寫了一封很長的信，把丁玲的談話寄給她看。

後來有一次，丁玲在給學員的講話中說：「你們許多年輕
人都說解放區沒有什麼文學作品，不喜歡看解放區的文學，也
不看現在的雜誌，前幾天我在人民大學講演，就吹牛，說徐光
耀的《平原烈火》，比西蒙諾夫的《日日夜夜》就差那麼一點
點。主要是周鐵漢這個人物還有點概念化。我們總說作品少，
主要是指人物概念化。」這段話後來就成了她的一大罪狀，反
覆追查。我那時比較冷靜，我知道自己吃幾碗乾飯，時常提醒
自己不要驕傲。但從心裏來講，她這麼說，我是高興的。後來，
她打電話給李納，讓我去她家。一見面，她就說：「今天讓你

來，就是讓你受受憋，見見生人。」她知道我臉皮兒薄。那天
她的客人是柳芭夫婦——《桑乾河上》的俄譯者。另外有陳企
霞、馮雪峰等七八個人。這種場合，不可能講反黨的話。「反
右」追查時，一定要問：你到丁玲家，他們說什麼了？我只記
得，她對馮雪峰說：「我覺得他的《平原烈火》比《新兒女英
雄傳》寫得好。《新兒女英雄傳》以故事取勝，沒有什麼人物。」
這些，後來都成了丁玲拉攏我、腐蝕我，宣揚「一本書主義」
等罪狀了。

我看丁、陳的文藝觀

邢：您對丁玲、陳企霞的文藝思想怎麼看？批他們的時候，說他們
　　對第二屆文代會有抵觸情緒。二屆文代會，在我印象中是很「左」
　　的一次會。比如說英雄人物不能寫缺點啦。如果陳企霞、丁玲
　　對二屆文代會有看法，說明他們還是有自己的文藝思想。您用
　　今天的眼光看，他們是怎麼樣的文學家？

徐：我個人感覺，丁玲、陳企霞、馮雪峰、艾青，他們的思想比較
　　一致。那時，人們的思想能有幾個不「左」呢？但他們是作家
　　的「左」。那時要求文學創作必須得和政治完全一致，一點游
　　移都不行。經過整風又整風，檢討再檢討，大會、小會，「左」
　　的東西，已經深深紮進腦子裏，他們不可能不這樣去考慮問題。
　　甚至包括胡風，跟黨是跟得很緊的。他們腦子裏都有「左」的
　　東西，但是，文學畢竟是文學，文學的東西要全部消失了，文
　　學就沒有了。所以他們在非常沉重的壓力之下，只能在具體問
　　題上，堅持一些文學的特點。我提供給《新文學史料》發表的

〈丁玲的兩篇遺作〉（2000 年 4 期）你看過沒有？就是丁玲談讀書的那篇文章，很能代表他們的思想。

邢：看過。

徐：丁玲的講話，是小範圍的，沒有想到發表。而且她面對的是一群天真活潑的青年。那時丁玲已經不在所裏了，所以她大膽些。從那篇講話看，這是她想了很久，也許憋了很長時間的話。她覺得文藝應該是那個樣子，對待生活應該是那個樣子，特別是你們讀書，應該是那個樣子。我現在讀書，還是受過去那些教條的影響：主題是什麼？傾向怎麼樣？是資產階級占主導還是小資產階級占主導？有沒有反馬克思主義的傾向？民主性精華在哪裡？人民性體現在哪裡？丁玲以為這是不大好的。這些話，她在課堂上、在會議上是不會說的。我在給作協黨組的那封信中說，丁玲是懂得創作，瞭解人的，也透著這個意思。

邢：她批蕭也牧的背景您瞭解嗎？儘管不是她首先發起批評的，口氣還是娓娓談來，但作為文藝報主編所起的導向作用，卻是很致命的。

徐：背景我不知道。那時我在天津，《人民文學》發了〈我們夫婦之間〉後，我們爭相傳閱。我周圍那幫小知識份子說：「寫得好啊！」不久挨批了。哎呀！咱腦子裏也有資產階級思想啊，要不，怎麼看不出來呢？我們就是這麼簡單。其實，蕭也牧的小說，在抗戰年代我就看過，我非常佩服他。過去，我佩服的作家第一是趙樹理，第二是孫犁，第三個就是蕭也牧。他怎麼犯這麼大的錯誤啊？我不相信。到了文學所，我們看到一篇很厲害的批判文章，把蕭也牧比成中國的「左琴科」（一個被視為反蘇的作家），還說見了這種人誰也要踹他兩腳。過了不久我們聽說，這篇文章是馮雪峰寫的。馮雪峰挨鬥時，陳企霞說

馮對〈講話〉的看法和胡風的一樣。而馮雪峰又說過，蘇聯的日丹諾夫是有學問的大教條主義，最難反。你看，人的思想是多複雜，又多矛盾。

邢：他們互相批判時，用教條主義棍子，但互相評價時，心裏是相通的。

徐：陳企霞有一件事做得有缺陷，就是批評王林的《腹地》。《腹地》寫農村基層政權和幹部，有些陰暗面和開玩笑的地方。陳企霞就寫了很長的批評文章，在《文藝報》分兩期發表，有不少話說得過分了。這是陳企霞的一篇重要文章。後來侯金鏡又寫了批評陳企霞的文章。聽說，王林找到周揚去吵：「我這是在日本鬼子的炮樓下寫的小說。你看了沒有？」這是陳企霞他們「左」的那一面。

我看丁、陳罹難

邢：現在關於是誰把丁玲、陳企霞打成反黨集團的，有不同的看法。從首先發難的角度，您認為是周揚還是毛澤東？

徐：我是個「小蘿蔔頭」，我不可能、也沒有能力回答這樣的問題。從感覺上說，我認為是周揚他們有宗派主義。去年看了于光遠一篇文章，吃了一驚。接著又看到李之璉一篇文章。他們的提法倒是值得注意和探究的。其中甚至提到鄧小平、周總理、彭真都說過一些話，都值得注意。我們都知道「誰能橫刀立馬，唯我彭大將軍」的彭德懷，他生前的命運不是也很難預測？

邢：您被打成右派是不是主要和丁、陳有關聯？

徐：似乎相當複雜。從表面上看，主要說我為丁、陳翻案。但也有另一個說法，說要整整華北山頭，通過徐光耀打開突破口。還

有個傳說，說白樺和徐光耀，二人得留一個，後來爭執不下，
就把我們都打了右派。但是，最想把我打成右派的，恐怕是那
些把丁、陳打成右派的人。因為我給作協寫的那封信，讓他們
下不來台。

邢：據您所知，作協給多少人發了如同給您一樣的那封調查信？

徐：這我不清楚。但我知道返回的資訊，大多是對丁、陳有利的。

邢：我們又回到剛才的問題，到底是誰想把丁玲幹倒？

徐：還是那句話，這不是我能回答的問題。我個人看法是，周揚對
丁玲心裏是有彆扭的。周揚見毛澤東的機會比較多，毛與他談
話涉及的人和事一定不少。周揚說在毛主席面前為丁玲說過好
話，這也是合乎道理的。如果毛在周揚面前表示對丁玲不滿，
作為丁玲的主管上級，按常規也要說一說這個同志還有哪些長
處，這是正常的。周揚在文研所講課時說到：「毛主席水平很
高，而我們太低了，生活在毛澤東時代，我們很幸福」時，眼
淚就流下來了。這是真實的。他也受過毛澤東的批評，出於需
要，出於自己的認識，他說，在毛主席面前說了丁玲的好話，
我是相信的。丁玲畢竟是延安過來的人。

邢：丁玲從〈講話〉以後，跟毛澤東是越跟越緊的。毛澤東在西柏
坡對她評價很高。後來要整她的這個彎兒怎麼轉的？是個謎。

徐：我只知道丁玲很少有私心。當年我從蘇聯回來，心想，我已經
看到了克里姆林宮，我還要什麼呢？恨不得找個機會把生命犧
牲了給黨看看。這種心情，當時很多人都有。丁玲新時期復出
以後，沒說過一句周揚的壞話。有人說她晚年還是「左」派，
這話，擴散得很廣。她知道她死後，有人還會研究她與周揚的
關係。我認為，她與周揚有矛盾，但是沒有私心。無故說她「左」
派，是冤枉人的。總之，這些都不重要，重要的還是制度。制

　　度能使好人能把好事辦好，使壞人不能辦壞事。這才是最要
　　緊的。

邢：丁玲的晚年也不能說「左」，她辦《中國》雜誌，發的作品，
　　扶植的作家，在當時都是很前衛的。這對研究丁玲，也是個謎。
　　　　今天讓您講得太累了，真是非常感謝。

2001 年 2 月 10 日採訪。

五、訪朱靖華

　　朱靖華先生是中國人民大學中文系教授，已退休。文學研究所一創辦他就在那裏工作，直到文學講習所關閉。1956 年在批丁、陳反黨集團的會上，他說了同情丁玲、希望領導層的同志們團結的話，被打成右傾分子，下放勞動一年。1959 年回到作協系統的《中國文學》雜誌社後，又受到作協四大「金剛」何路之一的污陷。1961 年調到人民大學開始古典文學的教學生涯。

　　在聽我說明了訪談意圖後，他慢慢談了起來——

朱：我是 1950 年從山東大學中文系畢業。是文化部到山東大學把我們幾個畢業生專門要到北京的。本來，要把我留在文化部藝術局或文化局搞行政工作。那時，我不大願意搞行政，想搞與專業有關的工作。我是學文學的，馮沅君是我畢業論文的指導老師，平時，也愛寫一點詩和文章。文化部就讓我自己到文聯去聯繫一下，當時中國文聯在東總布胡同 22 號。我一去，他們瞭解了我的情況，就說，來吧。又告訴我，馬上要成立中央文學研究所。我聽了很高興，以為去那裏可以搞點研究工作。

　　　我去文學研究所報到的時候，連大門還沒有修好。但我很喜歡這裏。覺得在這裏，可以培養提高自己的寫作水平。一來就讓我當教務處的幹事，我就踏踏實實幹起來了。

邢：您算學員嗎？

朱：不算，我算是工作幹部。當時，還沒有處長。等第一批學員來後，就從老資格的幹部中，就調一些擔任教學、行政幹部。我們的處長是石丁。陳淼是學員兼教務處秘書。後來王景山也調了出來了。教務處就我們三人。

　　我慶幸自己後來到學校教了書，以前的事不願意再想它。

　　我認為中央文學研究所的創辦是喜劇，也是悲劇。包括學員和工作人員在內，開始是個喜劇，後來就是悲劇。我同意你的意見，需要搞清文學研究所的歷史作用，搞清它失敗的原因，是要鑒往知來。

　　魯迅文學院從成立到現在也已近 20 年，而從中央文學研究所到作家協會文學講習所才六年。六年有輝徨的時期，第一批、第二批、第三批學員中出現了一些有發展前途的、有一定成果的作家。從文學研究所的成果方面看：學員們來所之後和畢業不久就寫出好作品的有：馬烽的《結婚》、徐光耀的《小兵張嘎》、董曉華的《董存瑞》、梁斌的《紅旗譜》、劉真的《春大姐》及《我和小榮》等，學員們在這裏研讀名著，促進了他們對以往的生活有所思考，經過學校的培養，有所加工，使作品更好一些了。說明成立這個研究所是必要的。如果說按照這個效果發展下去，還是能培養出一些人來的。

　　今天回想起來，也有一些教訓。我們一一來總結一下。

沒有全面培養作家才、識、藝和人格修養的觀念

　　首先，從招生的情況看，我們並沒有真正懂得作家成長的規律是什麼。當時我們招收學員：一是要看是否有一些創作成果，一是看是否有生活積累。有個叫吳長英的女學員，是農村來的童養媳，連小學程度都沒有，算是一種類型。她很樸實，沒有作品，連自己名字都寫不好，就是因為身世較曲折，受過很多苦，算是生活豐富的。讓這樣的人進來，是希望經過一段時間的學習，把她培養成作家。可是事實上怎樣？不行。這樣

的例子不少，尤其表現在重出身、重經歷，重對黨的忠誠。不管他是否具備作為作家所俱備的條件。當然也有這種例子：比如陳登科、高玉寶，因為有了一些生活的經歷，寫出了作品。但是高玉寶除了《半夜雞叫》，以後再也寫不出什麼了。唯一的例外是陳登科接下來還寫出了長篇。這只能說明，有人具有當作家的潛質。但是，我覺得用這個邏輯培養的作家，成不了大作家。

邢：如果沒有更加廣闊的東西方文化背景，沒有生活給他們的更廣闊的閱歷，是不容易成為大作家的。

朱：我同意你的判斷。就拿文學研究所來說，有一定創作經驗和生活閱歷較多的人，經過在文學研究所在文學藝術上的薰陶，是可以寫出一些好的作品的。但是文學研究所最初在培養作家的認識方面，如果不能達一定的高度，說要培養法捷耶、托爾斯泰一類的大作家是不可能的。

　　像吳長英來的時候，對她生活經歷，並沒有多少認識和想法，也沒有組織和想法，更沒有藝術創作的經驗，她是絕對不可能寫出東西的。從這個角度看，文學所在成立伊始，對它的職能在思考上是有缺陷的。

　　讓在解放區的生活實踐中有比較好的表現的作家集中起來，彌補他們在戰亂時沒有時間讀書、學習、集中創作的缺陷，增加知識，提高創作修養，有一定的道理，但這種想法不全面。

　　舉個例子：蘇東坡的詞在宋代作詞已經很有名了，很多人都佩服他，想試試他有沒有真本事？他在定州當太守時，有一次出遊，有人提議，讓他當下以藝妓唱的曲牌填詞。那藝妓也參與了這種測試。那藝妓知道蘇東坡善長短令，較少寫長調就故意唱了一首需要填340字的長調《戚》。蘇東坡一聽馬上會

意，隨那藝妓邊唱邊寫，待藝妓唱完，他的詞也填完了。那首
詞文情並茂，把他欲棄政、隱居、從文的情懷表達的淋漓盡致。
四座為之震驚，而後大家就照東坡的詞反覆吟唱起來。說明蘇
東坡的才華、修養名不虛傳。大家就是大家。

邢：其實在文學研究所的各種講座，也是讓學員領略什麼是大家
風範。

朱：是啊。比如戲劇學院的孫家秀講莎士比亞的四大悲劇，引起學
員震動。就是給學員們提供了「識」，更提供「藝」的借鑒。

邢：學院派的老師，講得比較系統。

朱：特別是藝術上的體會與道理都給你講了出來。不是說光有生活
就行。應該說這是不自覺中得到了觀念上的彌補。

第一把手首先是教育家而不應該首先是作家

朱：第二條，就是當第一把手的人，應該首先是教育家而不應該首
先是作家。如果不是教育家僅是文學家，在培養人方面，不會
發揮很大作用的，儘管你人品好，書寫得好，也不行。所以，
文學研究所創辦伊始就沒有全盤的正規的教育計畫；也沒有教
材，只是靈感式地今天請郭沫若講一下；明天請馮雪峰來講一
下，後天請聶紺弩講一下。後來的講習所就更像個培訓班了。
這種方式更不可能培養出什麼作家來了。

辦教育機關，絕不能由作家協會來領導

第三條，辦教育機關，絕不能由作家協會來領導。作家協會，
作為群眾團體，這些委員們偶然坐在一起，對文學研究說了幾句話，

就當做辦學的方針，這是開玩笑的。他們說完了拍屁股就走了，讓我們來落實。

邢：舉個例子。

朱：例子很多。每次我們制定教學計畫，就請作協主要的書記談一談，他們坐在一起聊大天：「哦，下期辦三個月？好，就三個月。幹什麼呢？叫他們下廠下鄉……！」隨便一說。就整理出來，拿到我們這裏讓安排執行，讓我們處做計畫。我當時很反感。有時我也去找一下領導問：您是怎麼說的？這時，他已經忘了當時說了什麼。這是負責任的嗎？當時叫我幹什麼我就幹什麼，但我心裏，是很有看法的。這種辦學永遠是失敗的。直到現在還是這樣的人在辦學。有一次濰坊市文聯要辦一個山東省作家研習班，希望能同魯迅文學院聯手合辦，可以請魯院的老師去講課，也可讓學生來北京聽課。最後由魯迅文學院發文憑。他們讓我幫忙聯繫，我覺得這是好事，就與魯院的負責人說了，那負責人說：不是就想要我們的牌子嗎？拿多少錢吧？後來因為錢的問題不理想，沒辦成。就是沒有責任感嘛。

不是品德高尚的人辦不好這項事業

朱：第四條，不是品德高尚的人辦不好這項事業。

我就以公木為例。公木先是當文學講習所副所長，後來又當了所長，他給我的印象非常深。他的思想就是要脫離作家協會，把文學講習所辦成中國的高爾基文學院。辦成一個正規的、獨立的教育機構。我在教務處，他經常和我商量，我是很積極的。他也搞了一個很大的規劃。應該說是把才、識、藝和人格的培養都概括進去了。他的意思是，不辦成這麼個院校死不瞑目。

　　我很感激公木同志，我能走到今天，是公木的裁培。他知道我好學，就他讓我不要光做行政工作，對我說：「你要上臺講課」。結果，我走上教學講臺，反映不錯，從此奠定了我去人大教書途徑。他培養我的辦法很妙，讓我與他合寫書。希望建立一整套完整的教材。他當時自己已經開始搞先秦寓言，把先秦諸子論說中用來比喻的寓言加以注釋和評論。希望以此為開端，陸續出版一批較系統的古典文學專著，作為文學講習所的教材。他已經搞得有了一定的基礎，後來讓我和他一塊搞，為的是帶我。他就是從事業出發的。

　　相比較而言，丁玲見了我們這些下面的人是不大理的。見了噢、噢……就過去了，沒有像公木那這樣與我親切地交談過，商量應該怎麼做、怎麼做。

　　我們合作的書1956年就好了。公木被劃成右派。那時右派不能屬名，已不能出書了。後來出版社又想出，周振甫就寫信和我談讓我一人屬名，我接受不了，心裏非常難過。因為書是公木帶著我寫出來的，我怎麼能無視公木的功勞。但人家說不行也得行，由他們與公木交涉，我以為他們找了公木，其實他們沒有打招呼。這事成了我一生的心理負擔。到了文革時，說我是漏網右派，批鬥我時，說這書裏有影射現實的話，並到公木處調查，公木說：「書的〈說明〉部分，全部由我執筆，與朱靖華無關。」他真是高風亮節，名譽沒有，罪名卻自己攬下來。文革後我們又合作了《歷代寓言選》發行十萬多。算是對以前的遺撼的補償吧。

　　公木還做了一件事：凡是寫過詩或在文學方面嶄露頭角的，他都精心地培養，像邵燕祥、張友枚、梁上泉、流沙河、胡萬春、鄧友梅、從維熙、胡昭、劉紹棠……，都得到過他的

扶植。他除了任文學講習所所長外，還兼作協青年工作委員會
主任。負責編選《青年文學創作選集》（十卷），他及時為青
年作家們撰寫評介文章。不管是文學所的學員，還是不是學員，
他都關心、扶植。這些人都是非常敬重他的。

邢：公木打成右派與給流沙河寫撫慰信有關係。

朱：對、對。是他提出召開全國青年文學工作者會議。是他一手操
辦的。我和徐剛協助他，開得非常成功。尤其是對一些受了批
判的青年作家，他非常同情。劉紹棠當時在那個會上就受到批
判，他就鼓勵他。這對一個年青作家的成長，是多麼及時、重
要啊。

　　作為教育家，培養青年人，他是很有責任感的。品格不夠，
是辦不到的。

　　但是文學研究所也有不好的人，培養人的品格沒有，壓抑、
打擊人的品格卻很突出。比如我們教務處長的老處長，我在他
面前就不敢寫東西。看我發表了作品，就說我不務正業，說：
「你還想發表文章，就憑你那個熊樣？」這句話我記他一輩子。
我心說，你樣好，你寫出什麼了？一個老同志、老黨員，對部
下只是狠狠地使用，從不體貼人，老罵人。到戲劇學院把孫家
秀打成右派。文學講習所怎麼能讓這種人來辦？

搞教學不能急功近利

邢：丁玲當時辦教學時怎麼搞呢？

朱：她不怎麼管，都是田間、康濯來搞，也沒有什麼計畫。他們也
不懂教育。

邢：好像學員對老作家來講創作體會很感興趣。比如一個人物形
　　象，一種場景的創作。

朱：對、對。張天翼來講「一個作家關心和注意的幾個方面」也很
　　好。丁玲來講自己如何體驗生活和反映生活。講了好幾次。

邢：徐剛說，第一期一直搞運動，你從搞教學的角度看，當時怎麼
　　想的？

朱：這是個悲劇。運動一來全都停。第一期有一半是搞了運動。

邢：還要下去深入生活。

朱：這要從兩方面看。一方面，原來有生活基礎的，提出想到生活
　　中去走一走。我記得邢野當時正在寫《遊擊隊長》，就想再去
　　看看當年的「地道」是怎麼挖的。另一方面，隨著政治形勢的
　　不斷變化，讓學員配合形勢寫作品，就是趕任務。不熟悉工廠
　　生活的，去了幾天，寫出的都是標語口號式的東西。我想起來
　　了當時還說文學研究所是「文藝黨校」。

邢：丁玲同意這種說法嗎？

朱：丁玲是以此為驕傲的。別人也有這種感覺。

邢：丁玲還說那些老教授不敢到咱們這兒來，為什麼呢？

朱：不，他們願意來。他們有一種受寵若驚的感覺，覺得，文藝黨
　　校還請我們這些舊知識份子。所以，一請都來。

邢：講時放得開嗎？

朱：不大放得開。都有提綱，甚至有詳細的講稿。但是老作家們來
　　就隨便了。比如馮雪峰講《水滸》，連講兩天，沒有講稿，很
　　有深度，何其芳講《紅樓夢》也可以。

邢：《紅樓夢》有好幾個人來講過。包括俞平伯。

朱：但是大家不喜歡俞平伯的講法。他是考據性。楊晦也不受歡迎，
　　因為他講的是延安文藝運動，他不熟悉嘛。

要說當時的教訓就是急功近利，黨的政策下來了，你趕快寫出
來吧。中央文學研究所，得表態。對蕭也牧、對《關連長》的
批評，這些東西還好發表，發得快。這種思想也影響了學員。

邢：有不同意見嗎？

朱：有，但不敢說。像批判胡風這些大運動，丁玲他們都動員過。
　　弄到這種程度，怎麼培養作家呢？

悲劇種種

邢：您對丁玲怎麼看？

朱：丁玲，是五四以來有成果、有貢獻的女作家。女作家是比較少
　　的。她得了史達林獎金，為國爭了光。1956 年我說過這話，成
　　為同情丁玲的罪證。她對我也只是說「你好好工作啊⋯⋯」沒
　　有多少接觸，沒有談過心。她作為作家，是有些自豪感的。但
　　有時她對別人有一種不自覺的輕視。在一般作家和知識份子面
　　前，她也有一種從解放區來的高人一等的心理。這是我們的感
　　覺。造成文學講習所以後悲劇的原因和這種自豪感也有關係。

邢：我聽說她對巴金、趙樹理、老舍也不大放在眼裏，可能與她在
　　延安鍍過金有關係。

朱：她是有這些現象的。說起趙樹理，也說「啊，他很好啊。口氣
　　有點像對她的晚輩。但是說起郭沫若，郭老啊！口氣就不一樣
　　了。特別崇敬，郭沫若來時，她一定要陪著的。郭老講一句就
　　插一句，很活躍的。

邢：被她陪著的，都有什麼人？

朱：葉聖陶、鄭振鐸由她陪著。趙樹理、老舍、胡風，是我們來陪。

邢：五四時期是她的前輩的，她就來陪，同輩後輩的就不來了。

朱：這種想法當時也是自然的。那時的等級觀念很重。我原來是學
生，不大懂，後來才明白。我來文學所吃的是大灶，使用的是
三屜桌，這是最次的，椅子用的是木頭板的。秘書以上可以用
兩屜一頭沉的桌子，有小書架，吃中灶。學員就是研究員，可
以用一頭沉桌子。處級幹部用大的一頭沉，有三個抽屜，還可
以用有軟座的椅子，並配有大書架。我是連書架也沒有的。當
時是供給制，夫妻不在一起吃的很多。丈夫吃中灶，妻子吃大
灶。我曾經吃過這種等級觀念的苦頭。記得康濯帶石丁來教務
處辦公室，向我介紹這是新處長，當時我慌忙站起來，看屋裏
還沒有安排他的辦公桌，就說：「您先坐在我這兒，我另外去
添桌椅」。誰知石丁瞪了我一眼，什麼也沒說就走了。後來我
才知道我闖了禍。我坐的是木板椅，用的是三屜桌，讓一位處
長大幹部坐這兒辦公，是對人家的大不敬。我一個剛從學校出
來的學生哪能懂得這些？所以，從丁玲思想上反映出等級觀
念，是可以理解的。她不是小灶，是特灶。

　　我前面說認為所文學研究是個悲劇，悲就悲在領導幹部互
相扯皮打架。丁玲和周揚之間是有矛盾的。當時的情況是文學
研究所作為局級單位，是受文化部領導的。周揚是文化部副部
長，並直接分管文學研究所；而丁玲是中宣部文藝處的處長，
從黨務關係上，中宣部文藝處又是領導文化部的。他們誰也不
把對方放在眼裏。丁玲有時講課，很明顯地表現了出來。周揚
來文學講習所講了幾次和政策有關的問題。後來給我們下面的
感覺，文學研究所越來越在縮小。減少課時、減少規模。從中
央文學研究所到作家協會文學講習所，再到文學講習班。當時，
我們工作人員的感覺是文學講習所快完蛋了，快結束了。這些
問題，從根本上看，就是丁玲和周揚的矛盾導致的。再加上，

他們之間有一種理論批評家瞧不起作家，作家瞧不起理論批評家的矛盾。鳴放期間，我提出了你們為什麼不能按黨的原則進行批評自我批評，而損害黨的事業？這是我的原話。後來把我好批啊。沙鷗是支部書記，因為我愛提意見，反右時他一定要把我劃成右派。後來，1957 年底反右結束，1958 年 1 月至 12 月把我下放勞動一年。回來後讓我給公木寫材料，我沒寫。這一年把公木補劃成了右派。說到這兒，我還想說：現在回過頭來看，文學研究所教訓，從主觀到客觀就是沒有從根本上弄懂作家成長的規律。

六、訪王景山

　　王景山教授，已經從首都師範大學退休了。他在文學研究所工作時間很長。他說自己至今還保留著當年的一些日記和工作筆記，可以根據我提的問題，查一下過去的筆記，給我一個確切的筆答。我自然非常歡迎。以下是王教授所做的筆答。

邢：您是中央文學研究所第一期第一班的學員，又在中國作家協會文學講習所擔任過許多工作。據您所知，當年為什麼要辦中央文學研究所？開始是怎樣辦起來的？

王：當年為什麼要辦中央文學研究所，以及最初是怎樣辦起來的，我都不大清楚。我於 1951 年 2 月間入學時，文學研究所大概已經開學上課一兩個月了。但 20 日所長丁玲同志約我談話，她倒是介紹了辦中央文學研究所的宗旨，她說：「原來主要是培養工農出身的作家。」她介紹說：「全所現有學員 50 多人，絕大多數是從各處抽調來的工農出身的寫作幹部，有少數幾位知識份子。曾經希望這些知識份子能幫助工農們提高文化，反過來再受工農們的生活、感情的影響。後來發覺不成，知識份子看不起工農的文化，工農看不慣知識份子的生活習慣。有一個知識份子不吃窩頭，工農們就大不以為然。現在打算把這些知識份子編成一組，將來有可能再擴充成一個研究室，和《文藝報》的工作結合起來。」

　　丁玲的話應該是可信的。第一期學員中的確是來自工農兵的占絕大多數。來自農村的最多，來自部隊的次之，來自工廠的又次之，來自文教界的知識份子最少。但文化水平過低的同志，學習起來的確困難。招收第二學期學員時，對文化水平一

般就有所要求了。因此要把文學研究所辦成什麼樣子，是在發展中有變化的。

後來的事實讓我感到，丁玲好像不僅要把中央文學研究所辦成培養作家的所謂的「文藝黨校」，還準備提供條件有計劃地組織一些作家和評論人員，從事創作和理論批評研究工作，形成教學、創作、研究三者互補互促的局面。我入學不幾天，理論批評小姐就正式成立了。孟冰是組長，沙駝鈴（即李若冰）是副組長，小組成員有我，還有唐達成、聞山（即沈季平）、白村（即楚白純）、陳亦絜、馬蔭隱等幾位。請來陳企霞作導師。在成立會上，所長丁玲、秘書長田間和導師陳企霞都講了話，原來打算將來還要擴充成為一個理論批評研究室。可是不知什麼原因，這個計畫未能實現。唐達成、聞山調回《文藝報》，第一期學員畢業，這個小組也就沒有了。創作組也成立了，雷加、西戎等都曾是這個組的成員，除自己創作外，並承擔著輔導學員創作的任務。當初也許還有逐漸擴大為創作研究室的想法吧。但後來隨著中央文學研究所改名，丁玲調離，這個創作組也同時取消了。第二期的學習計畫基本上還是延續著第一期的路子。第三期、第四期學習時間更短了，大概接近講習班了吧。不過第三期學員入學時我已調離。第三、第四期的具體情況，朱靖華是最瞭解的。

丁玲是不是想把文學所辦成當時蘇聯的高爾基文學研究所那樣，我不清楚。但一度曾考慮派我和古鑒茲到那裏去學習，她也許有這個想法。

邢：您能介紹一下您在中央文學研究所和文學講習所工作的情況嗎？

王：我雖是第一期研究員班的學員，但僅學習了中國現代文學和文藝理論兩個單元，就被派到鞍山煉鐵廠深入生活 3 個月，又到

廣西參加土改半年，1952 年夏天回到北京後，就調出來半脫產
到教務處，在正副主任石丁和田家的領導下，逐漸接替陳淼的
教務處秘書工作。我到教務處的第一件事，就是和陳淼一起到
北大接第一期二班的新學員，其中有王有欽、曹道衡、許顯卿、
張保貞、毛憲文、白婉清等；和他們同時入學的還有輔仁大學
的龍世輝、王鴻謨、王文迎等；以及上海復旦大學等校來的幾
位。他們將學習一年，畢業後擔任文學方面的編輯、教學、行
政工作。他們也屬第一期，是研究生班，算二班，徐剛任班主
任。我在的研究員班就叫一班了。

　　二班入學前後，成立了教學研究組，準備組成自己常備的
教師隊伍。瑪金任組長，成員有李又然、蔡其矯、路工（即葉
楓）、潘之汀、丁力等，也有我。我在 1952 年 10 月 14 日日記
裏記有：「參加教學研究組的第一次會。」記得瑪金講過文藝
學，李又然講過詩歌，蔡其矯講過蕭洛霍夫，路工做過《水滸》
討論的答疑報告。

　　不論是中央文學研究所時期，還是中國作家協會文學講習
所時期，教學總是第一位的。因此教務處的工作就顯得特別繁
重而且複雜。協助領導落實每個季度的教學計畫，按講題確定
主講教師，和教師商定講課時間，排出每週的功課表，按照教
師要求向學員提供必讀參考書和印發參考資料，每次課後整理
講課記錄請主講教師修訂後印發學員作為講義保存；有些重點
課還要組織從小組到大組的討論，事先制定、印發討論大綱，
並提供更多一些的參考資料；新學員入學，協助領導審定並具
體辦理入學手續；對學員的創作，協助領導審閱並組織討論，
以至介紹向報刊投稿；所外人員要求來所旁聽，大、中學生要

求訪問學員和邀請出席座談，學員下放期間和所裏的聯繫：凡此種種事務，都是教務處的日常工作。

中央文學研究所的圖書資料室，為配合教學和學員學習，做了大量有益的工作。俗話說：兵馬未動，糧草先行。中央文學研究所尚未正式開學，購買新舊圖書雜誌的工作就開始了。先期到所的學員劉德懷幾位是建立資料室的元勳。曾以筆名「楊六郎」寫通俗小說的楊祖燕，在搜求舊書舊雜誌方面是一大功臣。我是繼汪潤同志之後任圖書資料室主任的。圖書資料室除採購、登錄、編目、借還書、提供報刊閱覽等日常工作外，還按照教學進度和教師要求，提供必讀和有關資料，重點作品館藏副本一般都有十幾本之多。此外圖書資料室還配合教學舉辦過魯迅生平事蹟、創作成就和版本展覽，曾獲史達林文學獎的蘇聯作家照片及其著作中譯本展覽等。館藏文學書刊之豐富在當年頗有名氣。文學講習所最後結束時，所有書刊資料統統移交給了中央戲劇學院。

梁斌一度任文學講習所支部書記，致力於寫《紅旗譜》，我曾幫他到北京圖書館查閱上海報紙上有關高蠡暴動和保定二師學潮的材料。

一九五三年夏天，第一期的一班、二班先後畢業。此時我又被任命為圖書資料室主任。教務處那一攤具體事務，就由朱靖華逐漸承擔起來了。我那時正是入黨之前之後的幾年，真可說是一個工作狂。教務處秘書、圖書資料室主任、教研組成員，是我的本職，另外還做青年團的工作，組織初級組政治學習和公務員文化學習的工作。還擔任了人民檢察員和中蘇友協支會幹事。這都不是虛銜，是有很多具體的事要幹的。從一九五〇年直到一九五三年中央文學研究所才發展了兩個黨員，一個是

貧雇農家庭出身從小在門頭溝背煤，正在當公務員的馮振山，一是就是知識份子我。「文革」期間革命師生要我交代田間是怎樣招降納叛使我混進黨內的，其實介紹我入黨的不是田間，而是石丁和田家。

　　一九五五年全國「肅反」，我在支書沙鷗領導下做過幾個月的「外調」。然後就在一九五六年春調作協創作委員會任研究員，實際上是負責創委會一攤的日常具體工作。這是後話。至於粉碎「四人幫」後我追隨朱靖華等同志聯名上書作協，建議恢復文學講習所，我並應邀給恢復後的第五、六、七、八期講現代文學。徐剛、古鑒茲曾想調我回所工作，張光年同志曾試探我是否願回所工作，馬烽同志且曾一再希望我回所工作，這都是後話的後話了。

邢：中央文學研究所是怎樣改為中國作家協會文學講習所的呢？

王：改名和丁玲調離的內情我不清楚。反正丁玲設想的辦所計畫終於未能實現。中央文學研究所屬文化部領導，只是業務上由當時的文協負責。它的前景也許就是蘇聯高爾基文學研究所，或是辦成戲劇學院、音樂學院那樣正規的文藝院校。前面已經說過，我猜想丁玲本人可能想讓中央文學研究所集教學、創作、理論批評研究於一體。可是，一九五三年下半年正當第二學期學員入學的時侯，上面決定文學研究所和文化部脫鉤，劃歸作協領導，名字改為中國作家協會文學講習所。這「講習」二字雖然是更加名副其實了，卻也說明了它的根本性的變化。我在一九五三年八月八日日記裏記了列席黨支部大會的事，當時我還沒有入黨，所以是「列席」。支部書記邢野在會上宣佈：「文研所今後改歸文協領導，教務教學上加強，行政上縮小。創作組取消。學員的創作輔導由文協作家擔任。」並指出：「這樣

的決定是積極的。但有困難，需要克服，正視。要求加強責任心，貫徹黨的決定，只許做好……」丁玲不再擔任所長，後由田間、吳伯簫、公木先後繼任。這一決定和丁玲原來的設想顯然大有不同。

　　丁玲當時是中宣部文藝處處長，《文藝報》主編，又要通過中央文學研究所不但抓文學教育，培養創作人才和文藝幹部，還要成立理論批評研究室，和《文藝報》聯手，抓理論批評，還要集中一批作家搞創作。這雄心，這攤子，也許會被認為未免太大了吧。因此需要縮小。

邢：你能再談談對丁玲的看法或理解嗎？

王：我在中央文學研究所學習、工作期間，和丁玲同志很少私人接觸。倒是粉碎「四人幫」後，見過幾次面。其中有一次是一九八二年秋天在大連。我到那裏去講學，聽說丁玲和陳明正在棒槌島休養。我便去看望他們。又談到我在作協創作委員會工作的事，我說我在一九五七年整黨時犯了大錯誤，丁玲馬上說：「是你犯了錯誤，還是他們犯了錯誤？」我轉達了講座舉辦者希望她也去講一次課的要求。她說：「現在誰還記得丁玲？青年人誰還知道丁玲？不過是想看看丁玲什麼樣而已。」我說那你就去一次讓大家看看吧！她後來還是去講了話。她又問都請了哪些同志來講呢？我們回答說有李何林、陳瘦竹、王瑤，還有荒煤等，共十來位吧。丁玲就說：「荒煤來講什麼呢？看看他這兩年寫的文章就行了。」

　　倒是一九五一年到一九五三年間，我日記裏記了丁玲的幾次講話，我以為從中也許可以看出丁玲對一些問題的看法。現錄引如下：

記我入學時丁玲和我的一次談話

　　一九五一年二月二十日九點鐘的時侯，和楊犁通電話，決定就去中央文學研究所看望所長丁玲。中央文學研究所已經同意我入學，為第一期學員。丁玲要和我談談，這是我第一次見到丁玲本人。

　　丁玲相當的胖，接見我的時侯，穿一條西服褲子，上衣是一件灰色的絨線衫。額頭很大，顯示著她的聰明和機智。從她的眼睛還可以看出她二十歲左右時的神采。她的湖南口音還相當的重。她首先問了問我的情況，我告訴了她。然後她介紹了一下文學研究所的宗旨：原來主要是要培養工農出身作家，但現在希望能有幾個人搞理論。全所現有學員五十多人，絕大多數是從各地抽調來的工農出身的寫作幹部，有意搞理論的只有五、六人。她說原意是希望知識份子能幫助工農們提高文化，反過來再受工農的生活感情的影響。後來發覺不成，知識份子看不起工農的文化，工農看不慣知識份子的生活習慣，有一個知識份子不吃窩頭，工農們大不以為然。因此打算把這些知識份子編成一組，搞理論批評，將來有可能再擴充成一個研究室，和《文藝報》的工作結合起來。她要我考慮兩個問題，一是估計一下這樣對我有無幫助，將來要在被動的情況下，主動爭取學習；二是待遇問題，都是大灶。她說文藝工作是高級的，因此像楊犁到外面可做領導幹部了，在《文藝報》還是只能吃大灶。

丁玲在中央文學研究所理論批評小組成立會上的講話

一九五一年三月十二日

　　為什麼要成立理論批評小組？是從當前的具體情況出發，根據同志們的興趣和實際的需要，所以成立理論小組。

　　搞創作也要理論，沒有理論就等於沒有思想。現在中央文學研究所學的還是理論，單靠感覺是不能創作的。

　　專門成立小組，是更有意圖地進行學習，並不妨害將來的創作。不是說搞理論就不能搞創作，更不是說搞不來創作的搞理論。

　　不是培養理論家或編輯。能成為理論家也好。是理論批評工作缺少幹部，是需要。創作水平不能提高，就是思想性不高。《上饒集中營》沒有動搖份子。寫堅決，寫氣節，為什麼要寫動搖分子呢？多學些理論對創作只有好處。

　　我們學的不是「咒語」。要發掘生活和創作中好的東西。不是學三條缺一條，這樣學沒有什麼好處。要學別人中的好的東西。不是枝節苛刻的指點，而是解釋作品，解釋作品與現實的關係。這解釋於人民有好處，蓋房子要計畫好，我們就是要做這工作。

　　沒有生活是不能成為理論工作者的。到生活中去，瞭解生活，也是頭等任務。要批評，就必須要瞭解，要懂得一點人民生活和人民感情。要瞭解世界生活。理論不應該是枯燥的。沒有生活單學理論，就會成為教條。教條批評是不受歡迎的，有時不如不學，也許還有自己的感覺，一學，學到一個框子，就糟了。

　　還有個「包袱」問題。生活多少年，出了書，或是劇本也演出了，不一定算數。包袱要放下。曹桂海有包袱，是別人給他背上的。搞理論也容易有包袱。大學校出來的，在《文藝報》工作，容易扔包袱；來研究所，包袱就不容易放下了，認為比別人強，知道的多，「我可以批評你的作品，而我的話，你無法批評。」

　　不懂生活中的問題，又不懂創作中的問題，這樣學理論是很危險的。還是要生活，強調向作品、作家學習，愛生活，愛作品中新鮮的東西。理論家一上講臺，話都不好懂了，這是裝腔作勢。我們要老老實實解決問題。

希望能有人真正堅持這項工作。我們以前是無領導，無組織，是上當了，現在感覺到理論不夠。

（田間、陳企霞插話）

要大膽爭論，要發現新鮮事物。開會不要成為形式。無形的真正研究的會，三人五人的會，要多開。要討論紛紛，解決問題的議論。要善於聽取別人的意見，修改自己的意見，集合大家的意見，使之成為最完整的東西。要用腦子，獨立思想，不要鸚鵡學舌。應該老老實實，想什麼說什麼。

（陳企霞、陳淼插話）

學習要虛懷若谷，不要關門。以前讀魯迅，覺得小說形式不完整，覺得雜文好，現在越讀越覺得好了。這要體會。我寫〈「五四」雜談〉，讀了一星期的書，包括李大釗、胡適、劉復的。葉聖陶寫信來說：「你對我的批評，很合我的意思。」要有熱情，發而為文。沒有歷史，就沒有今天。

丁玲在中央文學研究所講「關於左聯」

一九五一年三月二十三日

作家是長期勞動養成的，不是一年兩年的事，更不是聽一個、兩個報告，讀一本兩本書，就可以解決的事。人家花幾十年練頂罈子，我們就缺少這種精神。

以前覺得魯迅的小說不如雜文，覺得葉聖陶的語言雖然很好，但沒有味道，是中庸之道的樣子。有人研究《水滸》人物的成份，說成份好的只有李逵，因此不能代表革命。〈逼上梁山〉裏的高俅講「一切要獨裁」，最不好，那時本沒有這樣的話，而且蔣介石自

己也不會說自己獨裁。何其芳說崔鶯鶯表現了地主階級庸俗的男女關係，這不能令人同意。問題在於我們不瞭解歷史，不瞭解當時的社會。

我不喜歡巴金，為什麼別人那麼多人喜歡呢？我們就要研究，要懂得那些讀者，擴大自己的眼界。巴金的《家》電影演出時，下雨還滿場，全是青年男女，而且看了還哭。這是值得重視的問題，作為文學專門家應該瞭解巴金。

現在講一講我對左聯的看法和我所瞭解的一些事情。

大革命時期很多青年集中武漢，像抗戰初期。那時是統一戰線。青年只憑一股熱情。我那時是左的，反對國共合作。那時正在上海大學讀書，像後來的陝公、抗大。我讀的是文學系，同學有戴望舒、施蟄存。社會學系重要，博古等都是學生，先生有瞿秋白等。文學系的先生有茅盾、俞平伯、邵力子、陳望道等。讀得沒意思，就到北京來了。先是傾向共產黨，後傾向無政府黨，覺得更不對勁。又不願和國民黨合作，關到房中寫莎菲女士的日記吧。

經過「四‧一二」分家後，知識份子變動很大。茅盾的《動搖》、《幻滅》，是代表了一部分知識份子的。一九二八年在上海。國民黨致力解決政治上的問題，馬列主義書籍得以自由地出了很多，文藝書也出了很多。出版界非常熱鬧，三人五人就出刊物，創造社、太陽社出了《洪水》等。魯迅和創造社打官司，也是這時。《拓荒者》、《萌芽》等也出版了。創造社和太陽社裏都有幾個黨員，表現得左一點。

左聯成立在一九三〇年二月間，黨員很少，成立會上郁達夫、陽翰笙、戴望舒、杜衡等都在，還有沈起予、鄭伯奇等，大家都左。當時黨內是立三路線，要組織城市暴動，奪取政權。一九三〇年五月一日大示威，田漢也坐了黃包車在馬路上逛了兩趟。

　　五月從山東回來，和潘漢年聊了一陣天，喝了陣咖啡，就參加了左聯。但因有小孩，不願意活動。那時馮雪峰等在青年會搞夜校，講普羅文學和無產階級社會科學。

　　一九三〇年黨在上海開過幾次會，很了不起的。租一所房子，搬進一些「太太」、「少爺」、「小姐」，好像北京官僚之家。上下人都是黨員，裝成「太太」、「老媽子」……白天開留聲機、打牌。天天汽車進汽車出，就把罐頭食品和人帶進來了。上海本地人最後進。會場佈置很漂亮。要放哨，一個月前就擺書攤，賣香煙，門前還要有小孩踢皮球。房子後面是醫院，必要時好跑。胡也頻開了幾次會。

　　一九三一年壓迫來了，五個左聯作家犧牲了。這以前抓來就殺的事是還沒有的。在外面地下工作，到牢裏卻公開了。那時路上見面是不點頭的。上海一下就緊張起來了。我以為大概不會來抓我。我那時想上蘇區，向黨中央要求，中央派洛甫來，在電車站接頭，他拿了一本《東方雜誌》。

　　左聯在日本學校開會，我那時不講話，魯迅也是不講話，遲到了，微微一笑。陽翰笙和彭慧。彭慧從蘇聯回來，一講就是「我們的黨的任務……」。白薇和謝冰瑩也有味。謝穿紫毛料褲子，綠上衣，打扮像三等窯子，沙嗓子，一講就是北平左聯怎樣積極，把上海左聯罵一頓。魯迅就這樣聽。白薇講起來也是拍桌子。

　　當時主要活動是出兩個刊物：《文學導報》和《北斗》。《拓荒者》等都被封了。《北斗》在湖風書局出版。書店是宣俠父出錢辦的，後來他在西安被害。《北斗》銷三千份，影響很大，我整天下午回信，平均每天八封。開《北斗》讀者會，徐盈、沙汀等都是會友。北京、廣州、武漢都有左聯分會，小地方有小組。機關刊物《前哨》是工人偷印，題目和照片不印，照片另外貼，題目是印好後再寫。

　　一九三一年底，左聯又熱鬧了。左聯的週邊組織文學研究會在各學校活動，沈起予、丁玲經常出席會，演講。「九‧一八」後黨提出抗日主張，左聯跟著嚷。國民黨上海市黨部召集群眾大會，講「九‧一八」，聽眾都是共產黨動員來的，罵臺上，用銅板打。臺上的人跑了，工人上臺當主席，開會，通過決議，要求停止內戰，擁護紅軍北上抗日。我和史沫特萊一起去的。國民黨來抓了人，會才散了。

　　「一‧二八」前上海學生到南京請願，要求抗日，在珍珠橋被打死一人。上海開會抗議，我又去了。到會二、三千人，決定抬棺遊行，四人一排，從公共體育場到大馬路時有一萬人，唱國際歌，唱少年先鋒隊歌，喊「蘇維埃萬歲！」「共產黨萬歲！」「打倒國民黨！」「打倒蔣介石！」「打倒蔣介石！」不打電車，汽車。印度巡捕也表示贊成。以前只盛宣懷出喪可走大馬路。要去無謂灘打日本領事館，不准。繞北四川路，被打散了。那天我穿絲絨大衣，高跟鞋，居然走過橋去。看到了張曉梅，好像徐冰也在。

　　「九‧一八」後群眾活動積極，「一‧二八」後跑到閘北去，上前方，到十九路軍做工作。上海當時有反日大同盟，徐冰等在那裏。另外是在工人區寫壁報，粉筆放在皮包裏，在電線桿上寫「打倒國民黨！」那時對魯迅、茅盾有意見。阿英原認為丁玲有無政府主義，有壞影響，這時又說丁玲好了。沈從文那時罵我們「左而不作」。

　　「一‧二八」後更熱鬧了，成立了文化界反日大同盟。那時左聯人很少，洪深等都跑了。只剩下沈端先和才來的周揚等，開會只十幾個人，陽翰笙、馮雪峰、錢杏邨，以及後來的周文、以群等。大同盟成立，郁達夫、周建人都來了。那時胡秋原、王禮錫、戈公振等搞劇作家抗日協會，把陳望道搞去當頭頭。決定打進去，沈起予、丁玲去開會，沈起予、丁玲、姚蓬子都當選理事，分工丁玲搞

群眾運動委員會。王禮錫的神州國光社印刷工人進行抗日罷工。丁玲提議支持工人，沈起予附議，結果只丁玲一人舉手，回去得到表揚。理事會後，開委員會，有馮雪峰、胡秋原、葉靈鳳等，還是要支援工人。結果劇協垮臺，大同盟氣焰高漲。包圍張群時，左聯全去，張天翼、楊騷舉旗。大會本來要沈起予講話，他不講，結果馮雪峰講，臺上一句話，台下一句口號。會後遊行，包圍市政府，四人一排。市政府一吆喝槍上膛，很多人跑了，姚蓬子也跑了。國民黨包圍了隊伍，派代表談判，整隊回公共體育場，解散。接著又到青年會參加了一個座談會，知識界的，一百多人。我們一去，大家都講話，結果人家會也不開了。還有飛行集會，三分鐘兩分鐘，先施公司炮仗一放，樓上丟傳單，樓下喊口號，然後就溜了。這不是示威，是「示弱」。那時東洋廠罷工，恒豐裏開大鍋飯，吃了好幾天。戲劇演出也改變了。以前還是演《少奶奶的扇子》等，這時劇運艱苦，沒人看，就到工廠演抗日戲劇，我們在台下喊口號。劇運起了相當的影響。

一九三二年五月間，《北斗》被封，第九期最後紅了一下。《文藝新聞》自己組織發行網，銷路很好，結果也被封了。他們跑到胡風書店去抓我，又到《大陸新聞》。這邊正開黨組會，看見就跑了，到大三元開會。

以後活動更困難了。左聯還是很左，魯迅、茅盾都沒選上，而我被選上了書記。姚蓬子編《文學月報》，馮雪峰批評了他，調周揚編，蓬子就不來了。我被派去談話。拉普來信，由丁玲回，簽名時成了問題。結果左聯改選，茅盾做書記，魯迅是機關雜誌主編。丁玲做茅盾秘書。

「大眾文學」口號不是左聯時提出的，是「一‧二八」後瞿秋白提出來的。也開始去大世界，但學不到什麼東西，只能到楊樹浦、

曹家渡等工人區辦工人夜校，接觸工人，組織工人文藝小組。陳企霞、艾蕪都去教過書。

一般開會只是碰個頭，三言兩語，吃咖啡時談談就是。比較像樣的是在周揚家裏。沒事就看房子，搬家，不找死胡同，最好有當街窗，好做記號。左聯黨員不能參加支部工作，只是有黨組。我入黨時，瞿秋白代表黨中央參加，吃了一頓飯，很了不起。

一九三四年左聯刊物也沒有了，也沒有什麼聯繫了，有的去蘇區，有的去日本，黑名單經常下來。一九三五年才逐漸活動，帶抗日色彩了。後來左聯取消，因為太紅了。我在時參加了一個對「第三種人」的鬥爭。周揚這時開始寫論文，胡風也有文章。那時我們希望胡風從日本回來。錢杏邨這時文章少了。王淑明一九三三年寫文章，是左聯新人。張天翼、穆時英，《北斗》捧了他們一下。後來沙汀、艾蕪進來了。沙汀第一次參加沒批准，他一氣到杭州寫了〈法律外的航線〉，批准參加。後來以群、周文進來了。左聯支持周文進行「盤腸大戰」，想搞傅東華。

左聯那時認為魯迅不好領導，拿他沒辦法。開始是雪峰負責和魯迅聯繫，後來雪峰走了，沒人去，淨是太陽社的人，便由丁玲去。魯迅對雪峰講，丁玲是個小孩子。蕭伯納到上海，左聯決定歡迎，要丁玲通知魯迅也去打旗。丁玲消極怠工，找到雪峰，雪峰說這決定是胡鬧，結果取消。想辦法宋慶齡請客，算是碰上了（魯迅和蕭伯納）。

魯迅和郭沫若互不佩服，雪峰曾想法讓魯迅寫信給郭老。

魯迅開會很少講話，只是聽。有時最後講幾句，非常實際。

丁玲作第二學季「文藝思想和文藝政策」單元學習總結的啟發報告

一九五一年七月三十一日

要很好地總結才能知道這一個學季有了哪些提高。因此這就需要具體的深刻的談論。

究竟總結些什麼東西呢？

這學季講的是文藝思想和文藝政策。以前所講所談都是思想問題，是我們對文藝的看法，過去怎樣，現在怎樣，這是應該總結出來的。是不是樣樣都要總結呢？例如語言問題……不是，而是要總結我們同學中思想上有了哪些進步。從《武訓傳》、《關連長》、《我們夫婦之間》裏，討論無產階級的，非無產階級的，小資產階級的文藝思想，什麼是好的，什麼是為害人民的東西。我經常收到信。去年收的信中有一大部分要求有趣的，有藝術性的，為小資產階級的，為知識份子的作品，說不喜歡「中國人民文藝叢書」中的作品，因為它們老一套，公式化，呆板乾巴巴，單調。我說現在的作品比起過去的作品，是不單調的，內容是多了，豐富了，現在不是一天三頓炸醬麵了。他們雖不敢反對工農兵方向，也不公開提出小資產階級方向，可是他們卻聽不進我們講的東西。講洋狗的買賣人，就希望我們也講洋狗，聽不進我們講農村，講老幹部。

不過今年沒有收到這樣的信了，因為已經有了「不枯燥」的、為他們所喜歡的東西，那就是《武訓傳》、《關連長》、《我們夫婦之間》等。上海認為蕭也牧是解放區最有才能的作家，其次是秦兆陽。認為蕭也牧的作品又是工農兵，又有藝術。人家反對我們，不是從內容上，他們不敢，而是從形式上反對我們，認為缺乏愛，缺乏感情，缺乏人情味。

　　宣傳老闆進步，宣傳買辦當了功臣，宣傳舊社會人物進步，這就是想上臺。小資產階級想方設法篡位，想以小資產階級統治世界，改造世界。我們警惕性要高。沒有很好的學習毛主席文藝思想，沒有站穩立場，就會警惕性不高，甚至會投反對票，就會犯自由主義。

　　陳學昭的《工作著是美麗的》，雖寫的是小資產階級，但就以小資產階級的面目出現。而我們卻往往更容易為其他的作品所欺騙。

　　人家不下鄉，而工農兵的作品寫出來了，並建議我們學技術。於是我們有的同志也就認為我們今天創作的問題不是內容，而是技術的問題。於是講究穿插，誤會法等等都來了。這就不是從生活出發，而專從形式上去講求，這是上當了。蕭也牧寫《山行紀事》時是好的，但進城後，腦筋變了，說：「我們今天的作品中應該加點新的東西。」什麼東西？就是資產階級的趣味。這東西在農村中吃不開，但小資產階級總想有一天能吃得開。再加上認為自己可以站在無產階級的立場來教育小資產階級，就更容易上當，迷惑了。有的只是動搖，有的就跟著別人走，迎合人家，按照人家的趣味寫。《我們夫婦之間》主角是知識份子，是知識份子結合工農兵。寫張英不好，就是想襯托李克好。《關連長》的出現，不是不瞭解解放軍，而是故意出解放軍的洋相。不是看不見好的東西，而是專門去找壞的東西，誇大，甚至造謠。這不是有心、政治上的問題，而是思想上的問題。走下去，可能走到反我們的反對階級方面去。小資產階級的改造，是一個很大的問題。有人說，我們新民主主義社會裏有小資產階級，因此反對小資產階級不對。我們說，我們今天聯合小資產階級，是聯合進步的、和我們靠攏的小資產階級，並非一切小資產階級思想都是合法的。我們是要以無產階級的思想來教育小資產階級，而不是到小資產階級中間去宣傳小資產階級思想。小資產階級也有不同，有的利於人民，有的為害人民。孫犁作品有他

的特點，寫人物、風景親切，看得出作者的感情。我們許多作家不是按自己的感情去寫，而是按道理去寫。孫犁寫翼中生活親切。《風雲初記》比《新兒女英雄傳》親切，但他的人物有些可憐，令人同情，不能使人愛他，學他，沒有力量。這樣就不能把他的作品估價得較高。我們今天需要的是新的英雄人物。但如因此就說這是小資產階級感情，卻未免簡單些。他有些中年人說故事的愛惜的味道。

馬加的《開不敗的花朵》，也不能說是小資產階級作品。寫景是寫一個人回到故鄉的心情，這不一定僅僅是小資產階級才有的。《俄羅斯人》中的送別和西蒙諾夫的《等待著我吧》，顯示的是保衛祖國的感情和相信祖國一定勝利的堅定意志。

與大家無關的東西，我們不要。

再談談關於「下去」的問題。為什麼要下去？下去做什麼？

經過學習之後，思想提高了。下去是自己看。但我們學得怎樣，實踐一下，演演習。不要希望太高，認為只要下去一次，回來就可以寫長篇。應該這樣看，是去呼吸新鮮空氣，是去開闊一下眼界，多接觸些人和事物。是去鍛煉自己，改造自己。不犯錯誤，不給人家留下什麼壞的印象。回來寫得出來，當然好；否則，也是生活了一下，看到了些新鮮的東西。

丁玲關於第二學季學習總結發言

一九五一年八月十一日

現在總結只是一半，另一半要等兩個月回來後做，看下去後的情形和學得的、所講的聯繫了多少。這次下去不是要求回來寫出偉

大的作品來,而是老老實實到群眾中去,把自己的思想感情和群眾的統一起來,為他們做些事。

　　拿我自己的經驗來說,第一次下鄉是看看的,桑乾河上的村子只待了十七天。第二次下鄉在一個村裏待了五個月,全心全意為群眾服務,解決問題,結果是自己對事的看法改變了。我寫《跨到新的時代》就是從這裏來的。

　　我們以前是關門寫作,不接受群眾的批評和意見,而且首先就不願和群眾接觸。但在那時就受到了批評。實事求是解決問題我要向老百姓把問題解釋清楚。從這裏,我學到了寫文章要讓人聽,問題要能說清楚。因此,下去即使搜集材料,也是為了要把問題弄清,而不是為了回來編故事。

　　談到劃清界限的問題,從總結中看有過分的傾向。我覺得,做事要站穩立場,時時警惕自己,但寫東西卻應把自己的思想感情放進去。

　　還有一種情形就是怕批評,不願傾聽反對的意見。因此對批評《武訓傳》也感到過火,有同情心。關門讀書,不問政治,認為做黨團員妨礙成為作家,這樣的思想也是落後的思想。也有人自己有包袱,瞧不起別人,滿足於自己的東西,而自己的那點東西卻又不為別人所瞧得起,有的文字還不夠通順。看不出別人的好,就無法學習。自己停住了,別人就跑到前頭去了。

丁玲給第一期第一班學員作創作動員報告

一九五一年十一月十四日

　　很多生活不一定是可以寫的。但有時你抓住了一點,從生活的最深處看到的,這樣就會使其他的東西都活了,聯起來了,有用了。

　　有創作的情緒是好的，應該保持，打鐵要趁熱，不然那種情緒就要跑了。

　　一個搞創作的，不僅在創作時要生活在自己的創作世界裏，而且在平時，精神狀態也要和自己所熟悉的工農兵生活在一起。不過也要能跳出來，這樣才能批判，整理成條理。情緒要飽滿，否則不會寫得好。但不等於埋頭不顧其他，就把看到的都寫出來。因此不要急躁。是練習，但不要為練習而練習，是要把自己在生活中所感受的東西加以製造，寫出來，教育人民。自己對自己的要求要提得高一些，一方面要踏踏實實，一方面要給自己訂出一個一定的水平來。

　　一年來，我所培養青年作家的方法、道路是對的，沒有脫離政治，群眾。但成績是沒有的。我們並沒有說馬上要成績，但成績卻還是要的。今天缺乏作品。今天的情況是要東西。沒有成績是脫離今天社會的要求。因此，搞創作的一定要搞出東西來，而且要求寫大的東西，分量重，主題意義大。寫自己熟悉的東西，是對的，但要看你熟悉的是什麼，身邊瑣事不合要求，不合水平。同時，我們還要強調集體來搞，《白毛女》就是集體的。當然，這不大容易。不過要相信，集體裏能產生好的東西。

　　這次要求寫作是任務，也是考驗，對大家都是考驗。集體的搞，有重點的搞，希望大家爭取做重點。我們要爭取寫出一個劇本來，一九五二年上半年上演。寫出幾篇好的小說和報導來。

　　魏巍的通訊受到歡迎，是因為文中對志願軍戰士有無限的熱情。群眾要求熱情蓬勃的東西，在我們的作品往往不熱烈，暗淡無光。劉白羽的東西，最近寫的不如過去，是因為內在的東西少了。但他有政治的熱情，所以讀者歡迎他。搞創作的不滿足，是因為熱情還不夠雄厚，有力，具體。所以說，搞創作的本身一定要有熱情，

才能和黨、人民的事業呼吸一致。他要走到別人的靈魂中去，就必須將自己的東西和別人去換，以心換心。

作品中寫出的人物，不應該是讓讀者去欣賞他，而應該是崇拜他們。

作家的感情應該放到作品中去。自己固然要警惕小資產階級殘餘的存在，同時卻要相信自己不再有小資產階級的感情。要敢於放熱情進到自己的作品裏去。

丁玲給第一期第二班做總結報告

一九五三年六月三十日

辦第一班時，目的思想上是明確的。但辦法上有缺點，有人缺少自學能力，但為了照顧，也收進來了。

辦第二班，目的也是明確的，不是培養作家，而是培養各文藝部門需要的文藝幹部。大學剛走出來的，不一定馬上就能適應工作。我們就是補一課，補思想改造、確立人生觀的課。找老同志帶一帶，參加整黨學習，到生活中去鍛煉。我們組織課什麼的，都是為了這個目的。總結重點放在思想改造的成績和收穫上是對的。

到現在為止，是否可以說到徹底、完全改造了呢？不敢說。只能說是認識上爬進了一步。紀律性、組織性方面比以前好了。是不是也有不管改造，一心想當作家的呢？也有，但是個別的。

學習之所以要提前兩個月，那是因為各個部門需要得太迫切。

我們的工作也有缺點。

一、我們辦這樣的事，老幹部辦新事，是第一次。第一期，領導幹部、工作人員和學員，出身一致，走一條路，較易理

解。你們是大學生，徐剛做工作還有些心虛，物件不清楚，工作生疏。但別的不行，在改造思想工作上，還有些經驗，畢過幾堂業。當然，既是新手，總還是缺點。

二、我們的教員，專門做這工作的人太少，而更多的發揮全部力量也不夠。組織課程上，有些課不必講，因為和思想改造聯繫不密切，反而分散了精力。這是因為講課和組課的人抓得不緊，有馬虎的地方。有些老同志就拿自己喜歡的、感興趣的東西給你們，而不顧及是否需要。

三、很大的缺點是作家的脾氣，能看問題，但不善於搞文件，不細緻搞文件，於是容易出缺點，給人家抓住。我感到，我要做工作，還得從頭學起。大的方面可以抓住，但不細膩。我們所有的文件都不好，除了語言問題外，有的問題提得不當，或錯了。同時所有的總結都有一般化的毛病，缺少重點，主要的沒有突出強調。

四、領導方法上也還有老一套的作風。

過去的事不要老談它。人不應該老提過去，只有老年人才那樣。我們的眼睛要向著未來，講將來會有趣味些。

你們也許會有這樣的感覺：所裏沒重視我們，想把我們早點送走。我不是這樣看。第一期的同志基本上已定型，你們則未可限量。你們的生活圈子是狹隘的，沒有到生活的海洋中去過。你們十個月的基礎，到生活中禁不起一碰。不可限量不是一帆風順。

你們將來可以搞寫作的，但不等於要繼續留下學習，或一定要到創作組去。搞創作的就是在任何地方都能得到東西。搞創作的不需要別的，而是需要生活，去鬥爭，去愛。徐剛參加組織工作，有人說他傻。我倒要看看那些聰明人將來能做些什麼。生活中才能得到鍛煉，逐漸去掉個人的東西。

到一個地方要把工作真正做好。調皮，或是成為普通的「不求有功，但求無過」的職員，都是不對的。應有大理想，應為人著想，使自己具有新人的品質。

你們坐課桌年代太多了，可以換個桌子，換個學習方式，從工作中學習。拿一些英雄人物來衡量自己，提高自己。

你們說沒有教員。但我們是有的，是請來的教員，而且是最好的，講課是每一次不同的。真正讀書，要靠自己提問題，自己鑽。我們現在是沒有那麼多的教員，也沒有教材，文學研究所不理想。但在這樣的條件下，由於需要，可以辦，應該辦。我們是按需要組織課程，請教員。我們是有矛盾的，我們在矛盾中成長。

二班有一個好的現象，就是很多同志要求入黨。我有些感覺，我在下面看到許多團員不如我們的群眾。而我們兩年來只吸收了一個黨員。但解決黨籍對自己沒有什麼，因為主要是看思想改造了沒有，是否具備了黨員的八項條件，關係是不是搞清楚了。解決了，好；不能解決，也不要灰心，應該愉快地再來。（以上為王景山同志的手記）

七、訪王惠敏、和谷岩

邢：兩位老師，很高興能同時採訪你們。請談談你們是怎麼來到文
學研究所，抱怎樣的希望，後來感覺收穫如何。

王：我們來北京學習，和我們的老領導邢野有關係。文學研究所一
成立，邢野就給我們寫信，說你們最好爭取來學習。我當時的
部隊同意我來學習，我還在產假期間，把孩子送回老家，我就
來了。和谷岩走不開，跟著部隊去了朝鮮。我在部隊是演戲的，
本想去戲劇學院，但是人家正規，不招插班生。我就找到了我
們的老社長邢野同志，他說來吧。1951 年 3 月，我帶職來到文
研所，生活津貼仍由部隊供應。來後，就編在戲劇組，組長是
王血波。戲劇組和另一個組住在北官坊 52 號。記得我來時，已
經開學一個多月了，陳登科也來得晚，在會上介紹時說，又來
了兩個人，就是說我們倆。人家來的人都有作品，我只寫過歌
詞、小劇本什麼的，心裏有些不安；加上過去長期在戰鬥環境
中養成了「職業病」，喜歡活動，總有些心神不定，坐不下來。
不久，我寫的一篇長篇報告文學《女戰士》在上海出版了。激
發了我努力學習的信心。

邢：第一期就分了組？

王：分了。有小說組、詩歌組、戲劇組，別的我記不清了。我們組
有張學新、楊潤身、還有鄭智和我。

　　第一期的學習呀，可是竟搞運動了。不久，是鎮壓反革命；
忠誠老實運動；三反、五反；文藝界是批簫也牧、《關連長》、
批《武訓傳》、批胡風、所有的批判都參加了。我記得 1951 年
底搞的三反、五反運動，我們就參加了打老虎，運動一直就沒斷。

邢：打老虎，你們參加外面的還是參加所裏的？

王：我參加的是北京市的，地點是金魚胡同，讓我們看著一個資本家。這其間還有件事，我記憶一直很深。當時正過春節的大年初一。商店都關了門，那時講究破了五才開張。我們一點吃的都沒有，也買不到。要回到 103 號，又不敢走，因為有任務。正餓得不知怎麼才好時，丁玲和陳明來看我們來了。手裏拿著飯盒子。她住得離我們很近。菜是帶辣味的，是她媽媽炒的。我們吃著特別感動。

　　結果，1951 年這一年，基本上沒怎麼學習。真正學習是從 1952 年開始。但也是搞了忠誠老實運動和文藝整風。

邢：忠誠老實運動就是讓每個人交待自己經歷，有什麼過去隱瞞的問題現在要說清楚。

王：對。我記得高冠英，就說他在石家莊曾給日本人幹過什麼。

邢：倒楣了嗎？

王：沒把他怎麼樣。大概覺得他那時還很小不懂事。

　　我們的學習「十六字方針」（開學典禮時宣佈的辦學方針是：「自學為主，教學為輔，聯繫生活，結合創作。」）不是有聯繫生活嗎？我記得 1952 年大家就分別下廠下鄉。但時間很短。為了寫一個工人題材，我們就去了天津，體驗了幾天生活，回來寫了一個劇本。沒寫好。輔導老師是張天翼。他給我們否了。張老師還說我寫的一場，沒寫出工人的氣質來。

　　1952 年 7 月暑期，我去了朝鮮，是去探親。那時谷岩是志願軍 64 軍政治部文化科科長兼《前衛報》主編，並直接負責領導軍文工團。谷岩還是筆不離手，寫呀寫的。用一塊木板搭在膝蓋上寫他的長篇小說。他說如果有像我這麼好的學習環境，小說會很快完成。他很想到文學研究所學習。

　　我們真正的讀書是 1953 年，到下半年我們就結業了。後來，第二期時和谷岩來到所裏，我沒有走，又跟著學了第二期。

邢：那您是學員中學得最長的了。和老師呢？您談談。

和：我先是在朝鮮得了肺結核回國看病，在北戴河養病。幾個月後，邢野同志告訴王惠敏，文學研究所要招第二期學員，讓她幫我辦手續。他說不要錯過這個學習機會。那時我們志願軍 64 軍已從朝鮮回到東北白城駐防。我們部長沈定華很支援我學習，很快開了組織介紹信，還讓王惠敏帶回我的檔案材料。我在第二期開學時，趕到北京。我們這期學員集中住在鼓樓大街 103 號對面的 102 號。讓我們夫婦住一間東屋。我編在詩歌組，組長是華北部隊詩人張志民。

　　我對丁玲的學習方針是滿意的。我們急需要讀書，要實踐，在文學研究所比較合適。我對那時文研所的風氣也比較滿意。它繼承和保持了革命老區的同志關係。這是一個高級學府，但不像一般的學院，它讓人心情非常舒暢。丁玲，我過去沒見過。但名氣很大，我知道她是著名作家、老前輩，很崇拜。見了以後，感到非常親切。在一塊吃飯、談話很隨便。我記得來文研所時，比起別人我沒有什麼作品，都是邢野介紹時說了不少好話，說什麼我有發展啊等等。

王：這期仍堅持原教學方針，由於有了第一期辦校的經驗教訓，調整了學習計畫，學習走向正規。只是在學習期間，由中央文學研究所改名為作家協會文學講習所。所領導也有變動。田間（後吳伯簫）任所長。副所長：邢野、田家、公木、蕭殷。黨支部書記梁斌，教務主任徐剛。丁玲同志常來指導學習並重點輔導學員。

　　當時有兩個處，一是教務處，一是行政處，一是創作研究
室，是專門搞創作的。如周立波、雷加、林蘭、陳學昭，這些
人到北京人一時沒有接受單位，丁玲就收羅了這些人。是文學
研究所的編制。

和：我在學習期間，還抽空寫在朝鮮開始動筆的長篇小說《三八線
　　上的凱歌》。我覺得在緊張的學習中斷斷續續寫起來很吃力，
　　就寫了一篇反映朝鮮前線志願軍駕駛員英雄事蹟的短篇小說
　　《楓》，因為寫的是新身經歷的生活，熟悉的人物；只用了兩
　　天時間就完成了。我拿給張志民等同學看，都給予肯定。就寄
　　到《人民文學》，很快就發表了，在人民日報副刊，還發表了
　　評論文章。不久馬烽同志介紹我加入了中國作家協會。

邢：你們在的時候，周揚講過課嗎？

王：講過。他老是挺著脖子。講過左聯……我上了兩期，他都來講
　　過。茅盾也來過。來文研所講課的大部分老師都沒有講稿。那
　　時的講義，我原來保留了一套，給丟了，不然可以當文物了。
　　多少名家來講啊，現在這些人都不在了。鄭振鐸、黃藥眠、余
　　冠英、吳組湘；胡繩講過哲學；何幹之講黨史。胡風來講，梅
　　志給他在黑板上寫；趙樹理來講，講著講著就蹲到椅子上去了。
　　老舍、葉聖陶都來講過。

邢：這是期一還是二期？

王：一期二期都有。一期名人多。

邢：您感到大學來的老師與當作家的老師有什麼區別？

王：作家是形象思維的多，講一場面，一個人物……；教授講得系
　　統；比如說巴爾扎克，說他寫的形象怎麼體現主題思想呀，他
　　的立場和形象有什麼矛盾啊。而作家愛有聲有色講作品。趙樹
　　理、老舍、聶紺弩都講得好，我愛聽。那幾個講魯迅的都不錯。

邢：我看過一些文章，感到丁玲在你們學員中，威信很高，很受愛戴。

王：我們覺不出她拉攏什麼個人勢力。丁玲很重視工農兵學員，比如她偏愛小兵徐光耀，還有工人董迺相、北京的趙堅、曹桂梅；農村來的陳登科，還有童養媳吳長英，她很愛護他們。

邢：他們怎麼來的？

王：是下面推薦來的。那會兒批「一本書主義」，我們覺得沒錯啊，搞創作就得寫出東西來。丁玲鼓勵大家重視生活實踐。她的確實踐著延安文藝座談會的精神。她是提倡為政治服務的。這些與我們的心理是很合拍。

　　周揚不同意給丁玲徹底平反，我可以作證。那時賀敬之同幹部局的郝一民去爭求周揚的意見，蘇靈揚代替周揚表示不同意（周揚說話已不俐落），說她（丁玲）明明和特務睡覺了嘛，等等。

　　有一件讓我深感內疚的事：文學講習所二期黨支部書記是梁斌同志。我被選為支部委員。當時丁玲等所領導曾向學員交代，梁斌同志是一面工作，一面寫作。梁斌同志善良厚道，深受同學們尊重。但他無論開會，參觀，聽報告或到食堂吃飯，一年四季腋下總是夾著一個鼓鼓囊囊的深紫色的大皮包；甚至在開會發言時，還用手按著皮包，像怕遺失似的。有時還見他從皮包裏抽幾片紙記上點什麼，很快又把紙片放進皮包裏。同學們對這個神秘的皮包有各種議論和猜測，有的同學提出過意見，說梁斌同志對支部工作管得少。我曾在支委會上反映過同學們的意見。直到 1957 年，梁斌的《紅旗譜》問世後，我才恍然大悟，也知道了他那不離身的皮包的秘密──原來這部輝煌著作的雛型，就在這個皮包裏。中央文學講習所是這部經典《紅

旗譜》的誕生地。原來聽說文學講習所計畫還要延長一年，因為 1955 年初批胡風，影響到文學講習所的延長，而且還提前半年畢業。

邢：如果總搞運動，文學研究所一步步走下去，你覺得成果會怎麼樣？

王：原來文學研究所的人有多少人打成了右派！

邢：是不是都與丁玲有關？

王：還有與胡風有關的人。有人沒見過胡風，唯讀了他的詩，也算是胡風分子。我們組的李勇，愛說直話，愛打包不平，原是公安部隊的軍人，就被打成右派。徐光耀的《昨夜西風凋碧樹》寫得多好啊！你看了嗎？丁玲給徐光耀的信寫得多好啊。她平時和我們說的就是這些，看不出她怎麼反黨。

邢：你在文學研究所感覺到丁玲和周揚的矛盾了嗎？

王：看不出來，我們看丁玲對周揚很尊重。丁玲這人豁達，很多重要人物來講她都是陪著聽。

邢：好，今天咱們就談到這兒。謝謝你們的坦言漫談。

八、訪葛文

2000 年 3 月

（葛文是詩人田間的夫人。田間先生已經去世。葛文是文學研究所學員）

邢：您是第一期學員嗎？

葛：是的。第一期的學員，大部分是參加了抗戰的同志。

邢：占三分之一？

葛：多。

邢：據您所知，田間當時是怎麼參與籌備文學研究所的？

葛：第一次文代會後，田間留在北京寫東西，和康濯他們在一起。

邢：他們是在多福巷嗎？

葛：原來他們在多福巷（1949 年），後來他們搬到東總部胡同，多福巷就給丁玲去住了（1950 年）。

邢：您參加文學研究所是什麼時候？

葛：他們籌辦文學研究所時，我還在張家口市擔任圖書館館長，田間是張家口市宣傳部長。我當時還有很多工作要做，沒有跟他到北京。可是那時，每個月我都到北京買書。我到舊書攤買了不少好書，也比較便宜。所以到文學研究所比較晚。

邢：我覺得田間和丁玲的關係，一直很好。丁比較信任田間。

葛：他們在西戰團時就一塊工作過。田間怎麼到的西戰團？我寫《田間傳》，這是重要的一部分內容。如田間是怎麼到晉東南找丁玲，要求參加到西戰團，丁玲又是怎麼幾次不見他。說起田間到西戰團，有個過程。抗戰爆發了，他從上海到武漢，一夜之

間寫了《給戰鬥者》。在武漢，他住在一個小店裏，艾青住在
「藝專」的收發室。他寫了《給戰鬥者》後，就去拿給艾青看。
艾青看了他的詩，非常高興，就拉住他說：「你一人住小店，
又沒錢，就住我這兒吧。」田間說：「這麼點地方，統共也就
12平米，你還有家，我怎麼住？」艾青說：「那怕什麼，中間
拉個布簾就行了。」田間說：「那我回去拿東西。」正在這時
進來一個姑娘。艾青說，這是我的學生。她這就是韋瑩。

　　田間出來時艾青讓韋瑩送他。艾青想把韋瑩介紹給田間。
但田間有他的想法，他一心想北上抗日。這時山西有個抗日的
「民主大學」，請蕭紅、聶紺弩、田間到那邊講學。田間就和
他們一同去了。但田間說，我不能去講課，我得到前方去。於
是到了山西臨汾，他就去找丁玲。很有意思。丁玲說：到我們
這兒都是戰士，沒有詩人。田間說，我就是要當戰士。戰士比
詩人的貴冠更光榮。他說，不會演戲，我可以扮群眾；不會唱
歌，我可以濫竽充數，我還可以買門票。後來找了丁玲三次，
丁玲才同意他參加西戰團。就這樣，他和丁玲他們一塊到了延
安。他在延安沒有待一、兩個月，丁玲留在延安，他就到了晉
察冀。丁玲讓他去文學研究所，一方面是他寫了那麼多東西，
丁玲覺得還是好的；一方面，覺得他多年在地方上做領導工作，
有工作經驗。當時田間在文學研究所做秘書長，他在察哈爾文
聯的搭檔邢野同志做行政處長，管雜事，其實都是借廟修行。

邢：您是否聽丁玲說過，她辦文學研究所的指導思想？

葛：她好像說過：咱們這兒就是文藝黨校。她強調，是按毛主席〈講
　　話〉方向辦學。所以，來這裏學習的，很多都是有鬥爭經驗和
　　想法的人。戰爭當中沒有時間看書，性命難保。

邢：丁玲是看重大家多閱讀名著，提高文藝修養呢，還是看重大家對毛澤東文藝思想的緊跟？

葛：你這個問題提得不好。如果沒有毛澤東的文藝思想，就寫不出反映我們鬥爭生活好的作品，這是統一的。這不是緊跟不緊跟的問題。我們都是在戰爭當中實踐了毛澤東的文藝思想，深深體會到，你沒有深入到工農兵中去，沒有把屁股坐到工農兵一邊，你就不能瞭解他們；沒有他們的豐富生活、豐富的語言，你現編，行嗎？你看當今的幾篇小說，有來自群眾生活中豐富的語言嗎？他們沒有這種生活、這種感情。

邢：那麼丁玲怎麼看待提高文學修養和深入生活的關係？

葛：當然是他們已經有了工農兵的生活實踐，再給他們一定的學習機會，通過閱讀中外名著，這樣使你有可能思考和寫出你的生活積累。這是符合毛澤東的文藝思想的。

邢：您覺得學的東西還是很多的？

葛：當然多了。你知道那時文學研究所買了多少書嗎？我們從全國各地搜集。有些還是宋版的呢。

邢：還請了一些名家講課？

葛：是啊。可是咱們那些人文藝觀點、文藝思想都是非常明確的。有些人講了，我們討論認為不是那麼回事。比如楊晦，給我們講「延安文藝整風」。大家提了好多意見：他根本不懂，怎麼讓他來講。我們很多人經歷過延安整風。

邢：還有一些名家講古典文學？

葛：游國恩、俞平伯也來講。但咱們這些人，都是些風吹不動，雷打不動的。如果不是照毛澤東文藝思想路線，又沒有實際鬥爭體驗，像給大學生那麼講，就不行。比如講創作，任何大學教授都不行，丁玲一來一兩句話就講到點子上。她不是第一是主

題，第二是段落，第三……，這麼講，沒有搞過創作的人講創作根本不行。過去人家批丁玲一本書主義，其實，她是強調文學研究所就是要搞創作。每個人把你的生活寫出來。這不是很好嗎？

　　當然也招了吳長英這些文化水平比較低的、但認為還可以培養的學員。陳登科就是個代表嘛。他剛寄來的稿子，第一個讀者就是田間，十個字裏八個是大白字。但意思非常好，就幫他改。趙樹理對他非常肯定，一點一點給他改。後來他文化水平提高很快。他有生活，也有創作才能。所以丁玲說大家都可以寫書嘛。不是說只寫一本書，而是說，你有寫書的條件，為什麼不好好寫出來？文學研究所就是培養你當作家的。丁玲從蘇聯回來，受保爾柯察金事蹟的影響，鼓勵大家寫書。丁玲講課從不用稿。她是在腹內千遍醞釀，才提出的。不像那些教授，看了又看，記了又記，拿上紙去講。

邢：學校的老師不講創作。

葛：我是指，你要有自己的觀點。別人再說毛澤東怎樣，但毛澤東的這些是不能改變的。

邢：田間自殺的事是怎麼回事？徐剛說，他和胡風的問題可以說清楚，但同丁玲的問題，就說不清楚了。

葛：他自殺，是因為讓他交待胡風的問題。當時我不在家，出了事作協才打電話讓我回來。他說：「我和胡風在第一次文代會上，就在詩歌組幹起來了。」文代會上胡風講的還是主觀戰鬥精神那一套，田間不贊成。

邢：田間對丁玲怎麼看。

葛：他絕對不愛議論某某人。特別是在我跟前，誰都不議論。文化大革命時，人家讓他揭發人，他就是不說。批丁玲時，開了多

次大會，田間始終沒發言。開 12 次會時，他就說了一句：說丁玲要退出作家協會，還說這是聽我愛人說的。這就把我扯進去了。到了晚上，周揚來了。我很吃驚。他說田間回來了嗎？我說沒有，不是參加會去了嗎？我說你進屋坐吧。他進屋後問我：「是丁玲跟你說的她要退出作家協會嗎」？我說：「是呀。」他說：「那你明天應該參加會揭發一下。」我說：「她就說了這麼一句，有什麼可揭發的。」他說：「那你也得去。」後來我只好去會上說，丁玲來我家時，說過要退出作家協會。

邢：文學所曾掛過丁玲的照片。當時是田間主事。他當時是怎麼考慮的？丁玲在文研所威信很高吧？

葛：掛有什麼了不起？不掛有什麼了不起？那麼多教授講課，有誰講得過丁玲？丁玲的《沙菲女士日記》、《在黑暗中》寫得就是好。她被國民黨抓去，是做了堅決鬥爭的，要想出來是不容易的，她不是叛徒。做為前輩，她給你條件，給你希望，當然大家都熱愛她。她講的又不違背毛主席的理論，當然威信高。女作家中還有誰？冰心也不會說這些。冰心寫的是人間之愛，與咱們說的是兩碼事。咱們講愛，是要注入具體內容的。否則你愛誰啊。

邢：那時也搞運動，三反五反，和學習是什麼關係？

葛：都參加吧。三反、五反從調查研究的角度看也很必要。也有同志去參加土改，參加過的就不用去了。抗美援朝，田間去了兩次。參加板門店談判的作家，也只有他一個。

邢：您對艾青、李又然怎麼看？

葛：我覺得他們都沒有理由被劃成右派。不過艾青說話隨便一些、自由一些。李又然是莫名其妙被打成右派的。在屋裏掛個法國的光屁股女人的像算什麼事？

邢：您在文研所時，對周揚和丁玲的關係有什麼感覺沒有？

葛：我說你們搞學問的，別研究這些。周揚怎麼樣，丁玲怎麼樣？
　　周揚想做的事，他一個人也決定不了。他再有壞主意也辦不到，
　　周揚這人品質怎樣不能從這方面看。丁玲劃右派是冤枉的。她
　　有很多優點是別人所不及的。李之璉是左聯的。我這裏有左聯
　　詞典。丁玲回來後，田間和邢野還有我一塊去看了丁玲。從丁
　　玲家出來後，田間說，咱們應該請她們吃頓飯。我說是啊，咱
　　們現在還這麼慌慌張張的，咱們又不是沒有錢。

邢：批丁、陳時，文學研究所的人是不是都比較同情丁玲？但大家
　　還得批。

葛：沒跟你說嗎，這是黨的統一行動。中央下了文件的。毛主席知
　　道這件事啊。

邢：說她培養自己的勢力，學員們同意嗎？

葛：哪有什麼勢力啊，必須以學問服人。她講的大家聽著對勁，符
　　合毛澤東思想。
　　　　講習所時期，我就不在了。田間後來去了作家協會創作部。
　　我就回了河北省農村工作部，兼個處長，主要是下鄉。反右後，
　　調到河北省文聯。

邢：您從文學研究所出來後寫了什麼作品？

葛：我寫得不多。主要是一個長篇《噴泉紀》。在此之前寫過一個
　　中短篇小說集。後來主要身體不好，寫得不多。

九、陳明訪談

邢：陳老師，以前我就一些有關丁玲的問題向您請教過。今天我主
要想與您探討，1955 年把丁玲打成「丁、陳反黨集團」，到底
是誰發動的？現在學術界有兩種意見，一種認為發動者與打擊
者在周揚；一種認為「丁、陳問題」是出在毛澤東那裏，如果
沒有毛澤東的指示，周揚是不能給丁玲這麼重要的人物定「反
黨」性質的。對此，您怎麼看？我曾拜讀過您的〈丁玲在推遲
手術的一年裏〉（《新文學史料》1991 年 1 期）、〈丁玲在延
安〉（《新文學史料》1993 年 2 期），最近又看到一篇採訪您
的文章〈有關丁玲生平的幾個問題〉（《百年潮》2001 年 1 期）。
我的感覺，您一直在強調丁玲遭受那麼多的磨難，不是由於個
人恩怨所致，和毛澤東的關係也不大，「根子還在於歷次政治
運動中『左』的錯誤和黨內文藝界長期存在的宗派主義傾向」。
我覺得，就具體人具體事而言，您這樣說，還是很含糊。希望
就這個問題，您再進一步談談好嗎？

陳：徐慶全的文章〈丁玲歷史問題結論的一波三折〉（《百年潮》
2000 年 7 期）出來後，我不同意。但我不怪他。他年青，不瞭
解情況，聽了片面之詞。另外，就是周揚為了維護他的一貫正
確，製造輿論，一直到現在還有影響。《百年潮》社長朱地同
志，希望我從正面給《百年潮》寫一篇關於丁玲和周揚關係的
文章。多少年來，不少人對這個問題有疑問，有看法。認為他
們之間有不可解的怨仇。最近還有人造謠說：丁玲在國外，外
國人問到丁玲，丁玲說：「我死也不會原諒他（周揚）」。丁
玲根本沒說過這種話。周揚自己在文章中曾說過，幹嘛讓後代

人看去，好像我們生死不饒人？讓後人好笑。這麼說，倒像是
丁玲對人不依不饒。我認為，絕對不是這麼一回事。所以，我
在《百年潮》那篇「訪談錄」裏講了過去在上海、在延安，他
們交往的一些事實。但那天講得很累，有些話還沒有說完。今
天和你談，就算我那次談話的繼續，也算是那篇「訪談錄」的
後半部吧。

　　1948 年夏，中央派丁玲隨中國婦女代表團出國。周揚聞訊，
即勸丁玲留在華北，擔任華北文委的領導，並動員丁玲自己向
中央提出來。丁玲就老老實實向中央領導同志說了。中央領導
同志沒有同意，還笑說：你在華北兩三年沒有工作，現在要出
國就有工作了？！

　　1949 年 3 月，全國文代會籌備會成立時，丁玲在東北，中
央打電報讓她到北京參加籌備工作。丁玲一心搞創作，拖到 6
月才到北京。文代會後，周揚一再說服她留在北京，讓她擔任
全國文協的日常領導工作。丁玲向他解釋：來京前已和東北局
宣傳部的領導李卓然、劉芝明同志談定，文代會後即回東北，
到鞍鋼深入生活，從事創作。周揚最後說了心裏話：「對其他
幾個老同志，我是有些戒心的。而你呢？你比較識大體，有原
則，顧大局。」丁玲只好放棄原來的計畫，留在了北京。周揚
所說的「其他幾個老同志」是誰呢？當時我們揣測，第一個是
蕭三，這位老同志是通天的，他害怕；第二個是柯仲平，柯是
老文化人了，到延安較早，而且深入農村，他朗誦自己寫的詩
〈邊區自衛軍〉，毛主席聽過；柯仲平口直，當面罵過周揚。
周揚對丁玲也不是沒有戒備心，但丁玲比較顧大局，也不會不
照顧他的面子。

邢：他對馮雪峰不戒備嗎？

陳：對馮雪峰，他不怕，因為馮長期不在中央工作。

邢：您的意思是，作為文藝界的領導人，當然應該是資歷比較深、名氣較大的作家。但周揚若與這些人共事，一方面他自己心虛不好領導；一方面從影響力講，對他是一種潛在的威脅？

陳：可以這樣理解。周揚讓丁玲留在北京，願意讓丁玲在他領導下工作，不願意讓丁玲搞創作。因為丁玲搞創作，影響也會不一樣。

邢：您是說丁玲作品產生的影響大，他會有心理的不平衡和某種不安？

陳：這是可能的，也是自然的。當年他對丁玲的《太陽照在桑乾河上》的態度就是一例。丁玲寫完這部書稿，複寫了兩份，一份自留，一份送給周揚看。周當時是華北局宣傳部副部長。事後不久，在一次晉察冀土改工作會議上，彭真同志做報告說：「農村土改要注意反對幹部當中的地富思想。農村幹部、地方幹部有地富思想，我們的作家有沒有地富思想啊？我看作家也有地富思想嘛。寫雇農家裏如何如何髒，地主家裏怎麼怎麼漂亮。」丁玲、蕭三都在台下聽著。覺得他是有所指的。會後，一位叫蔡樹藩的部隊老幹部就問蕭三：「丁玲怎麼寫這種東西？」他和蕭三是好朋友。蕭三說：「沒有啊，她的書稿我看過，她寫的時候我們住在一個村。」蔡問蕭時直接說出了「丁玲」的名字，可見他已經知道丁玲寫了這麼一本書。但是這部書稿除了蕭三，還有誰看過呢？只有周揚。丁玲想，彭真說作家有地富思想，顯然就是指她了。彭真的印象從何而來？肯定不是蕭三，無疑就是周揚了。那個時候，周揚與首長們或打撲克、或在談笑中隨便說那麼一句話，首長就會留下印象。1948 年 6 月，丁玲出國參加世界婦女代表大會路過華北局所在地，向周揚要回了書稿，周揚一句話都沒說。丁玲心說，稿子壓在你這兒幾個

月了，總該說點印象吧？但你只向領導說，不向作者說，我也就不問。丁玲到了西柏坡中央局，當然就把書稿給喬木、艾思奇等幾位同志看，希望聽到意見，得到支持。喬木、艾思奇、陳伯達都看了書稿。丁玲對喬木同志說：「這次婦女代表團出國，團員中有勞動模範，有戰鬥英雄。我是以中國作家名義參加婦女代表團的，是不是要有一本著作帶去較好呢？」「喬木說：「可以，你到東北出版吧。」這本書就這樣出版了。周揚後來說，丁玲到中央告了他的狀。這怎麼是告他的狀呢？全國解放後，周揚讓柯仲平選編人民文藝叢書，開始沒有《太陽照在桑乾河上》。丁玲見到柯仲平就問他：「《桑乾河上》為什麼沒有選啊？柯仲平沒有說話，但後來還是選進去了。1951年，選史達林文藝獎，據朱子奇回憶文章說，當時國內的權威意見是不選送《太陽照在桑乾河上》的。那麼權威能有誰呢？就是周揚嘛。朱子奇當時給在蘇聯養病的任弼時同志當秘書，蘇聯的同志問朱子奇，中國為什麼沒有推薦《桑乾河上》？朱子奇問弼時同志，弼時同志說，那書寫得不錯嘛，不能十全十美，可以給送去評選。後來就評上了。舉行史達林獎頒獎儀式時，周揚在會上講《太陽照在桑乾河上》怎麼好怎麼好。他這是言不由衷。說到這裏，我想起一件事：在延安時，丁玲發表了《我在霞村的時候》，周揚給丁玲寫信，說看了這篇作品感動得流淚，可是反右時，他又說這是叛徒作品。我談這些，是想說明：關於《太陽照在桑乾河上》從完稿到出書、到評獎的整個過程中，儘管周揚那樣，丁玲卻沒有說過周揚一句什麼；關於評獎，事前她一無所知，也從來沒有和別人爭。而周揚為什麼是那種態度？他那時是一種什麼樣的心情。很值得人們玩味。

邢：周揚的態度也可以解釋為他對丁玲的作品有看法。但還不能說
　　明周揚不願意丁玲搞創作，

陳：還有一個例子：1954年，老舍、丁玲和周揚三人到蘇聯，參加
　　蘇聯第二屆作家代表會，周揚是團長。愛倫堡看不起評論家，
　　說評論家是生活在作家樹上的寄生蟲。西蒙諾夫、法捷耶夫這
　　些作家對與會的作家代表很尊重，特別對丁玲這個當過八路軍
　　的作家，表現得很熱情。這些也可能讓周揚感到不那麼自在。

邢：從一些文章中看到，毛澤東對丁玲一直不錯，那麼對「丁陳反
　　黨集團」問題，毛澤東最初是什麼態度？

陳：這個問題，你提得很好，很重要。「丁陳反黨集團」問題，是
　　中國作家協會黨組在1955年提出的。在這之前，毛主席對丁玲
　　和丁玲的創作一直是很關心、愛護、器重的。我想先說當初毛
　　主席對丁玲的態度。

　　　　1936年，丁玲初到保安「保安人物一時新」，毛主席和中
　　央領導同志，「洞中開宴會，招待出牢人。」毛主席在詩中還
　　讚她是「纖筆一支誰與似，三千毛瑟精兵」，「昨日文小姐，
　　今日武將軍」。

　　　　延安時，丁玲在毛主席面前可以無拘無束放談闊論，那時
　　毛主席也比較隨便。一次，丁玲和毛主席談起對延安的觀感，
　　她說：「我看『延安就像個小朝庭』。」毛主席說：「好啊，
　　那你替我封官吧。」丁玲信口就說：「林老，財政大臣；董老，
　　司法大臣；彭德懷，國防大臣。」毛主席哈哈大笑說：「你還
　　沒有封東宮西宮呢！」丁玲也笑說，「那可不敢，這是賀子珍
　　的事。我要封了，賀子珍會有意見。」

　　　　丁玲投奔到保安時，就要求當紅軍。後來，毛主席委她任
　　中央警衛團政治部副主任。「七七」事變，中央組織十八集團

軍西北戰地報務團（簡稱西戰團），丁玲被委任團長，率團到山西戰區。出發前，毛主席兩次電告我駐晉辦事處接待、照應。西戰團到西安開展工作，受到國民黨反動派的阻礙和挑釁。丁玲親自返回延安向毛主席請示。毛主席面諭：「磨而不裂，有理、有利、有節。」丁玲回到西安，在八路軍辦事處和山西省委的指導下，正確執行毛主席指示，完成任務，勝利凱旋延安。

　　1939 年，康生在延安散佈丁玲在南京「自首」的謊言，丁玲得知後，向中央申訴。中央組織部審查了她被捕囚禁南京的這段歷史，做出了「沒有自首」的結論。毛主席親自在結論上加了一句話：「因此應該認為丁玲同志仍然是一個對黨對革命忠實的共產黨員。」

　　1942 年，丁玲在《解放日報》發表〈三八節有感〉，反響強烈，引起批評。有人把〈三八節有感〉和王實味的〈野百合花〉並列為反黨文章。但是在高幹會議上，毛主席為丁玲說了話，他說：「丁玲和王實味不一樣」，「〈三八節有感〉後面還有積極的建議。」

　　丁玲經過 1942 年到 1943 年的整風審幹，也沒有受到過什麼處分。1944 年調到陝甘寧邊區文協專職寫作。這年 7 月，她參加邊區合作會議，寫了合作社的模範工作者〈田保霖〉一文。毛主席讀後親筆寫信向作者祝賀。丁玲以為，〈田保霖〉寫得並不很好，她說：「這是毛主席在鼓勵我，為我今後到工農兵中去開綠燈。」「是為我今後寫文、做人、為文藝工作，給我們鋪一條平坦寬廣的路。」

邢：建國後，毛澤東除了在頤和園看望過一次丁玲，丁玲還單獨見過毛澤東嗎？有人說，毛澤東在中南海與丁玲划過船，毛澤東還安慰過她。

陳：建國後，從 1949 年到 1952 年，丁玲先後擔任過文協副主席及黨組書記、中宣部文藝處處長、北京文藝界整風學習委員會主任、《文藝報》主編、《人民文學》主編，籌辦中央文學研究所並任所長。1952 年 10 月，因脊椎增生嚴重，辭去所有領導職務，到大連和湯崗子治療、休養。在她擔任上述各項領導職務期間，見到毛主席的機會不少，至於你提到毛主席在中南海和丁玲划船，純係訛傳；到頤和園看望丁玲確有其事。那是 1951 年的夏天，那時丁玲住在頤和園「雲松巢」寫文章。一天黃昏，匆匆跑來一位警衛員，問道：「丁玲同志住在這裏嗎？有一位中央首長來看她。」我們正揣測是哪一位首長時，「雲松巢」門外石階步履聲已雜，毛主席正走在前面，拾級而上，陪同的有羅瑞卿等同志。毛主席這次來，事前沒有通知，我們認為他黃昏到頤和園散步，得知丁玲在這裏，便順道來看看。當時天氣很熱，主席的襯衣都被汗濕透了。我趕緊讓勤務員夏更起去買西瓜，主席的隨從警衛員也跟著去，抱回了四個大西瓜。大家邊吃邊談話。丁玲向毛主席彙報她正在寫那篇〈當著一種傾向來看〉評蕭也牧的〈我們夫婦之間〉的文章。主席由此談到團結、教育、改造幾十萬知識份子的問題。時間不長，有人報告說遊船已安排好，毛主席便起身和丁玲握別。這次主席在雲松巢待了約 20 分鐘。遺憾的是他來得太突然，我們沒有準備，未能將他的談話記錄下來。今天回過頭來看，毛主席到頤和園訪丁玲，足以證明那時他對丁玲仍是關心、鼓勵和愛護的。

邢：毛主席在 1951 年對丁玲還是正常、友好的，但到 1955 年怎麼會發生批判「丁、陳反黨集團」的呢？

陳：1955 年「丁、陳反黨集團」是一樁震驚文壇、影響深遠的大案。丁玲是這個案子的「主犯」，是挨整的。這個案子是怎麼定下

來的，丁玲絲毫不知內情，完全被蒙在鼓裏。前面我說過，1952
年 10 月，丁玲因脊椎增生嚴重，辭去所有領導職務，到大連和
湯崗子治療、休養。到 1953 年 5 月，她回到北京參加全國文協
第二次代表會議。文協改作協，她又當選為副主席。她在會上
作了專題發言〈到群眾中去落戶〉，強調作家要深入生活。作
協領導中有人說這是與會議唱反調。1953、1954 這兩年，她除
了與老舍、周揚去蘇聯一次，就是為創作《桑乾河上》的姊妹
篇《在嚴寒的日子裏》做準備。多次走訪張北、懷來、涿鹿農
村。1954 年在黃山開始動筆，1955 年 4 月又到無錫接著寫。她
一直沉浸在創作的激情中，哪裡知道有人在背後算計她？！三
十年後的 1984 年，經中央批准，中央組織部頒發了九號文件〈關
於為丁玲同志恢復名譽的通知〉中說：「1955 年、1957 年定丁
玲為「丁陳反黨集團」、「右派分子」，都屬於錯劃、錯定，
不能成立。對 1955 年 12 月中央批發中國作家協會黨組〈關於
丁玲、陳企霞等進行反黨小集團活動及對他們的處理意見的報
告〉和 1958 年 1 月中央轉發中國作家協會黨組〈關於批判丁玲、
陳企霞反黨集團的經過報告〉，應予撤銷。一切不實之詞，應
予推倒，消除影響。」在此前後，一些曾參加處理這一錯案的
知情人，主持正義，衝破禁區，陸續說出隱情，發表文章，事
情的經過逐漸明朗。1986 年丁玲辭世後，1994 年、1995 年我
先後看到李之璉、黎辛、黎之等同志的回憶文章，對照自己的
親身經歷，這才恍然大悟。原來所謂「丁陳反黨集團」，全是
作協黨組少數幾個領導炮製出來的。

邢：據黎之回憶：1955 年 6 月底，關於胡風的第三批材料公佈不久，
　　作協一位黨組副書記和黨總支書記共同署名向中央宣傳部寫報
　　告「揭發」丁玲、陳企霞等人的問題，並附了有關丁玲、陳企

霞等人的材料。7 月下旬，陸定一據此署名向中央寫了〈中央
宣傳部關於中國作家協會黨組準備對丁玲等人的錯誤思想作風
進行批判〉的報告。從「準備批判丁玲」的情況看，發動者是
作協和中宣部。到目前為止，沒有見到中央對這個報告的批覆。

陳：正是這樣。按照正常的黨內生活慣例，你要批判什麼，總是下
　　級給上級打報告請示批准，何況對丁玲這麼個有影響的人物。
　　毛主席怎麼會心血來潮發動批丁玲呢？不可能，反常。對批丁
　　玲，首先是作協寫了報告的。奇怪的是，一、作協的這個報告，
　　不會是 6 月才寫的，它肯定有個醞釀過程。它是否經過黨組會
　　議集體討論通過了呢？二、這個報告是副書記劉白羽、總支書
　　記阮章競簽名，而黨組書記周揚為什麼不簽名？周揚知道不知
　　道這件事？同意不同意？參加醞釀了沒有？三、報告送到陸定
　　一那裏，陸也不能不問周揚。陸向中央打報告時也只用陸定一
　　的名子，而周揚是中宣部分管文藝、領導作協的副部長，從中
　　宣部角度看，你周揚應該簽名啊，不署名是不正常的。批丁玲，
　　怎樣批，顯然是商量過，周揚有意避免出面，怕被說成是搞宗
　　派主義。同時，這樣做就把批丁、陳的責任巧妙地推給上級，
　　從而壯大批判聲勢。在批判的過程中，周揚就多次閃爍其辭地
　　說：「這個會是經過中央的！這樣的會，中央不說話，我們能
　　開嗎？

邢：但是作協給中宣部的「準備批判丁陳」的「錯誤思想作風」的
　　報告從沒有公佈過。

陳：包括陸定一據此呈中央的報告是從來沒有公佈過。關於批判丁
　　陳的原由，我是從 1957 年作協黨組第二次擴大會議上劉白羽的
　　交代發言中聽到的。他說：為什麼 55 年要開那個會。怎麼引起
　　來的？第一是陳企霞的「反革命的匿名信」，他們認為有「後

臺」（指丁玲）；第二是胡風的密信材料中講到丁玲是實力派，要爭取她合作；第三是丁玲領導下的幹部提了丁玲的問題。根據這三個理由，1955 年 8 月 3 日作協召開批丁陳的擴大會，會議頭三天揭批「匿名信」，周揚講話，他說作協內部有一股暗流，還說不管是高崗、饒漱石、潘漢年、胡風都要打垮，要求與會的同志，採取相信黨的態度。三天後，8 月 6 日周揚在會上又說，作協有一股反動的暗流，是反黨的，無原則地結合起來的小集團，裏面究竟是些什麼人？結合深淺的程度，可以認真搞清楚。還說「獨立王國」是黨做了決議的，你有一個字不照黨辦，你就是獨立王國。獨立王國都有小集團，高崗就有小集團。『獨立王國』小集團，反黨暗流，既然不允許，就應該揭發，相信黨，對黨忠誠。黨處在嚴重的階級鬥爭中，更加要求對黨忠誠。還說小集團的反黨活動同反革命的聯繫，同志們提高警惕，很有必要。批判丁玲，一開始就是這個調子。開到第 15 次會議，周揚最後說：丁玲陳企霞是反黨的聯盟，不是實現黨的方針，而是實現個人野心權力欲望；反黨聯盟不是團結的核心，是製造糾紛的中心，是反黨情緒的結合，是避開人避開黨，非法的。丁玲反黨聯盟同胡風不一樣，是黨內的，其中是否有反革命，值得追查。與胡風反革命集團有區別但有聯繫。……」這些都是我根據那時散發的會議記錄摘錄的。

邢：作協 1955 年 8 月至 9 月開了 16 次批判丁陳的會議，並於 9 月 30 日給中央寫了〈對丁陳反黨小集團活動處理意見的報告〉之後。這時才用的是「反黨小集團」名稱。說明一開始，他們心裏並沒底，經過發動，擴大了「戰果」；而後，性質也是由他們首先提出，中央認可的。

陳：是啊，他們少數人從醞釀到打報告，一直到批判前（1955 年 6
月至 8 月 3 日），嚴格保密。丁玲是黨組成員，作協副主席，
他們不僅背著她，還有幾位其他黨組成員也不知情。那段時間，
丁玲幹什麼呢？前面說了，她先在無錫寫《嚴寒的日子裏》。7
月應召回北京，參加五屆人大二次會議。會議期間丁玲寫了一
篇文章〈學習第一個五年計劃草案的一點感想〉。發表在 8 月
1 日的《人民日報》上。她寫道：「……在火一樣的七月，在
莊嚴的北京城，在黨中央所在地的中南海，我過著最有意義、
最感到充實、一天比一天興奮、一天又比一天安定的生活。……
在偉大的第一個五年計劃面前……我要說話，我要歌唱，我要
寫，在我心中，充滿了一個聲音，我要勞動啊……」。正當她
熱情抒發內心激盪的時刻，8 月 3 日作協黨組舉行第一次擴大
會議，揭發批判「丁陳反黨集團」活動。真是晴天霹靂啊！8
月到 9 月，開了 16 次會，周揚親自出馬，上綱上線，反覆動員，
發動群眾，搞出了個〈對丁陳反黨小集團活動處理意見的報
告〉，9 月 30 日上報中央。兩個半月後，12 月 15 日中央批發
了這個報告。作協黨組就是這樣違反黨的組織原則，破壞黨內
民主，踐踏黨員的權利，背著丁玲和其他幾位黨組成員，「製
造」出一個「丁陳反黨小集團」，把同志變成敵人。

　　1956 年，丁玲向上級申訴，得到中宣部黨委會的受理。1957
年春天，毛主席「到處遊說」，遊說的內容是整風和百花齊放、
百家爭鳴。指出整風主要是批評：一是主觀主義，一是官僚主
義，還有一個是宗派主義（見《新文學史料》1995 年第 1 期，
黎之〈回憶與思考〉）這就是 1957 年作協黨組第二次擴大會議
的背景。在這次會議上，周揚等承認 1955 年批丁玲是錯誤的。
如果作協黨組真的能執行中央關於整風的指示。或能多少糾正

自己造成的錯誤，減輕對黨和對同志的危害。但他們翻手為雲，覆手為雨，趁「反右」之機，把丁玲的申訴誣為「翻案」，是「向黨進攻」。進而推翻 1940 年中央給丁玲做出的歷史結論，要「重新審查」丁玲的歷史，硬把丁玲 1939 年在黨的幫助下逃離南京奔赴保安，說成是國民黨派遣去蘇區的。1958 年，在白色恐怖下投入黨的懷抱、踏著烈士的血跡不屈不撓艱苦奮鬥、擁有 26 年黨齡的丁玲，竟這樣被劃成了右派，開除出黨！在丁玲主動提出去北大荒農場鍛煉改造時，作協給墾區的介紹信上寫著：介紹丁玲到東北，如從事創作，就不給工資；如參加工作，重新評級評薪。這就是作協黨組給 54 歲的丁玲此後生活的路！

　　不少人問，周揚和丁玲的關係為什麼那麼緊張，好像是冤家對頭？我總認為，他們根本沒有個人恩怨。丁玲從來沒有得罪過周揚，甚至沒有批評過周揚。五十年代初，周揚因生活作風不檢點被同志們議論，周揚主動找丁玲談話，說：你是作家，你懂感情。丁玲就說你是領導，應該注意影響。即使後來丁玲挨了這麼多年的整，在文革動亂期間，中央專案組派了幾個著軍裝的人專程到寶泉嶺農場，幾次夜審丁玲，逼她交代和周揚的「特務關係」時，丁玲也絕不落井下石。而是把「罪責」攬在自己身上，詭稱是自己領導周揚。有人問，周揚和丁玲在文藝路線、文藝思想上是否有過分歧和鬥爭？我認為，在工作中同志間的意見分歧、發生爭論是難免的，也是正常的。她和我談起工作中的分歧爭論時，從沒有對誰有什麼怨恨之意。丁玲是個心直口快的人，說話有時叫人不中聽，也可能得罪了人自己卻不知道，但也不至於結下那麼大的仇啊。她在 1955 年和1957 年遭到的是政治誣陷（叛徒、自首變節、反黨）和組織迫害（開除黨籍、撤銷黨內外職務、撤銷級別、撤銷人民代表和

政協委員資格）呀！這到底是怎麼一回事呢？這不能用個人恩怨來解釋的。我只能是擺擺事實，請大家都來看看，對這些事實怎麼理解。

邢：您說周揚和丁玲沒有個人恩怨。那麼，周揚整丁玲，是不是歷史上的宗派原因？是不是建國後他權位高了，在黨內搞的宗派主義？他知道丁玲對他有看法，他對丁玲也是有成見的，不然無法解釋，1984 年中央給丁玲平反，他們仍有抵觸情緒。

陳：對啊，這自然要聯繫到周揚的宗派主義了。周揚的宗派主義由來已久，丁玲深有感受。1940 年在延安丁玲的窯洞裏，一天，舒群告訴丁玲：中央派馮雪峰到上海恢復建黨。中央指示馮雪峰先找魯迅，引起周揚、夏衍的不滿。戴平萬曾傳話給舒群：「中央來的人是假的。如來找，不要理他。」丁玲參加左聯，擁護魯迅，常說自己是魯迅的學生，她對周揚等拉幫結派及他們對魯迅的不敬，是反感的。還有一件事：洛甫同志批准蕭軍、舒群在「文抗」出版《文藝月報》。丁玲便建議，《文藝月報》編輯部設在「魯藝」，由周揚領導，蕭軍、舒群、荒煤編輯。因為有蕭軍，周揚就是不同意，結果還是放在「文抗」由丁玲、蕭軍、舒群合編。出到第三期，丁玲便向洛甫同志申訴困難，退出編委會，離開「文抗」，下鄉寫小說去了。這件事說明，丁玲最不喜歡拉幫結派。俗話說：「一個好漢三個幫，一個籬笆三個樁」，丁玲就是不懂。我又聯想起：在延安，她找毛主席訴說康生散佈謠言，說她在南京叛變自首。毛主席讓她找陳雲同志，同時說，「也可以看看康生嘛！」但丁玲只向陳雲說了，要求組織審查，就是不去看康生。她想：「我找康生幹什麼！」我認為這不只是因為她驕傲。

　　1957 年作協黨組第二次擴大會，周揚被迫承認 1955 年批鬥丁玲是錯誤的。他說自己「主觀主義肯定有；宗派主義是否有，可以討論。」我認為無須討論。周揚一系列的言論、行動足以說明，他對丁玲是存在濃厚的宗派情緒的。他的宗派主義情緒，從對魯迅身邊的馮雪峰、胡風、蕭軍、吳奚如、聶紺弩、丁玲等人；從上海延伸到延安、北京。他對丁玲的所作所為完全印證了當年魯迅對他的批評「……他那種『一朝權在手，便把令來行』的『元帥』做派不能不讓魯迅反感。魯迅批評周揚的三個綽號：一是『元帥』──指他深居簡出，態度傲慢；二是『王倫』──指他氣量狹窄，不能容人；三是『奴隸總管』──指他『順我者昌，逆我者亡』的宗派主義情緒和打擊手段……」（引自《收穫》2000 年第 6 期陳思和〈三論魯迅的罵人〉）是如何的切中要害。

　　1979 年丁玲回歸文壇，11 月在中國作協第三次會員代表大會上發言，以自身的經歷痛陳宗派主義的危害。她說：「我從 15 歲，1919 年就反封建，反到 75 歲了，我們還要反封建，反什麼呀？就是反文藝界的宗派主義……我們不把這個東西反掉，管你談什麼百花齊放百家爭鳴，團結起來向前看，講的很多很多，但是，只要這東西在就危險……也許是再也不戴帽子了，但還有別的方法，巧妙得很的方法，還會有的，還會來的。我們愛惜愛惜我們的年輕人吧！……（中國廣播電視出版社《丁玲散文》上卷〈講一點心裏話〉）

　　丁玲對周揚的宗派主義情緒、做派，不僅體會深，而且深受其害。但她始終把周揚當作同志，是對黨的事業有過貢獻的人。1979 年初丁玲回到北京，5 月 9 日就主動到北京醫院探望

周揚。周揚見了丁玲連一句問候的話都沒有，一個字都沒有，他就是講他自己和蘇靈揚怎麼挨整。

後來，當年整丁玲的其他作協領導成員都向丁玲道了歉。丁玲對他們表示可以理解。毛主席已經不在了，大家都已經認識到歷次政治運動中『左』的錯誤，周揚仍不肯對他的錯誤道歉，這和毛主席有什麼關係？這是丁玲不依不饒嗎？

1981 年 9 月底丁玲出訪美國的前夕，曾給周揚寫了一封沒有寫完的信，信中說：「……聽說你住醫院了，我感冒也剛剛好，明天早晨又即將離國。一直想對你進幾句肺腹之言的想法，只好又打消了。……但昨天聽了張光年同志來講的你們對作協工作上的佈置和打算……心裏實在不得不添些憂愁，睡不著。現在四點多鐘，爬起來把幾點切要的意見寫給你，望你把我當作一個普通的、對黨的事業關心的同志，考慮一下我的意見。」信中對作協的領導工作提出意見，批評周揚「把黨在抗日戰爭、解放戰爭培養起來的老作家都擱在一邊……你個人從來不誠懇的找一下這些人談兩句三話……只相信幾個你認為可靠的人。把作協、黨的文藝工作的重擔只交給病人、忙人和一些沒有多少工作經驗或長期脫離文藝工作的人。」信中說到培養青年作家，批評對青年作家的吹捧「捧吹一些人，形成小派別……誰要不跟你們一樣叫嚷『解放』……就奉贈是保守派……解放思想是需要的，但當作旗子招兵買馬的作風是不好的……何況你們在許多問題上，在對某一些人身上，一點也不解放。……」這封信沒有寫完，也沒有發出。今天看來，有些觀點、言詞可能有些偏激，但可以看出，丁玲對周揚是坦誠的，她向周揚傾吐的完全是肺腑之言，她是以老戰友、老同志的態度，苦口婆心勸告周揚。但這信當時如果送到周揚手上，效果會怎樣？我

看是「與虎謀皮」。1984 年，中央組織部給丁玲作了全面正確的結論，周揚為了維護他的「一貫正確」，拒不說「我錯了」這三個字，仍堅持說丁玲「疑點可以排除，污點還是有的。」1955 年和他共同策劃批鬥丁玲的他的老上級，在 1979 年就表過態：「丁玲問題不能平反，我和周揚是一個意見。」

　　周揚與丁玲的這樁公案影響深遠。晚年的丁玲又成了「左派」，丁玲氣憤地說：「五七年打我右派，還知道是誰打的；現在封我為『左派』，連封我的人都找不到！」又說：「我只曉得，現在罵我『左』的人，都是當年打我『右』的人。」

2001 年 2 月 13 日訪問。

2001 年 5 月 11 日經陳明先生改定。

十、訪鄭重

　　鄭重是陳企霞的夫人，他們幾十年攜手共難危。為瞭解陳企霞的往事，我拜訪了年過八旬的鄭重女士。

邢：我現在正在寫「丁玲與文學研究所」的有關文章。您也知道，文學研究所的衰落，和「丁、陳」問題是聯繫在一起的。因此，很想聽您談談丁玲和陳企霞的交往。比如他們是怎麼認識的，又怎麼在《解放日報》共事合作。

鄭：1939 年初，陳企霞和我由重慶到了西安辦事處，希望他們介紹我們到延安的文化機構工作。他們說有個叫陳宇的同志從延安來，給延安青委主辦的《青年字典》招人馬，希望西安辦事處介紹有文化的知識人到他們青委參加編寫《青年字典》。陳企霞說，我在上海就與葉紫在一起編文藝刊物，我可以同《青年字典》的同志談一談。這樣，我們也沒有經過組織部門，就被領到陳宇住的地方。陳宇知道了陳企霞的情況感覺很合適。到延安後，我們就被領到青委所在地大砭溝和青委的負責人胡喬木、馮文彬見了面。我們沒有經過在中央組部招待所的等待，就分配了工作。陳企霞分配在青委宣傳部，主要工作是參加編寫《青年字典》。和他一起工作的有楊耳（許立群）、杜紹宣、李銳、范元甄、于光遠、童大林、馬寅、王若望、劉光、武衡等同志。我當時已經懷了孕，就在青委的托兒所工作。

　　陳企霞編字典也有了一段時間，1941 年的春天，有一天傍晚，我和陳企霞一塊去散步。我們聽到有人在用很濃厚的浙江口音說話，我就問他：「你是寧波人嗎？他說：「是。」我說：「我找到了一個老鄉。」他就是李又然。陳企霞問他：「你在

哪裡的工作？」李又然說：「我在文抗（延安文藝界抗敵協會）。」李又然問陳企霞在哪工作，陳企霞告訴他說在青委編《青年字典》。李又然又問：你過去在哪工作？陳說在上海和葉紫一起編過《無名文藝》月刊。李又然說：「你這個同志真合適！丁玲要辦《解放日報》文藝欄，缺人手。如果你願意去，我向丁玲推薦，你們倆人面談一下。」這樣，他就把陳企霞介紹給了丁玲。當時《解放日報》，要辦一個文藝欄。文藝欄由丁玲負責。丁玲說，我連個助手都沒有，得讓我物色一些人。丁玲約陳企霞見面一談，感到一見如故。丁玲很喜歡陳企霞，覺得企霞熟悉她所知道的上海文藝界的人和事，還編過刊物，就對陳企霞說：「《解放日報》文藝專欄剛剛在籌備中，人手很缺，你過去編過刊物，是最合適的人選。」陳企霞說自己剛到青委不久，要求調動，有些張不開口。丁玲說，這邊調人由我來說，那邊要求調動，得你自己去說。陳企霞回去與胡喬木一談，胡喬木說：「你這條魚大，我們這裏水淺養不了你，如果你要走，我們只能服從中央。」陳說我服從組織吧。最後陳還是調到《解放日報》。但因調動，他與胡喬木搞得有點僵。

邢：陳企霞與丁玲在一起工作後，關係處得怎麼樣？

鄭：最初只有他們兩個人。丁玲總負責，編輯只有陳企霞。他事無巨細，什麼都做：選稿、改稿、送審稿、劃版、送印刷廠、校對，都是他一人。後來，又調來黎辛同志。丁玲面子大，去拉稿，黎辛跑腿拿來稿子，由陳企霞編輯，最後由丁玲定稿。以後發展了，林默涵、楊思仲（陳湧）、馮牧、白朗、溫濟澤等都到《解放日報》來工作了。陳企霞和丁玲一直合作得很好。比如，要起草個什麼文章，總是丁玲說出要點，由陳企霞執筆。

丁玲覺得，陳企霞很能領會她的意思，能抓住重點，往往寫一稿就能用。

《解放日報》文藝欄發生的最大的事件，是發表了丁玲的〈三八節有感〉和王實味的〈野百合花〉。這當然牽扯到當時的文藝編輯陳企霞了。儘管後來博古同志說：「這兩篇文章，我也看過，責任由我來負。但企霞始終認為發表丁玲和王實味兩同志的文章並沒有什麼錯。後來這兩篇文章確實給他帶來很多麻煩。

企霞編《青年字典》的同時，曾和志同道合的同志李銳、童大林、于光遠、許立群、王若望等辦了一個壁報，叫《輕騎隊》。《輕騎隊》上刊登詩歌、散文、漫畫、快板等，文章犀利明快。企霞是編委之一，也經常寫些文章。我還記得他寫過一首詩，批評延安的交通狀況，大意是：延安山山相連。兩個山頭上，人的喊聲相聞，但要翻山開會，就要走上半天，說是8點開會，到齊總得10點……。王實味也常為《輕騎隊》寫文章。《輕騎隊》每週一期，貼在大砭溝路口的牆上，當地群眾，幹部都喜歡看，一時影響很大，轟動了全延安。開始毛主席很重視，認為問題提得尖銳，能促進工作。後來出得多了，中央有人認為傾向有問題。說「小資產階級狂妄性很強」受到批評。壁報被停刊。

邢：延安時期，你感到陳企霞與丁玲同周揚的關係怎麼樣？

鄭：陳企霞過去不認識周揚，他對周揚的印象很大程度是由於丁玲的介紹。丁玲與周揚發生矛盾，周揚總擺出他是領導丁玲的架子，陳企霞就同情丁玲，他覺得周揚比較主觀。具體的事我就不知道了。

邢：丁玲要辦文學研究所。陳企霞怎麼沒有去呢？

鄭：當時沙可夫不放陳企霞。沙可夫拉陳企霞與他去籌辦第一屆文
學代表大會。沙可夫是籌委會秘書長，陳企霞是副秘書長。但
是丁玲辦文學研究所要起草文件，她還讓陳企霞幫她起草。比
如給中央打報告，制定訂方針、條例啊。她總覺得別人起草的
東西不合她的意。陳企霞說，你那裏有那麼多秀才，怎麼還讓
我幹？丁玲說，反正我交給你了，你就給我弄吧。陳企霞寫後，
她就用陳企霞的。搞得康濯還不太高興。沙可夫對陳企霞的印
象，是從丁玲那裏來的。丁玲告訴沙可夫，陳企霞很能幹，辦
事果斷，能力很強。所以，第一次文代會的文件，大多是陳企
霞起草的。沙可夫，把事情都推給陳企霞說，只要你能決定的，
你就去辦好了，不能做的再來和我商量。文代會的事，周揚找
沙可夫，沙可夫說，你去找陳企霞，我權全交給他了。所以，
具體的事都由陳企霞來處理，包括和周揚打交道。比如說，開
文代會期間，要請梅蘭芳唱專場，梅蘭芳那裏的分工非常細，
頭飾有專人管，手飾有專人管，化妝有專人管、梳頭有專人管。
用這些人都得籌委會花錢。這樣一來，我們的花費就很高。建
國初，我們機關都很窮。陳企霞就與他們商量，你能不能少用
幾個人？比如：管頭飾的與管手飾的讓一個人來幹？梅蘭芳聽
了很生氣說，你們怎麼這麼小氣啊！我們過去就是這樣做下來
的。陳企霞與周揚商量，周揚說就按梅蘭芳的意見辦。於是陳
企霞去和梅蘭芳道歉，說我們是外行，就按你們的辦法辦吧。

邢：陳企霞與周揚直接打過交道後，對周揚印象怎樣？

鄭：陳企霞做什麼事總有自己的想法。他向周揚請示問題，總愛拿
出自己的意見供周揚參考。周揚當然不高興。覺得你一個小幹
部，為什麼總提出這樣或那樣的個人意見？

邢：就是說在第一次文代會工作期間，他們之間因為工作，已經有了看法。

鄭：是的。有了看法。開第四次文代會時，我陪陳企霞來北京。我們住在國務院一招。周揚見到我們說：「陳企霞同志、鄭重同志，過去有些事我是對不起你們的。陳企霞當時有些意見是正確的。我呢，在領導崗位，聽了心裏不愉快，對他的意見沒有採納。後來讓你們受了冤枉，吃了不少苦，現在向你們賠禮道歉。」我沒有資格參會，休息期間，周揚遇到我時還握著我的手說：「都是我不好，讓你們一家受苦了。」劉白羽就沒向我們道歉。他只在會上說：「所有被我整過的人，我向他們統統賠禮道歉。」我又不是文藝界的人。他也整過我。我當時在供銷合作總社工作，陳企霞打成右派後，劉白羽專門寫信到我們單位，說我是陳企霞的小爬蟲，讓我們單位定我為「中右」派，開除我的黨籍。我們單位劃我為中右，沒有開除我的黨籍，給我定了留黨查看兩年，我就被分配到福建工作去了。但劉白羽一定讓我們原單位開除我的黨籍。結果我還是被開除了黨籍，在福建那邊仍受歧視。

　　在搞「丁陳」問題期間，作協曾借我出來做陳企霞的工作。陳企霞交待匿名信的問題，還是我做了工作。

邢：匿名信，不是陳企霞寫的，是別人按他的意思寫的，是嗎？

鄭：是同他有曖昧關係的一個女同志寫的。那女同志同時寫了三封，用了不同的名字，讓別人抄的。開始，徐光耀不知道有這麼一回事。所以那個女同志還到徐光耀那裏為陳企霞要錢。因為陳企霞出事後，一個月只給他20多元的生活費。其實，也沒窮到那個地步。只不過那個女的想讓陳吃補品什麼的。我勸陳企霞實事求是，並說丁玲聽說他隔離了，也要同他劃清界線。

他就和劉白羽他們說：我是和她（寫信的人）說過一些我的想
法，但沒有她寫得那麼露骨。

邢：作協要搞陳企霞，覺得他與丁玲關係一向很好，就認為丁玲是
　　他的後臺。

鄭：其實丁玲也不是他的後臺。

邢：陳企霞被打成右派，被發送到哪兒了呢？

鄭：陳企霞到了河北唐山的柏各莊農場，我帶孩子到了福建。丁玲
　　到了北大荒。

邢：陳企霞在柏各莊待了幾年？

鄭：三年。後來，周揚發善心，讓他回來，說三個地方讓他挑：一
　　個是福建，因為我在福建；一個是上海，因為他過去在上海工
　　作過；一個是杭州。我同陳企霞商量說，咱們就去杭州吧，那
　　裏比較安靜，熟人少一些。到了杭州。浙江省委書記林乎加讓
　　陳企霞去編刊物。陳說，我的帽子還沒有摘，我已經勞動三年，
　　政策不瞭解，如何辦刊物？後來林乎加就讓他到了杭州大學。
　　帽子還沒摘，就當了中文系副教授。那時陳學昭也是右派，在
　　中文系當資料員；陳修良也是右派。三陳都是大右派，都在杭
　　州大學，這也是一大奇觀。

邢：「丁陳」問題以後，丁玲與陳企霞有聯繫嗎？

鄭：沒有。平反了以後，才見面。平反以後，有人要再版《太陽照
　　在桑乾河上》，丁玲同陳企霞說：我這本書是不是寫得太囉嗦
　　了？陳企霞說：「你這本書是有影響的，有作用的。」這樣一
　　來，丁玲有了信心，修改後再版了。

邢：平反以後，陳企霞怎麼看「丁陳」問題？

鄭：四次文代會期間他曾對丁玲說：「丁玲，以前，我們倆比較好。
　　我對你的作品，比較崇拜，但我對你的歷史不瞭解。你和胡也

頻我是知道的，後來與馮達我就不知道了。咱們過去合作得很好，但從來沒有什麼勾當。合作起來反黨，是沒有根據的嘛⋯⋯。

邢：謝謝您講了許多。

國家圖書館出版品預行編目

丁玲與文學研究所的興衰 / -- 一版.
-- 臺北市：秀威資訊科技, 2009.02
　面；　　公分. -- (史地傳記類；PC0060)
BOD 版
ISBN 978-986-221-149-6 (平裝)

1.丁玲　2.中國當代文學

820.9087　　　　　　　　　　　　97025620

 史地傳記類　PC0060

丁玲與文學研究所的興衰

作　　者 / 邢小群
主　　編 / 蔡登山
發 行 人 / 宋政坤
執行編輯 / 賴敬暉
圖文排版 / 黃莉珊
封面設計 / 陳佩蓉
數位轉譯 / 徐真玉　沈裕閔
圖書銷售 / 林怡君
法律顧問 / 毛國樑　律師
出版印製 / 秀威資訊科技股份有限公司
　　　　　台北市內湖區瑞光路 583 巷 25 號 1 樓
　　　　　電話：02-2657-9211　　　傳真：02-2657-9106
　　　　　E-mail：service@showwe.com.tw
經 銷 商 / 紅螞蟻圖書有限公司
　　　　　台北市內湖區舊宗路二段 121 巷 28、32 號 4 樓
　　　　　電話：02-2795-3656　　　傳真：02-2795-4100
　　　　　http://www.e-redant.com

2009 年 02 月 BOD 一版
定價：330 元

・請尊重著作權・
Copyright©2009 by Showwe Information Co.,Ltd.

讀　者　回　函　卡

感謝您購買本書，為提升服務品質，煩請填寫以下問卷，收到您的寶貴意見後，我們會仔細收藏記錄並回贈紀念品，謝謝！

1. 您購買的書名：＿＿＿＿＿＿＿＿＿＿＿＿＿＿＿

2. 您從何得知本書的消息？

　　□網路書店　□部落格　□資料庫搜尋　□書訊　□電子報　□書店

　　□平面媒體　□ 朋友推薦　□網站推薦　□其他＿＿＿＿＿＿

3. 您對本書的評價：(請填代號　1.非常滿意 2.滿意 3.尚可 4.再改進)

　　封面設計＿＿　版面編排＿＿　內容＿＿　文/譯筆＿＿　價格＿＿

4. 讀完書後您覺得：

　　□很有收獲　□有收獲　□收獲不多　□沒收獲

5. 您會推薦本書給朋友嗎？

　　□會　□不會，為什麼？＿＿＿＿＿＿＿＿＿＿＿＿＿＿

6. 其他寶書的意見：＿＿＿＿＿＿＿＿＿＿＿＿＿＿＿＿＿

＿＿＿＿＿＿＿＿＿＿＿＿＿＿＿＿＿＿＿＿＿＿＿＿＿＿＿

＿＿＿＿＿＿＿＿＿＿＿＿＿＿＿＿＿＿＿＿＿＿＿＿＿＿＿

＿＿＿＿＿＿＿＿＿＿＿＿＿＿＿＿＿＿＿＿＿＿＿＿＿＿＿

讀者基本資料

姓名：＿＿＿＿＿＿＿＿＿＿　年齡：＿＿＿　性別：□女 □男

聯絡電話：＿＿＿＿＿＿＿＿　E-mail：＿＿＿＿＿＿＿＿＿

地址：＿＿＿＿＿＿＿＿＿＿＿＿＿＿＿＿＿＿＿＿＿＿＿＿

學歷：□高中(含)以下　□高中　□專科學校　□大學

　　　□研究所(含)以上 □其他＿＿＿＿＿＿＿＿

職業：□製造業 □金融業 □資訊業 □軍警 □傳播業 □自由業

　　　□服務業 □公務員 □教職　□學生 □其他＿＿＿＿＿

To：114

台北市內湖區瑞光路 583 巷 25 號 1 樓

秀威資訊科技股份有限公司　　　收

寄件人姓名：

寄件人地址：□□□

（請沿線對摺寄回,謝謝!）

秀威與 BOD

BOD（Books On Demand）是數位出版的大趨勢，秀威資訊率先運用 POD 數位印刷設備來生產書籍，並提供作者全程數位出版服務，致使書籍產銷零庫存，知識傳承不絕版，目前已開闢以下書系：

一、BOD 學術著作—專業論述的閱讀延伸
二、BOD 個人著作—分享生命的心路歷程
三、BOD 旅遊著作—個人深度旅遊文學創作
四、BOD 大陸學者—大陸專業學者學術出版
五、POD 獨家經銷—數位產製的代發行書籍

BOD 秀威網路書店：www.showwe.com.tw
政府出版品網路書店：www.govbooks.com.tw

永不絕版的故事‧自己寫‧永不休止的音符‧自己唱